HERBERT KRANZ

Das Zeichen der Schlange

• ALL OVER THE WORLD • ÜBERALL IN

OVERAL IN DE WERELD • ÜBERALL IN DER WELT • EN LA TUTA MONDO

AUS DEN SATZUNGEN DER GESELLSCHAFT

Die Gesellschaft übernimmt Aufträge für Ermittlungen, Nachforschungen und Expeditionen nur dann, wenn ihr der Auftrag moralisch gerechtfertigt erscheint.

§

Die Gesellschaft übernimmt Aufträge für Expeditionen in alle Teile der bewohnten und unbewohnen Erde, soweit deren Ausführung nicht den Gesetzen des betreffenden Landes widerspricht. Sollten aber die Gesetze eines Landes den Gesetzen der Menschlichkeit widersprechen, so wird die Gesellschaft bereit sein, übernommene Aufträge auch dort auszuführen.

§

Die Kosten einer Expedition werden vom Chef-Expeditionsleiter geschätzt. Die eine Hälfte des angesetzten Betrages ist vor dem Aufbruch der Expedition zu zahlen, die andere nach deren Beendigung. Überschreiten die tatsächlichen entstandenen Kosten den veranschlagten Betrag, so werden sie zur Hälfte vom Auftraggeber, zur Hälfte von der Gesellschaft getragen.

§

Betrifft eine Ermittlungs- oder Erforschungsaufgabe Menschen, die in Not sind und niemand haben, der sich ihrer annehmen kann, so übernimmt die Gesellschaft die Kosten der notwendigen Hilfs- oder Rettungsaktion.

§

Die Teilnehmer an einer Expedition haben sich über deren Ziel, Zweck und Ergebnis zu absolutem Stillschweigen verpflichtet. Berichte über Expeditionen werden nur dann veröffentlicht, wenn der Generaldirektor der Gesellschaft und der Auftraggeber damit einverstanden sind. Nichtveröffentlichte Expeditionsberichte werden im Geheimarchiv der Gesellschaft niedergelegt und dort dreißig Jahre lang aufbewahrt.

• DA PER TUTTO NEL MONDO • OVERAL

VELT • POR TODAS PARTES DEL MUNDO •

HERYERDE DÜNYADA • ÜBERALL IN DER WELT • ÖVERALLT I VÄRLDEN

UBIQUE TERRARUM

(ÜBERALL IN DER WELT)

LIMITED COMPANY
GESELLSCHAFT MIT BESCHRÄNKTER HAFTUNG

WWW.UBIQUE-TERRARUM.NET

EXPLORING AND RESEARCHING OF ALL KIND
NACHFORSCHUNGEN UND ERMITTLUNGEN JEDER ART

EHRENPRÄSIDENT
LORD HAYSTACK, P.R.A., K.C.I.E.

GENERALDIREKTOR
ARTHUR MILLER

CHEFEXPEDITIONSLEITER
STEPHAN SLANTON, V.C.

EXPEDITIONSFORSCHER
DR. PHIL. DR. RER. NAT. PETER GEIST

EXPEDITIONSARZT: DOCTEUR EN MÉDECINE
GASTON DE MONTFORT
COMTE DE DARIFANT-CROY
EHRENRITTER DES SOUVERÄNEN MALTESERORDENS

UND IHRE MANNSCHAFT
PATRICK CROMBY aus Irland
CYPRIAN BOMBARDON aus Frankreich
TSCHANDRU-SINGH aus Indien

N VERDEN • PARTOUT DANS LE MONDE •

Vom Montag bis Montag

Montag

Chef, Graf, GG in Marseille bei Mutter Brodait

Dienstag

vormittags: Graf, Neunauge bei Pataral
abends : Neunauge allein unterwegs

Mittwoch

Chef, Plumpudding, Neunauge nach Port Vendres
Graf nach Venay - La Foire
GG mit Tschandra - Singh in Marseille

Donnerstag

Chef, Plumpudding, Neunauge in Port Vendres
Ankunft der „El Djezaïr".
Graf in Venay - La Foire

Freitag

4 - 10 Uhr: Pataral bekommt Besuch
10 Uhr 10 : GG und Tschandra - Singh verlassen das Hotel
14 Uhr : Gustav trifft in Marseille ein
14 Uhr 30 : Neunauge in Arles
20 Uhr : Chef, Plumpudding, Graf zurück in Marseille
Telegramm nach London

Samstag

16 Uhr 30 : Neunauge verläßt Arles, fährt zur Paradies-Farm.
In Marseille: Telegramm aus London
Keine Nachricht von Neunauge
Tschandra - Singh überbringt Patarals Warnung
21 Uhr 50 : Chef, Graf, GG, Plumpudding in Arles
22 Uhr 30 : Ankunft des letzten Autobusses aus Saintes-Maries
23 Uhr 15 : Bekanntschaft mit Oustalou.
24 Uhr : Abfahrt zur Paradies-Farm

Sonntag : Gespräch zwischen dem Grafen und Neunauge

Montag : Generaldirektor Miller trifft in Marseille ein.

HERBERT KRANZ

DAS ZEICHEN DER SCHLANGE

ABENTEUER
IN MARSEILLE UND
AM MITTELMEER

Eigenverlag Georg Kranz
Born / Darß

Weitere Informationen
über HERBERT KRANZ und
die UBIQUE-TERRARUM-SERIE
finden Sie im Internet unter
www.herbert-kranz.de
www.ubique-terrarum.de

ISBN: 978-3-8423-3656-8
1. Auflage 2010

Herausgeber:
Georg Kranz, Born/Darß
Einband:
Willy Kretzer
Überarbeitung der Wort- und Sacherklärungen:
Georg Kranz, Born/Darß
Satz und Layout:
voigt&kranz UG, Ostseebad Prerow
Herstellung und Verlag:
Books on Demand GmbH, Norderstedt

INHALT

In Marseille

Die Adresse, die den drei Herren übermittelt worden war, lautete klar und eindeutig *Straße der Vorsehung Nr. 23 bis*, aber was sie dann vorfanden, überraschte sie. Zwar hatten sie keineswegs erwartet, dass das Gesicht dieser Straße ihrem anspruchsvollen Namen entsprechen würde, denn sie lag nicht in einem der schönen und reichen Wohnviertel Marseilles, wo vornehme Villen hinter hohen Gittern und in Gärten voll südlicher Pracht still und verschlafen von einer Welt zu träumen scheinen, die es heute nicht mehr gibt. Sie war vielmehr eine jener hohen, engen und niederdrückend grauen Steinschluchten, deren die Hafenstadt so viele besitzt. Die alten Häuser, zuweilen nur drei oder gar nur zwei Fenster breit, trugen zwar verheißende Aufschriften – Nr. 23 zum Beispiel nannte sich *Hotel Macao* und lockte mit dem Vermerk in Großbuchstaben *TOUT CONFORT*, machte aber den Eindruck, als würden die Gäste in ihrem Zimmer nicht einmal ein Handtuch vorfinden, dafür jedoch im Waschbecken das noch nicht ausgegossene Schmutzwasser des Vorbenutzers; vielleicht könnten sie auch von Glück sagen, wenn sie das Haus lebend wieder verließen.

Unmittelbar neben dieser Herberge, die so wenig empfehlenswert schien, sprang die Häuserfront etwa sechs Meter zurück, und die drei Herren standen nun vor einer hohen Fassade, der ein großer Künstler des 17. Jahrhunderts den ganzen Schwung seiner Zeit gegeben hatte. Aber diese zu Stein gewordene Musik hatte das Missfallen späterer Geschlechter erregt. Die Nischen, in denen früher einmal Figuren von Heiligen gestanden hatten, waren leer und glichen toten Augen. Zehn Meter hoch, vom Erdboden an gerechnet, war die Steinwand mit knallgelber Ölfarbe überstrichen, und darauf verkündeten blitzblaue Buchstaben in schrecklicher Größe auch dem, der das gar nicht wissen wollte, dass hier die Hosenfabrikation *Fortschritt* ihren Einzug gehalten hatte – und das war also nun die Nummer *23 bis* der *Rue de la Providence*.

Die drei Herren sahen sich jedoch weiter um, denn es war ja nicht die Adresse dieses blaugelben Fortschritts, die sie hierher geführt hatte. Sie entdeckten zu ihrer Rechten einen Seiteneingang, und als sie durch ihn in ein mächtiges Gewölbe kamen, wurde ihnen klar, dass sie sich in einem ehemaligen Kloster befanden, dessen Räume nunmehr den verschiedensten Zwecken dienen mussten. Wer etwa einem Toten letzte Ehren erweisen wollte, dem versprach ein Plakat alles dazu Nötige billig, sofort und in bester Ausführung. Eine Gesellschaft, die Kautschukplantagen in Kampong Thom, Indochina, besaß, hatte irgendwo in diesem gewaltigen Bau ihre Büros. Vor allem aber hingen, wie Schwalbennester unterm Dach eines alten Bauernhauses, an den von Mauerschwamm zerfressenen Wänden unzählige Briefkästen, kleine, windschiefe Dinger aus Holz oder Blech, und in dem Dämmerlicht des Gewölbes fanden die drei Herren an einem dieser Behälter einen aufgeklebten Zettel, der sie anging. Denn sie lasen in einer schon fast ganz verblassten Maschinenschrift:

SOS
Suchdienst für vermisste Seeleute
III. Stock, Zimmer 72

Jetzt waren sie da, wohin man sie aus dem Libanon in höchster Eile gerufen hatte.

„Herein!“

Die Antwort auf ihr Klopfen klang mehr als energisch, und als die drei daraufhin eintraten, sahen sie sich einer kleinen, mageren, hageren Person gegenüber, der sie nie und nimmer eine solche Kommandostimme zugetraut hätten. In einem grauen

Bürokittel, der die Dame nicht verschönte, saß sie an einem alten Schreibtisch, der aussah, als hätte sie ihn nach langem, zähem Feilschen von einem schließlich verzweifelten Trödler für so gut wie nichts eingehandelt. Den Kopf mit dem kurzgeschnittenen grauen Haar hatte sie ihren Besuchern zugewandt, und ihre schwarzen Mausaugen orientierten sich mit einem einzigen Blick.

„Jetzt kommen Sie also endlich!“, fuhr sie die Herren an. „Sie hätten sich wahrhaftig etwas mehr dazuhalten können! Ich sitze hier wie auf Kohlen –“

„Das ist gewiss nicht angenehm“, antwortete der Franzose unter ihren Gästen, die dieser Empfang doch etwas überraschte, „aber glauben Sie mir –“

„Ich glaube nichts von dem, was mir ein Mann erzählt!“, rief sie aus.

„Mein gnädiges Fräulein –“

„Ich bin kein gnädiges Fräulein“, antwortete sie böse.

„Gnädige Frau –“

„Hören Sie auf!“, unterbrach sie ihn wieder schroff. „Ich bin die Mutter Brodart. Ich habe über zweihundert Kinder –“

Sie wies mit einer großartigen Bewegung auf ein Regal, das bis unter die Decke des Zimmers reichte und voller Aktenbündel lag, aus denen rote Pappstreifen wie Zungen heraushingen, die mit Namen beschrieben waren.

„Über zweihundert“, sagte sie noch einmal, „von denen ihre Mütter, ihre Frauen, ihre Kinder, ihre Brüder und Schwestern nicht wissen, wo sie geblieben sind. Aber ich sage Ihnen, ich finde sie. Es kann lange dauern. Ich finde sie – einen nach dem andern, ob sie wollen oder nicht!“

Das sagte sie so unerbittlich, dass die Zuhörer mit den Seeleuten fast Mitleid empfanden, die sich doch wohl nicht grundlos so verborgen hielten. Aber dann setzte Mutter Brodart hinzu: „Es sind alles Kinder. Große Kinder. Sie ahnen ja gar nicht, was sie anrichten. Alle Männer bleiben Kinder. Und das ist vielleicht noch das Beste an ihnen.“

Mit einem Male war aus ihren Worten ein ganz anderer Ton zu hören, der zu Herzen ging, weil er aus dem Herzen kam, und die drei begriffen, dass die kleine Person gar nicht das Reibeisen war, als das sie sich gab. Wahrscheinlich hatte es sie sogar viel Mühe gekostet, den Grad von Hartholz zu erreichen, der nötig war, um mit den harten Männern fertig zu werden, denen sie helfen wollte. Enttäuschungen waren dabei sicher nicht ausgeblieben, und daher war ihr gewiss manches nachzusehen. Trotzdem wollte der Sprecher, der bis jetzt immer wieder versucht hatte, für die drei das Wort zu führen, ihre letzten Bemerkungen nicht auf sich sitzen lassen. „Wenn Sie mir gestatten", so begann er, aber wie mit einem Rasiermesser wurden seine Worte abgeschnitten. „Nein", sagte sie, „ich gestatte gar nichts, Graf Darifant-Croy!"

Er war verblüfft, denn bis dahin war es ihm ja noch gar nicht möglich gewesen, sich oder einen seiner Begleiter vorzustellen. „Sie kennen mich?"

„Genau", erwiderte sie und machte dabei eine erledigende Handbewegung. „Schon wie Sie hereinkamen, wusste ich, dass Sie mein Landsmann sind, der lieber sein Leben aufs Spiel setzt, als dass er eine witzige Bemerkung unterdrückt!"

„Sie übertreiben", antwortete der Graf mit unverhohlenem Entzücken.

„Waffenhändler in Tanger", so fuhr sie unbeirrt fort. „Auf Sardinien Leibarzt des Königs der Verfolgten. Aber ich will Ihnen etwas sagen: Wie Sie Ihren Freund in den infamen mexikanischen Sandlöchern bei Bewusstsein erhalten und wie Sie die Kinder in Kafiristan gerettet haben – das erst hat mich ermutigt, Sie für einen Mann zu halten, der hin und wieder brauchbar ist."

„Nun sagen Sie mir noch, Verehrteste", sie zog eine Grimasse, aber das kümmerte ihn nicht, „woher wissen Sie das so genau?"

„Ich bin in London gewesen", antwortete sie. „Ich habe mich informiert. Auch einen Kater kaufe ich nicht im Sack."

„Verbindlichen Dank", konnte der Graf noch herausbringen, da hatte sie sich schon an den schweigsamen Engländer in dessen Landessprache gewandt. „Sie sind natürlich Mister Slanton. Aber ich werde Sie, wie die andern es tun, einfach Chef nennen. Ein Mann wie Sie fehlt mir. Wenn's sein muss, geh' ich mutterseelenallein in die verdächtigsten Kneipen und Löcher, wo sich die Flics nur zu zweit und mit entsicherten Pistolen hineintrauen, und es hat sich noch niemand an der Mutter Brodart vergriffen. Die Kerle schimpfen – aber wenn ich dann zu schimpfen anfange, bleibt ihnen die Luft weg. Doch ich bin eine Frau. Ich kann's nicht ändern. Wenn ich zupacken könnte, wie Sie, Chef! Wenn ich die Menschen ansetzen könnte wie Sie! Wenn ich jemand wie Sie hätte, auf den ich mich immer verlassen könnte – ich hätte zweimal soviel zustande gebracht, wie mir geglückt ist!"

„Well", antwortete der Engländer, zog seine Pfeife heraus und steckte sie wieder weg, weil er keinen Tabak bei sich hatte.

„Warum haben Sie Ihren Plumpudding nicht mitgebracht?", warf die kleine Person schnell ein und wandte sich dann an den Dritten. „Ich habe Mister Miller in London gesagt", erklärte sie, „dass ich seine besten Leute brauche, und nach dem, was er mir dann auseinandergesetzt hat, sind Sie drei sein bestes Team. Ich lege größten Wert darauf, dass Sie dabei sind, Doktor Geist. Großer Geist – GG –, Sie sehen, ich weiß genau Bescheid. In meiner Sache brauche ich auch einen Mann mit Scharfsinn. Mit Nase. Mit Menschenkenntnis. Ich weiß, Sie werden mich nicht enttäuschen, Dr. Geist! Und Ihren Spürhund, den jungen Inder, werden Sie auch brauchen können."

„Wir werden tun, was uns möglich ist", antwortete der Deutsche.

‚Sie hat Plumpudding genannt', dachte der Graf, ‚sie hat Tschandru–Singh erwähnt – aber Neunauge existiert anscheinend für sie nicht.'

„Well", sagte der Chef wieder, setzte aber jetzt hinzu: „Was ist hier zu tun?"

„Richtig, Chef", fiel der Graf ein, erfreut, der kleinen Person, der er noch den Kater schuldig war, einen leichten Stich versetzen zu können, „wir haben gehört, dass die Zeit überaus dränge, aber dann wurden hier unsere Steckbriefe in einer doch wohl überflüssigen Ausführlichkeit beredet, als ob –"

Sie unterbrach ihn. „Graf, lassen Sie mir doch die Freude, Sie drei endlich bei mir zu sehen – damit Sie schaffen, woran ich gescheitert bin." Aus ihren Worten sprach ein so unverhohlener Kummer, dass den Grafen seine Bemerkung reute. Doch die kleine Mutter Brodart hielt sich nicht damit auf, dem nachzuhängen. Sie brauchte jetzt ihre Gedanken, um das Menschenschicksal darzustellen, das eins von den zweihundert war, denen ihre Sorge, ihre Mühe und ihre ganze Lebenskraft gehörten.

Ein kostbares Armband

Marcel Gormot, so berichtete sie, war der hochbegabte, einzige Sohn eines Seidenfabrikanten in Lyon, der dank dem Vermögen seines Vaters sich keine Sorgen um seine Zukunft zu machen brauchte und sich daher auch in der Wahl seines Berufs Zeit lassen konnte. Er sah verschiedene Möglichkeiten vor sich. Dass er freilich nicht der Mann war, den es befriedigt hätte, das väterliche Geschäft fortzuführen, war sowohl ihm wie seinen Eltern klar. Deren Lieblingsgedanke war, dass er Anwalt werden sollte, allerdings nicht, um sein Leben lang Prozesse zu führen, sondern um nach einiger Zeit die politische Laufbahn einzuschlagen, die ihn, das schien ihnen sicher, zu einem Ministersessel führen würde. Die Mutter sah ihn sogar schon als Ministerpräsidenten, sprach das aber nicht aus. Dem scharfen Verstand des jungen Menschen sagte das juristische Studium auch sehr zu. Dabei war er keineswegs ein verbohrter Spintisierer, wie Mutter Brodart sich ausdrückte. Er war ein ebenso begeisterter Bergsteiger, der sich durch führerlose Alleingänge einen Namen machte, wie ein sicherer Segler, der in der *Société nautique* sehr angesehen war. Seinen Vater beglückte es, dem Sohn eine unbekümmerte Jugend verschaffen zu können, wie er sie selbst nicht gekannt hatte, und der junge Student, der sich nichts zu versagen brauchte, war mit seinem Jaguar–Sportcoupé überall gern gesehen, was er freilich auch seinem liebenswürdigen Wesen verdankte. Dabei war er, der sich so heiter und unbeschwert geben konnte, alles andere als ein Blender. Mit sich selbst nahm er es sehr ernst. Er war entschlossen, sein Studium zu dem vorgeschriebenen Ende zu bringen, weil es ihm widerstrebte, eine angefangene Sache abzubrechen. Dann jedoch wollte er ganz andere Wege gehen. Nicht zum Politiker fühlte er sich berufen, sondern zum Architekten, und dabei waren es die großen Aufgaben des Städtebaus, die ihn unwiderstehlich anzogen, und er war bereit, dafür noch einmal ganz von vorn anzufangen.

Doch dem allem machten unvorherzusehende Ereignisse ein plötzliches Ende. Sein Vater hatte sich in einem erstaunlichen Aufstieg aus ganz bescheidenen Anfängen zu einer angesehenen Stellung heraufgearbeitet, dabei aber auch seine Kräfte verbraucht, und der alternde Mann, dessen Urteilsfähigkeit offenbar nachgelassen hatte, ließ sich von sogenannten Geschäftsfreunden zu Schritten verleiten, zu denen ihn vordem nichts in der Welt hätte bewegen können. Es kam allerdings auch hinzu, dass er seine Frau, die plötzlich an einer Gehirngrippe erkrankte, binnen 24 Stunden verlor, wodurch er sich in seinem Dasein nicht mehr zurechtfand. Kurz und gut – „vielmehr kurz und schlecht“, verbesserte sich die kleine Person –, „der Alte ging Bürgschaften ein, um einem anderen aus der Patsche zu helfen, kam dabei selbst in die Tinte, denn der andere verschwand auf Nimmerwiedersehen, mit einem Wort: Pleite. Aus. Punkt. Schluss.“

Nun kam sie wieder auf den Sohn zu sprechen. Von allem Menschlichen abgesehen, hätte ihn dieser geschäftliche Zusammenbruch der Firma des Vaters nicht zu berühren brauchen, denn ein Erbteil, das ihm vom Vermögen der Mutter her zustand, war für die Gläubiger des Vaters unangreifbar. Aber er dachte nicht daran, diesen Vorteil für sich selbst in Anspruch zu nehmen, obwohl der Vater selbst ihm das vorschlug. Nein, der Sohn warf, was ihm gehörte, auch noch in den großen Topf; dadurch war es für ihn auf immer verloren, der Vater aber blieb nun keinem etwas schuldig – „womit", bemerkte die Erzählerin bitter, „der Teufel seinen Schwanz erst so richtig auf die Sache legte. Dass nun niemand mehr dem Alten an den Wagen fahren konnte, das hätte ihn aufrecht halten sollen, und das hatte der Junge auch mit seiner Handlungsweise bezweckt – doch genau das Gegenteil trat ein. Mit seiner Beihilfe gab der Sohn selbst dem Vater den letzten Stoß. Denn dass der Alte nicht nur seine Firma zerstört hatte, sondern jetzt, wie er meinte, auch noch die Zukunft des Sohnes, darüber kam er nicht mehr hinweg. Das nahm ihm den letzten Rest seiner Lebenskraft. Eine Weile schleppte er sich noch so hin. Dann holte er sich einen lächerlichen Schnupfen. Sie wissen ja Bescheid, Graf: Die Ärzte können einem das Herz herausnehmen, es zurechtklopfen, dann setzen sie es wieder ein, und der Mensch lebt vergnügt weiter. Aber was eigentlich ein Schnupfen ist, das weiß keiner. Es blieb natürlich auch nicht dabei. Es kam dies hinzu und dann das, und schließlich brauchte er keinen Arzt mehr."

Sie machte eine Pause. Der Chef betrachtete sie etwas gequält, denn von ihrem schnellen Französisch hatte er nur das eine oder andere verstanden und konnte sich daher das Ganze nicht zusammenreimen. Der Graf und GG sahen auch nicht heiter aus, denn es war ja nun vorauszusehen, dass es mit dem jungen Menschen, um den es hier ging, eine Wendung ins Elend genommen haben musste – wie hätte es sonst dazu kommen können, dass er unter die vermissten Seeleute geraten war? Sie verstanden nur zu gut, was Fräulein Brodart nun weiter berichtete, dass er alle Angebote, die ihm seine Freunde machten, rundweg ablehnte. Sie wussten, dass solche Hilfen im ersten Augenblick wohl rasch angetragen und auch dankbar angenommen werden können, gewöhnlich aber auf die Dauer beide Teile unerträglich belasten. „In Marcel war eben auch etwas zerbrochen", erklärte sie. Nach dem Tode des Vaters warf er auf einmal alles hin, was bis dahin gar nicht seine Art gewesen war. Er brach sein Studium ab, gab seine Pläne auf und entschwand allen seinen Bekannten. Es hieß, er sei zur See gegangen – und niemand hörte je wieder etwas von ihm.

„Und denken Sie, meine Herren – heute ist der Mann Millionär!"

„Warum auch nicht?" fragte der Chef, einerseits erfreut, dass er die fünf Worte verstanden hatte, andererseits von ihrem Inhalt nicht erschüttert. Warum sollte sich der Sohn eines Seidenfabrikanten nicht wieder durchboxen? Und eine Million Francs war überhaupt nicht so sehr viel Geld .

„Millionär", wiederholte Mutter Brodart und setzte auf Englisch hinzu: „Dollarmillionär – und er weiß nichts davon!"

Der Chef warf seinen beiden Gefährten einen ganz besonderen Blick zu, und sie wussten, was er damit meinte. War das überhaupt ernst zu nehmen, was ihnen hier vorgesetzt wurde? Hatte die kleine Person etwa zuviel billige Romane gelesen oder zuviel Filme gesehen und verwechselte nun deren gehäufte und rührselige Ereignisse mit der Wirklichkeit des Lebens? Aber sie war klug genug, diesen Zweifel zu spüren, den sie erregt hatte, und in einem heftigen Gespräch, das von jetzt an mehr englisch als französisch geführt wurde, setzte sie ihren Besuchern auseinander, dass sie es keineswegs nur mit ihr zu tun hätten. Sie saßen hier sozusagen nur in einer Nebenstelle; das Hauptbüro BMS, Bureau for missing Seamen, war in New York und wurde von Frau Shirley Wessel geleitet, der Witwe eines ehemaligen Kapitäns. Von ihr hatte die Französin die Mitteilung erhalten, dass einen gewissen Marcel Gormot, der jahrelang im Adressbuch des Kircheninstituts für Seeleute geführt worden war, die Schwester seiner Mutter in Cincinnati zum Millionenerben eingesetzt hatte. Aber alle Bemühungen, ihn aufzufinden, waren vergeblich gewesen. Eine Spur allerdings, freilich eine sehr unsichere Spur, schien nach Marseille zu weisen – „aber nichts, meine Herren, gar nichts habe ich herausbekommen können!“, klagte die kleine Person verzweifelt.

Der Chef gab einen knurrenden Laut von sich, und das leichte „Jaja“, das der Graf äußerte, drückte dasselbe aus, nämlich lebhaften Zweifel, ob sie sich auf eine so ungewisse Sache überhaupt einlassen sollten. GG rechnete in Gedanken nach: was Fräulein Brodart ihnen erzählt hatte, musste doch wenigstens zwanzig Jahre her sein – und war ein so langer Zeitraum nicht ein unüberwindliches Hindernis für eine erfolgreiche Suche?

Vielleicht konnte Mutter Brodart Gedanken lesen. „Ich weiß“, sagte sie, „dass so etwas nicht von heut auf morgen geht. Fünf Jahre hat es gedauert, bis ich einen Matrosen mit einem Brief in Melbourne erreichen konnte, um ihm mitzuteilen, dass seine Schwester ihn noch einmal sehen wollte, die 35 Jahre lang nichts von ihm gehört hatte. Ich habe erst an alle Schifffahrtsgesellschaften geschrieben, an die Gewerkschaftsverbände der Seeleute, an alle Matrosenklubs, die es gibt, an sämtliche Hafenbehörden. Umsonst. Aber Frau Wessel und ich schicken unsere Listen mit den Namen der vermissten Seeleute an 1.200 verschiedene Stellen – und nach fünf Jahren ruft mich ein Seemann an und sagt, er sei dabei gewesen, wie dem Gesuchten bei einer Schlägerei in Chikago ein Ohr halb abgerissen wurde. Ich habe sofort an Frau Wessel gekabelt. Sie rief das Marinelazarett in Chikago an – richtig, der Mann war dort repariert worden, von da nach New Orleans gegangen, hatte dann auf einem Handelsdampfer nach Australien angeheuert, und so habe ich ihn erwischt! Und hier, meine Herren –“

Sie streifte den weiten Ärmel ihres billigen Bürokittels auf, und der Anblick, der sich den Besuchern bot, war für sie unerwartet. Die kleine Person trug ein Armband aus Platin, das über und über mit Brillanten besetzt war, ein unerhört kostbares Stück, das der Graf nach dem augenblicklichen Kurs auf zwei Millionen Francs schätzte.

„Ja“, sagte sie und lachte ein bisschen über das unverhohlene

Staunen der drei Männer, „da machen Sie Augen und fragen sich, wie die zerrupfte Krähe an so etwas gekommen ist! Das hat mir eine alte Frau geschenkt, die sehr reich war und der all ihr Geld doch nicht dazu verholfen hätte, dass sie ihren Sohn noch einmal sah, ehe es zu spät wurde, aber ich hab's fertiggebracht. Das Armband trage ich nicht aus Eitelkeit, das können Sie mir glauben. Unterm Kittel sieht's ja überhaupt keiner. Aber es ist mein Trost, verstehen Sie? Wenn nichts klappen will, aber auch gar nichts, wenn ich nahe am Verzweifeln bin, weil sich wieder so ein Bursche versteckt hat, dass man ihm nicht helfen kann – dann tröstet es mich, dass ich das Armband fühle: es ist eben doch nicht alles umsonst, was man tut. Der armen reichen Mutter hab' ich wirklich geholfen …"

Sie sah es noch immer an und fuhr langsam fort: „Eines Tages werde ich es verkaufen müssen. Sie können sich denken: das ständige Suchen kostet Geld, viel Geld. Und wer gibt mir schon etwas dafür? Sie werden sich wahrscheinlich gewundert haben, dass Sie mich in einem so elenden Loch gefunden haben – aber ich kann es mir nicht leisten, in einen der Prachtbauten zu ziehen, die jetzt am Alten Hafen stehen. Die Miete kann ich nicht aufbringen. Das bisschen, was ich noch habe, das geht für meine zweihundert Kinder drauf!"

Von den Dreien fiel darauf kein Wort. War das, was sie hier hörten und sahen, nicht ebenso ergreifend wie hoffnungslos? Es mutete sie an, als hätte sich diese kleine magere Person in einen Ringkampf mit einem unsichtbaren Riesen eingelassen – aber sie gab nicht nach, nein, wahrhaftig nicht. „Ich bitte Sie", redete sie energisch weiter, „da kann man doch nicht die Hände in den Schoß legen! Dieser Marcel Gormot hat aus Anständigkeit, aus Rechtlichkeit, aus innerer Sauberkeit seine Existenz für seinen Vater geopfert. Heute ist er ein Mann von 45 Jahren. Da ist es noch lange nicht zu spät. Mit diesen anderthalb Millionen Dollar kann er etwas aufbauen – das Schicksal gibt ihm noch einmal eine große Möglichkeit – und soll er sie verpassen, nur weil er von ihr nichts erfährt?! Das kann man doch nicht hingehen lassen! Damit macht man sich ja selbst schuldig!“

‚Jahre dauert das, Jahre‘, dachte GG, und er sagte: „Sie sagten, die Sache eile?“

„Vier Wochen haben Sie noch Zeit“, antwortete sie barsch.

„Sie meinen vier Jahre!“, rief der Graf.

„Wenn ich vier Wochen sage“, erwiderte sie scharf, „dann rede ich nicht von Jahren. In vier Wochen nämlich verfällt das Testament. Wenn Marcel Gormot sich bis dahin nicht gemeldet hat, geht das ganze Geld an Verwandte der Verstorbenen in Texas, die so schon nicht wissen, was sie mit ihren Dollars anfangen sollen, und die trotzdem hinter der Erbschaft her sind wie der Hund hinterm Hasen.“

GG und der Graf sahen einander an. Unmöglich, nicht wahr? Erübrigte sich da nicht jedes weitere Wort? Aber nun sehe einer den Chef an! Jetzt griff er ein. Vielleicht hatte es ihm doch zu wohlgetan, dass die kleine Person ihn am Anfang des Gesprächs so rühmte.

„Sagten“, knurrte er, „eine Spur gehe nach Marseille.“

„Ja“, antwortete sie. „Eine Fischhändlerin hat mir mitgeteilt, sie könne sich erinnern, dass ihr Vater einmal gesagt habe, der Mann, mit dem er auf Fischfang führe, sei aus Lyon und aus einem Haus, wo man teurere Fische gegessen hätte, als sie jetzt fingen! Er dachte, der Mann hätte vielleicht in irgendeine Kasse gegriffen.“

„Wo ist der Fischer, der den Mann aus Lyon gekannt hat?“

„Tot.“

„Und wie lange ist das her, dass er das geäußert hat?“

„Sechzehn Jahre“, antwortete Mutter Brodart.

Jetzt sagte auch der Chef nichts mehr. Denn war hier beim besten Willen überhaupt noch etwas zu bemerken?! Die kleine Person fühlte, was dieses Schweigen bedeutete. Sie bangte davor, dass die drei gescheiten, tüchtigen Männer im nächsten Augenblick aufstehen und sie allein lassen würden, weil sie es als Zeitvergeudung ansahen, sich mit einer so aussichtslosen Sache abzugeben.

Fast versagte ihr die Stimme, als sie ihre letzte Hoffnung vorbrachte. „Es gibt noch eine Möglichkeit", sagte sie.

Die drei blickten sie mit höflicher Aufmerksamkeit an, jedoch ohne alle Erwartung.

„Gar nicht weit von hier, ganz in der Nähe", setzte sie schnell hinzu, als sei damit etwas zu retten, „in Irine-sur-Mer, lebt ein Mann, der sich unter den Seeleuten auskennt wie sonst keiner. Bei dem müssten Sie anfangen. Irgend etwas ist bei ihm sicher zu erfahren."

„Aber liebe Mutter Brodart", sagte der Graf, „wozu holen Sie uns dann vom Libanon hierher? Wenn Sie den Mann kennen, dann ist es doch das natürlichste von der Welt, dass Sie ihn aufsuchen! Was haben Sie da für Zeit verloren, wo Sie doch in der Sache so wenig Zeit haben!"

Ganz gegen ihre Art blitzte sie ihn nicht mit einer scharfen Antwort nieder. Sie war sichtlich verlegen, ja sie machte einen geradezu unglücklichen Eindruck. „Ich kann nicht zu ihm", erwiderte sie. „Mir würde er nichts sagen – im Gegenteil –"

Hilflos sah sie von einem zum andern, und als sie bei jedem demselben verständnislos erstaunten Blick begegnete, raffte sie sich zusammen. „Ich muss Ihnen das erklären", sagte sie bedrückt. „Ich habe es mit dem Mann verdorben. Aber es war nicht meine Schuld! Nein, nein … wenn ich gewusst hätte … ich bin doch selbst infam hintergangen worden!"

Sie bezwang die Empörung, die sich ihrer bemächtigt hatte. „Zu mir kam ein Herr, der einen Seemann suchte. Er schulde ihm von früher her Geld, erzählte er mir, könne es jetzt zurückzahlen und wolle das nicht länget hinausschieben. Da hat mir der Mann, von dem ich Ihnen sprach, geholfen, ihn zu finden, denn er kennt wirklich Tod und Teufel. Aber wie der Gesuchte nun auftauchte, da haben sie ihn wegen irgendeiner alten Sache verhaftet. Der feine Herr war nämlich ein Kriminalbeamter aus Paris. Dass er Geld zurückzahlen wollte, war ein frecher Schwindel, und damit hat er mich hineingelegt. Aber mein Gewährsmann denkt natürlich,

ich hätte mit der Polizei unter einer Decke gesteckt. Wo Sie jetzt sitzen, da hat er gestanden, und dann – ich habe gedacht: ‚Gleich spuckt er dich an!' Er hat es nicht getan, aber was er zu mir gesagt hat, das war schlimmer, als wenn er mich angespuckt hätte. Ich bin nicht auf den Mund gefallen, wirklich nicht. Aber kein Wort hab' ich herausgebracht, wie ein Drecklumpen kam ich mir vor. Und er hatte ja recht: nur meine Dummheit hatte das ganze Unglück angerichtet …"

Sie war todunglücklich über dieses Missgeschick, und den Dreien tat sie sehr leid.

„Deswegen bin ich ja diesmal selbst nach London gefahren", sagte sie. „Ich will mit keinem Kriminalbeamten oder einem Detektiv etwas zu tun haben, das habe ich Mister Miller erklärt. ‚Schicken Sie mir Menschen, die keines Schwindels fähig sind', habe ich zu ihm gesagt. Ich schaff' es doch eben nicht allein!"

„Sie sagten", bemerkte GG, „der Betreffende wohne in Irine-sur-Mer."

Sie nickte.

„Wie heißt er?" fragte der Graf.

„Pataral", erwiderte sie.

„Vermutlich ist er dort Bürgermeister?" meinte der Graf ermunternd.

„Nein", antwortete sie. „Netzflicker." Und noch ehe die drei das ganz aufgenommen hatten, setzte sie flehend hinzu: „Aber lassen Sie ihn nur nicht merken, dass Sie von mir kommen! Sonst ist alles verloren!"

Schwierig – sehr schwierig …

„Und was hat sie von mir gewusst?", fragte Neunauge, nachdem er gehört hatte, dass das kleine Fräulein über sie alle so gut unterrichtet war.

„Offenbar nichts", erwiderte der Graf, und er sah, dass etwas wie Erleichterung über Neunauges Gesicht ging. Das verwunderte ihn, denn hätte es nicht eigentlich nähergelegen, dass Neunauge enttäuscht gewesen wäre, weil offenbar in London gar nicht davon gesprochen wurde, wie er in Malaya einen Tiger bezwungen, wie er auf Sardinien dem Brigadiere Freddura das Versteck des verfolgten Banditenkönigs entlockt hatte, mit welchem Gleichmut er in Marokko dem sicheren Tode entgegengegangen war? Aber der Graf hatte nicht Zeit, dem nachzuhängen, denn es mussten so rasch, wie es nur ging, die nächsten Schritte überlegt werden.

Ja, da waren sie nun wieder zusammen, die sechs, welche die Abenteuer im Libanon hinter sich hatten. In einem der Konferenzzimmer des *Hotels de Noailles*, wo sie abgestiegen waren, saßen sie in bequemen dunkelroten Klubsesseln um den runden Tisch, der Chef rauchte mit Behagen die Pfeife, die ihm sein Plumpudding gestopft hatte, Tschandru–Singh, der junge Inder, saß neben GG und war überzeugt, dass sein verehrter Sahib auch bei dieser scheinbar unlösbaren Aufgabe die Lösung finden würde, wie er sie bis jetzt immer gefunden hatte. Von unten her klang ein dumpfes Brausen zu ihnen herauf, denn ihr Hotel lag an der berühmten *Canebière*, einer Hauptader Marseilles, durch die Tag und Nacht Ströme von Menschen hin und her fließen, durch die nicht mehr zu zählende Kraftwagen ununterbrochen und in unbegreiflichem Tempo jagen.

„Offen gestanden", sagte der Graf, „sowenig wie an den Erzählungen der kleinen, tapferen Mutter Brodart zu zweifeln sein wird, so werde ich doch das Gefühl nicht los, die ganze Geschichte habe etwas Unwahrscheinliches an sich. Unsere Zeit verfügt über alle technischen Nachrichtenmittel. Die Behörden sämtlicher Länder registrieren und rubrizieren jeden einzelnen ihrer Bewohner und bringen ihn durch die Nötigung, immer wieder neue Formulare auszufüllen, an den Rand der Verzweiflung. Wer kann denn da noch von der Bildfläche verschwinden?“

„In Macao“, antwortete GG, „bekommen Sie, wenn Sie über das nötige Geld verfügen, für jedes beliebige Land einen vorzüglich gefälschten Pass auf jeden beliebigen Namen. Früher war dafür Tanger oder Hongkong zuständig.“

„Menschen verschwinden tatsächlich“, sagte der Chef. „Kannte Victor Grayson gut, hochanständiger Charakter. Politiker. Mann der Öffentlichkeit. Grayson verlässt – war übrigens gerade ein schöner Frühlingstag – also verlässt Liverpool, will, wie er sagt, nach Hull. Ist in Hull nie angekommen. Steht fest, dass er am Abend in London war. Hat in einer Hotelbar noch einen Whisky getrunken – das ist das Letzte, was man von ihm weiß. Niemand hat je wieder etwas von ihm gehört.“

„Oder denken Sie an den Ölkönig Frederick Lloyd“, meinte GG, „den Amerikaner. Er ist zum letzten Mal im New Yorker Manhattan-Club gesehen worden. Von dort hat er sich in einem Taxi den Broadway hinauffahren lassen – und weiter weiß man nichts von ihm. Nach zwanzig Jahren musste er für tot erklärt werden – aber ob er wirklich tot oder am Ende nur für die Öffentlichkeit verschwunden ist, das weiß niemand.“

„Kenne noch einen Fall“, sagte der Chef. „Freundin meiner Schwester war in London mit einem Mann namens Smith verheiratet. Kein ungewöhnlicher Name. Auch kein ungewöhnlicher Mann. Durchschnitt. Sauber. Ordentlich. Keine dunklen Stellen. Eben Durchschnitt. Verlässt wie jeden Morgen die Wohnung, um ins Büro zu gehen. Sagt ‚Auf Wiedersehen!‘ wie jeden Morgen, gibt seiner Frau wie jeden Morgen einen Kuss, und sie sieht ihm aus dem Fenster noch nach, bis er um die nächste Ecke biegt. Das ist das Letzte, was sie von ihm gesehen hat. Keine einzige Spur, was aus ihm geworden ist.“

„Haben Sie nie von dem amerikanischen Baumwollmillionär

Joseph Martin gehört?" fragte GG. „Der isst am 3. April 1913 mit Freunden in einem Londoner Club. Nach Tisch erklärt er, er habe noch eine Verabredung, und geht. Er wird nicht wiedergesehen. Nach Tagen findet man seinen Hut, seine Uhrkette und seine leere Brieftasche am Themseufer – aber mehr auch nicht. Später beschwört ein Mann, er habe den Vermissten auf einem Schiff gesehen, das nach Kapstadt fuhr – aber als man der Spur nachgeht, führt sie zu keinem klaren Ergebnis. Was aus ihm geworden ist, weiß niemand."

„Und hier in Marseille!", sagte der Chef. „Hatten hier einen Generalkonsul, Reginald Arthur Lee. Sehr tüchtiger Mann. Zuverlässig, genau, ganz nüchterner Bursche. Hatte seinen Wagen in einer Garage ein paar Schritte von seinem Haus. Geht hin, um den Wagen zu holen. Ist von diesem kurzen Gang nicht zurückgekommen. Aber wo er geblieben ist –", der Chef zuckte die Achseln.

„Soviel ich weiß", bemerkte GG, „verschwinden allein in Paris jedes Jahr 20.000 Menschen, und zwar 6.000 auf Nimmerwiedersehen."

„Aber wenn schon in der Öffentlichkeit bekannte Leute von Namen und Rang so verschwinden oder untertauchen können, dass sie unauffindbar bleiben", brachte der Graf vor, „wie sollen wir dann einen geradezu Unbekannten wie Marcel Gormot aufspüren?"

Neunauge hatte gar nicht mehr recht zugehört. Seitdem ihm, Plumpudding und dem jungen Inder auseinandergesetzt worden war, dass sie einen Mann aus Lyon suchen sollten, der vielleicht einmal mit Marseiller Fischern auf Fischfang gefahren war, bohrte er einer Erinnerung nach und hatte Mühe, seine Aufregung nicht merken zu lassen. Sechzehn Jahre sollte das her sein – damals war er ein Bengel von vierzehn gewesen, der von morgens bis abends und auch noch in der Nacht im Hafen herumlungerte. Er hatte sich bei allen ausgekannt, bei den *Pêcheurs*, den Fischern, bei den *Piadiers*, bei den *Plaisanciers*, die sich nur zu ihrem Vergnügen schnittige Segelboote hielten, wie die *Fille de Feu* oder *Altair*. Er hatte Tag für Tag aus den Booten grünes Seegras an Land geschleppt, auf das die Fischweiber die silbrigen Leiber mit den toten und doch so laut anklagenden Augen packten. Er hatte dabei so manches gehört, was für seine Ohren noch gar nicht bestimmt war – und war da nicht auch einmal von einem Lyoner die Rede gewesen, bei dem irgend etwas nicht in Ordnung sein sollte? Hatte er den Mann nicht überhaupt selbst gesehen? War das nicht der Bursche gewesen, der schon dadurch auffiel, dass er lang und blond war, denn hier waren die Männer meist klein und gedrungen und nicht blond?

So grübelte Neunauge und kam dabei in immer heftigere Erregung. Aber nur nichts merken lassen! Ja nicht vorpreschen! Er konnte sich auch täuschen. Und selbst wenn ihn seine Erinnerung nicht trog – was half es denn, wenn er den Mann aus Lyon vor sechzehn Jahren hin und wieder gesehen hatte?

„Jedenfalls – sehr schwierig!“, sagte der Graf und seufzte.

„Können's nur versuchen.“

„Müssen's versuchen“, sagte der Chef energisch. „Haben ja einen Hinweis. Wie hieß der Kerl?“

„Pataral“, sagte GG und fuhr fort: „Ich meine, da darf nur einer von uns hingehen. Das ist doch offenbar ein schwieriger Mann, und ein einzelner Spaziergänger, der da zufällig bei ihm vorbeikommt, bringt ihn vielleicht leichter zum Reden, als wenn da drei erscheinen. Das sieht gleich nach einer Kommission aus.“

„Also einer“, bestimmte der Chef. „Wer?“

Er sah auf GG, und für Tschandru-Singh war es selbstverständlich, dass diese schwierige erste Unternehmung, von der das Gelingen des Ganzen abhing, allein seinem Sahib anvertraut werden konnte. Aber GG war anderer Meinung. „Ich schlage vor“, sagte er, „dass wir den Grafen darum bitten. Dieser Herr Pataral ist ein Landsmann von Ihnen“, bemerkte er, zum Grafen gewandt, „und Sie können von uns am besten mit ihm sprechen.“

„Sehr richtig, Herr Graf, sehr richtig“, sagte Neunauge eilig. „Hier sind wir schließlich zu Haus –“

„Selbstverständlich sage ich nicht nein“, antwortete der Graf, „obwohl ich nicht verhehlen will, dass ich andern gern den Vortritt lassen würde.“

„Pataral … Pataral … “, wiederholte Neunauge überlegend . „Herr Graf, ich weiß nicht, der Name klingt mir so echt nach Marseille!“

„Möglich“, meinte der Graf. „Aber ich würde ihn mehr für katalanisch halten.“

„Herr Graf“, rief Neunauge aus, „ich gehe jede Wette ein, das ist ein Marseiller!“

Der Graf begriff. Neunauge war auch Marseiller, und er schob dem Unbekannten kurzerhand dieselbe Abstammung zu, um einen guten Vorwand zu haben, mitgenommen zu werden.

„Einer allein wäre das beste, meinten wir“, sagte der Graf.

„Aber ich muss gestehen, für den Fall, dass dieser eigenartige Zeitgenosse tatsächlich aus Marseille stammt, wäre es mir doch lieb, wenn Neunauge mitkäme!“

„Ich dränge mich nie auf, Herr Graf“, äußerte Neunauge fest. „Doch wenn ich gebraucht werde, bin ich immer zur Stelle.“

Bei dem Netzflicker

Das Auto, das der Graf für einen Tag genommen hatte, brachte ihn und Neunauge in einer Stunde Fahrt an das gewünschte Ziel. Die vorzügliche und belebte Straße lief dicht am Ufer entlang, und immer hatten sie zu ihrer Rechten das weite blaue Meer. Nachdem der Graf dem offenbar redseligen Chauffeur gesagt hatte, sie wünschten keine Unterhaltung, da sie innerlich zu sehr beschäftigt seien, brachte der Mann die Zähne nicht mehr auseinander, und so fuhren die drei Männer stumm durch den herrlichen Morgen, über dem die Sonne an einem wolkenlosen Himmel strahlte.

Irine-sur-Mer erwies sich als ein Fischerdörfchen, das um eine kleine, durch eine Hügelwand gut geschützte Bucht entstanden war. Ein Wirtshaus führte den aparten Namen *Corsaire et demi*, und um dessen Wildheit noch zu verstärken, war unter der mit roter Farbe auf die kalkweiße Wand gemalte Inschrift ein bloßer Säbel angebracht, dessen Klinge an der Spitze rot gefärbt war; unterhalb der Waffe saßen rote Kleckse an der Wand wie Blutflecke. Aber der freundliche Anblick eines reizenden jungen Mädchens, das im Garten beschäftigt war, schneeweiße Wäsche aufzuhängen, ließ doch vermuten, dass das Haus keine Räuberhöhle sei, sondern eine friedliche Stätte, die sich nur den Marseiller Sonntagsgästen zuliebe ein so gefährliches Ansehen gab, und der Graf, der dem Chauffeur auftrug, hier bis zu ihrer Rückkehr zu warten, war überzeugt, dass der Mann sehr gut aufgehoben war.

Der Graf ging mit Neunauge weiter ins Dorf, und auf eine Frage nach Monsieur Pataral wurden sie in die Straße gewiesen, die zum Meer hinführte; sie sollten nur immer geradeaus gehen, da kämen sie schon an seine Höhle. Kleine bescheidene Häuser, deren jedes einen Namen hatte: *Le Logis du Loup – Hier wohnt der Wolf*, las der Graf, *Toi et Moi – Du und Ich*, daneben *Le Lapin blanc – Zum weißen Kaninchen*, und die Inschrift *Au bon retour – Zur guten Rückkehr* wies darauf hin, dass die Fischer auch mit Fahrten rechnen mussten, bei denen Sturm und Unwetter eine glückliche Heimkehr verhinderten.

Jetzt waren die beiden jenseits des Dorfes. Nun mussten sie bald auf den gesuchten Netzflicker stoßen. Da kam dem Grafen der Gedanke, dass GGs Überlegung, mit dem Manne solle am besten nur ein einzelner verhandeln, doch vielleicht richtig gewesen sei. „Weißt du was“, sagte er, „du kommst mir erst in einer Stunde nach. Auf die Art hat jeder seine ersten Eindrücke, ohne dass einer den andern stört, und du erscheinst dann ganz frisch und aufnahmefähig, während ich schon verbraucht bin. Ich bin sicher, du siehst auf die Art mehr als ich.“

„Jedenfalls werde ich tun, was ich kann", erwiderte Neunauge und blickte sich suchend um, wo er einen angenehmen Sitzplatz zum Warten fände, und der Graf ging allein weiter.

Der Weg machte eine Biegung, mit welcher der Graf den kleinen Hafen und die Wohnstätten hinter sich ließ, und es war ihm, als hätte er plötzlich eine andere Welt betreten. Kahle Hügel von grauweißem Kalkstein, die wie zerfressen aussahen, schoben sich dicht bis an das Meer heran, an Felsblöcken brachen sich die anschlagenden Wellen und wurden zu hoch aufschäumender Gischt. Unendlich schien sich das Meer zu dehnen, und ihn umfing eine erschreckende Einsamkeit. Es kam ihm unbegreiflich vor, dass nur eine Stunde von hier die zweitgrößte Stadt Frankreichs lag mit ihrem lärmenden Gewimmel – es war ihm, als schritte er in diesen Kalksteinhügeln über das tote Gestein des Mondes.

Die Straße war längst zu einem schmalen Pfad geworden, als eine neue Biegung ihn in eine weite Bucht führte, in der Fischerboote ankerten. Hier trat die Kette der Hügel etwa um zweihundert Meter zurück und gab dadurch ebenen Boden frei; auf dieser Fläche sah er einen Mann, der Netze flickte.

Das musste Pataral sein. Der Graf ging auf ihn zu.

Der Mann saß mitten in einem großen schwärzlichen Netz auf der Erde. Einige Schritte von ihm entfernt lag ein Hund, ein stämmiges Tier. Sein dichtes weißes Fell zeigte wolfsfarbene Flecken; seine fast dreieckigen Ohren setzten in Augenhöhe an und hingen herab. Es war ein Hirtenhund aus den Pyrenäen und mutete wie ein Märchenhund an, der einen Schatz bewacht. Den Kopf hatte er auf die Pfoten gelegt, und seine schrägstehenden bernsteinfarbenen Augen beobachteten den Fremden.

Der Mann hatte eine blaue Leinenhose an, um die er eine rote Leibbinde trug. Sein derbes graues Hemd, das offenstand, ließ eine braungebrannte Brust sehen. Auch die Haut seines Gesichts schien wie von Leder, aber ein starker Vollbart verbarg dessen unteren Teil. Eine Schirmmütze aus Rippensamt schützte es gegen die Sonne. Auf einer Trage, deren Griffe zwei Träger erforderten, lagen noch fast schwarze Netze gehäuft; andere hingen an Holzgestellen und erinnerten an Trauerschleier von Riesinnen.

Der Hund veränderte seine Stellung nicht, aber er knurrte, und vorsichtig hemmte der Graf seinen Schritt, denn er wusste, dass diese Hirtenhunde imstande waren, mit Wölfen fertig zu werden.

„Es ist gut", sagte der Mann halblaut zu dem Tier, und der Graf trat heran. Der Netzflicker erwiderte seinen Gruß, und nun stand der Graf vor ihm, wie eben ein Großstädter auf dem Lande bei einem Anblick stehen bleibt, der ihm ungewohnt ist.

Das Garn, mit dem der Mann das Netz flickte, fädelte er mit einem kleinen Werkzeug aus braunem Holz, das einem Weberschiffchen glich, durch die Maschen, und war der Schaden ausgebessert, so schnitt er mit dem offenbar sehr scharfen Messer, das seine Linke hielt, den Faden durch. Brauchte er beide Hände zugleich, so nahm er vorher das Messer zwischen die Zähne. Ein Reserveschiffchen hatte er sich zwischen Ohrmuschel und Mützenrand festgeklemmt. Es war wie das, mit dem er gerade arbeitete, von langem Gebrauch wie poliert.

„Flickarbeit", sagte der Mann, „Flickarbeit – immer nur Flickarbeit – nichts für Sie, Monsieur, wie?"

„Ich flicke auch nur", antwortete der Graf.

„Sie sehen nicht nach einem Flickschneider aus!"

„Ich bin Menschenflicker. Arzt."

Der Mann lachte, und dann waren sie gleich in einem sachlichen Gespräch. Dem Netzflicker gaben die Delphine Arbeit. Mit ihren kleinen spitzen Zähnen fuhren sie durch das Netz, fassten sich Sardinen und Makrelen, zogen sie heraus und rissen dabei das Netz entzwei.

„Es sind also Räuber", meinte der Graf.

„Sie sind groß, die andern klein – und die Kleinen sind dazu da, von den Großen gefressen zu werden."

Er kam wieder auf das Netzflicken zu sprechen. Seinen Beruf würde es bald nicht mehr geben, meinte er. Die neuen Perlon– und Nylonnetze hielten zehnmal länger als die aus Hanf, und wenn sie doch entzweigehen sollten, schickten die Firmen, welche sie lieferten, gleich eine ganze Mannschaft, die den Schaden wieder in Ordnung brächte – „Kundendienst, Monsieur, nicht wahr? Sie verkaufen ihre Netze eben mit Garantie! Und es ist ja nicht nur das: Mit diesem neuen Zeug fangen die Fischer dreimal soviel Fische wie mit dem alten."

„Im Röntgenbild", sagte der Graf, „geben Nylonstoffe keinen Schatten. Vielleicht nimmt die Netzhaut der Fische sie gar nicht wahr? Tieraugen verhalten sich ja unterschiedlich gegen die Wellenlänge des Lichts!"

„Zu hoch für unsereinen", antwortete der Mann. „Aber ein Netz aus Hanf kostet sechs– bis siebentausend Francs, und eins von der neuen Sorte zwei Millionen. So viel Geld haben die Leute nicht, und daran werden die kleinen Fischer kaputt gehen. Ich sag's ja, die Großen fressen die Kleinen, das ist bei den Menschen wie bei den Fischen."

Während der Mann so sprach, hielt er in seiner Arbeit nicht inne, und in seiner sachlichen, bestimmten Art gefiel er dem Grafen so, dass es ihm leid war, mit ihm nicht offen reden zu sollen. Er setzte dazu an. Aber im letzten Augenblick schien es ihm doch wieder geraten, so ganz offen nicht zu sein und ihm vorerst einmal die Existenz des Chefs und GGs zu verbergen.

„Herr Pataral", sagte er, „ich bedauere, erfahren zu haben, dass die Existenz der kleinen Fischer durch den Fortschritt der Technik bedroht ist, aber deswegen komme ich nicht zu Ihnen."

„Woher kennen Sie meinen Namen?"

„Ich verdanke ihn der Mutter Brodart!"

„Mit der will ich nichts zu tun haben!"

„Das kann ich verstehen – aber Sie müssen doch auch einsehen, dass der guten Person da scheußlich mitgespielt wurde!" Eindringlich setzte der Graf dem empörten Mann auseinander, wie das Unglück zustande gekommen war, und da Pataral ihn dabei ohne Widerspruch anhörte, überhaupt nichts dazu sagte und ohne einmal aufzusehen mit seinem Schiffchen durch die Maschen fuhr und die Hanffäden an den Kreuzpunkten ineinander verschlang, hoffte der Graf schon, ihn überzeugt zu haben. Doch als er zu Ende war, äußerte Pataral nur kurz: „Das kann sein, wie es will. Sie soll mich in Ruhe lassen. Was stört sie die Menschen auf? Ohne Grund versteckt sich keiner."

„Da haben Sie natürlich recht. Aber wenn nun ein guter Grund vorliegt, einen Menschen in seinem Versteck ausfindig zu machen, weil man ihm damit einen Dienst erweist?"

Das hölzerne Schiffchen fuhr durch die Maschen. „Es gibt Leute", sagte der unablässig arbeitende Mann, „die wollen allein fertig werden."

„Und es gibt auch Leute, die sind heilfroh, dass sie das *Bureau for missing Seamen* in New York nach jahrelangem Suchen gefunden hat."

„Kommen Sie aus New York?"

„Nein. Aber aus New York hat man sich an die Mutter Brodart gewandt, und sie wieder hat mich auf die Beine gebracht. Sie möchte doch nur einem armen Kerl zu seinem Glück verhelfen."

Der Mann arbeitete weiter, unablässig, schweigend, als rede niemand mit ihm, aber der Graf sprach unbekümmert weiter.

„Sehen Sie, es handelt sich um einen Mann, der als junger Mensch eines Tages ein Haar in der Lebenssuppe fand, Teller und Löffel wegschob, vom Tisch aufstand und davonging. Mit einem großen Verzicht auf seine eigene Existenz hatte er seinem Vater aus dem Schlamassel helfen wollen – aber damit brachte er den alten Herrn nur rascher unter den Rasen. Dass er mit seinen Schulden nicht nur sich ruiniert hatte, sondern auch seinen Sohn, darüber kam der Vater nicht mehr hinweg und siechte dahin. Der Junge hatte aus Anständigkeit gehandelt, aus Rechtlichkeit, aus innerer Sauberkeit, aus Liebe – und was hatte er damit erreicht? Wie gesagt, da stand er vom Tisch auf und ging davon."

Das hölzerne Schiffchen fuhr nicht mehr durch die Maschen. Die große schwere Hand, die es so unablässig geführt hatte, rührte sich nicht mehr, und die andere Hand, die das scharfe

Messer hielt, schnitt nicht mehr. Der Mann, dem sie gehörten, sah nicht mehr auf das schwärzliche Netz. Über die in der Bucht ankernden Fischerboote blickte er hinaus auf das Meer.

„Und jetzt“, fuhr der Graf fort, „warten auf den Verschollenen anderthalb Millionen Dollar. Eine Erbschaft, verstehen Sie? Damit kann er doch noch einmal von neuem anfangen!“

Die Hände rührten sich noch immer nicht wieder, aber der Mann sprach: „Wie viel Prozent bekommen Sie von den anderthalb Millionen, wenn Sie den finden, den Sie suchen?“

„Ich bin ein Mitarbeiter der Gesellschaft *Ubique Terrarum*, das heißt *Überall in der Welt*. Sie sucht den Menschen zu helfen, von denen sie erfährt, dass ihnen geholfen werden muss. Ob der Millionär, wenn ich ihn finde, von seinem Gelde dann der Gesellschaft etwas zahlt, damit wieder andern geholfen werden kann, das ist seine Sache und geht mich nichts an.“

„Ich wollte Ihnen nicht auf die Zehen treten, Doktor“, sagte der Netzflicker. „Aber Sie wissen ja, alles wird in der Welt zum Geschäft.“

„Alles?“

„Meinetwegen, nicht alles. Aber viel.“

„Ich bin nicht dabei und ein Netzflicker auch nicht.“

„Ich habe, was ich brauche.“

Wieder fuhr das Schiffchen durch die Maschen, schnitt das Messer. Aber der Graf sprach nicht mehr. Er hatte das Gefühl, mit dem Manne noch zu Rande zu kommen. Er musste ihm wohl nur Zeit lassen, und damit schien er recht zu haben, denn nach einer Weile fragte der Netzflicker: „Wo ist denn der Kerl her?“

„Aus Lyon“, antwortete der Graf.

„Und heißt?“

„Marcel Gormot.“

Der Mann unterbrach seine Arbeit nicht, um sich etwa zu besinnen, ob er den Namen jemals gehört hätte. Es schien dem Grafen sogar, als führe er das Schiffchen schneller als vorher, als schnitte das Messer rascher. Plötzlich hielt der Mann inne und sah zu dem Grafen auf. „Da werden Sie Jahre brauchen“, sagte er.

„Vier Wochen habe ich Zeit", antwortete der Graf. „Dann ist die Erbschaft verfallen."

„Vier Wochen?", wiederholte Pataral und setzte dann hinzu, was sonderbarerweise wie erleichtert klang: „Vier Wochen sind schnell herum."

Indem kam Neunauge in Sicht, und der Graf winkte ihm zu. „Wer ist das?" fragte Pataral misstrauisch.

„Mein Chauffeur."

Die Arbeit war fertig. Der Netzflicker stand auf und warf das Netz auf eins der Holzgestelle.

Neunauge war näher gekommen. Er sah einen Mann von ungewöhnlicher Größe. Neunauge war zumute, als habe er eine gespenstische Begegnung. War der Mann etwa auch noch blond? Doch das Haar, das die Rippensamtmütze am Hinterkopf sehen ließ, war grau. Und dann dieser Sauerkohl-Bart! So hatte der Lyoner damals nicht ausgesehen!

Aber damals war der Lyoner auch jünger gewesen … Neunauge wusste nicht mehr, was er denken sollte – konnte dieser Bart nicht blond gewesen und von der Sonne ausgeblichen sein?

„Es ist gut, Marschall", sagte Pataral zu seinem Hund, der sich erhoben hatte und knurrte.

Drei Fährten

Der Netzflicker hatte die beiden Männer eingeladen, bei ihm zu frühstücken. Die Höhle, zu der er sie führte, lag etwa dreißig Meter hoch über dem Strand. Wer sie in den Kalkstein gebrochen hatte, wusste er nicht; die Leute von Irine-sur-Mer hätten ihm gesagt, sie sei immer hier gewesen.

‚Also ist er nicht aus dem Fischernest!', dachte Neunauge.

Die Behausung war hoch und geräumig. Ein Strohsack, ein paar Decken, eine einfache Bank, ein Tisch und eine Seemannskiste – das war seine Sommerwohnung, sagte er; im Winter bleibe er im Dorf. Aber die Ärmlichkeit dieser Unterkunft war sofort vergessen vor der großartigen Aussicht. Denn die Höhle war zum Meer hin offen, und man saß hier wie auf dem Altan eines Palastes, zu dessen Füßen alle Herrlichkeit der Welt ausgebreitet lag. Im Sonnenlicht funkelten und blitzten die Wasser, und die grenzenlose Weite von Meer und Himmel nahm den Atem.

Pataral brachte ein Brot auf den Tisch und zerschnitt es mit dem Messer, mit dem er auch die Hanffäden durchschnitten hatte. Dann holte er Schafkäse, eine Literflasche mit rotem Landwein und einen rötlichen Tonkrug, in dem er Wasser hatte. Er verfügte über zwei dicke Gläser, von denen er eins für sich nahm und das andere den beiden Gästen hinstellte, wobei er sie aufforderte, Wein und Wasser nach Gefallen zu mischen.

So saßen sie und aßen, und die beiden Fremden lobten den salzigen Geschmack des Käses. Aber dann verstummte das Gespräch. Die drei Männer aßen, tranken, schauten auf das Meer hinaus, und jeder hing seinen Gedanken nach.

‚Vier Wochen', dachte Pataral, ‚dann ist alles vorbei. Dann sucht er nicht länger, weil es keinen Zweck mehr hat. Also gibst du ihm am besten so viel zu tun, dass er sich abzappelt.'

‚Es gibt mehr lange Leute als den Lyoner', dachte Neunauge. ‚Es gibt mehr lange Leute, die auch noch blond sind. Und dass der Mann nicht aus Irine ist, das ist kein Beweisstück.'

‚Du musst ihm nicht nur einen Weg zeigen', dachte Pataral. ‚Du zeigst ihm drei. Damit hetzt er sich ab, und er merkt gar nicht, wie die Zeit vergeht.'

‚Ich glaube', dachte der Graf, ‚wir haben ihn. Er sagt zwar noch nichts, aber er ist einer von denen, die erst genau überlegen, was sie äußern.'

‚Wie merkwürdig!', dachte Neunauge. ‚Wir haben kein Messer bei uns und können daher die Käserinde nicht abschneiden. Der Mann hat ein Messer und schneidet die Rinde ab. Aber den Seemann und Netzflicker möchte ich sehen, der den Schafkäse nicht nimmt, wie er ist, der erst noch lange daran herumschnippelt. Das tut nur einer, der Besseres gewohnt ist –'

Im selben Augenblick durchschoss es ihn heiß. Ein langer Kerl, blond, der einmal gute Tage gehabt hat und nicht aus Irine – saßen sie etwa dem Manne gegenüber, den sie suchten?

Aber er hatte sich wohl nicht genug im Zaum gehalten, er hatte seinen Blick zu deutlich sprechen lassen. Denn jetzt schob sich der beobachtete Mann die abgeschnittenen Stückchen der Käserinde über die Platte des Tisches bis an dessen Rand, von da in die darunter gehaltene hohle Hand und nun in den Mund. Neunauges schillernde Vermutung zerplatzte wie eine Seifenblase. Aber als Pataral nun zu reden anfing, konnte der Graf der Meinung sein, dass er ihn völlig richtig beurteilt hatte.

„Ich habe mich besonnen", so begann der Netzflicker, „ob ich den Mann kenn', den Sie suchen – wie hieß er?"

„Gormot, Marcel Gormot, aus Lyon."

„Richtig. Marcel Gormot aus Lyon." Pataral wiederholte diesen Namen langsam, als mache es ihm Mühe, sich an dessen Träger zu erinnern. „Ich meine", sagte er dann, „es kann sein, dass ich ihn getroffen habe. Jedenfalls entsinne ich mich, dass da einer war, den die Leute ‚den Lyoner' nannten."

‚Ein langer Blonder?' Um ein Haar wäre Neunauge dies entfahren, aber er riss sich rasch wieder zusammen und schluckte nur.

„Das könnte die schwache Spur bestätigen, von der wir schon hörten", sagte der Graf.

„Aber das ist auch alles, was ich weiß", erwiderte Pataral. „Es tut mir leid, dass Ihnen das nichts helfen wird."

Doch der Graf ließ nicht locker. „Wenn er da war, wenn Sie von ihm hörten, dann haben ihn doch auch andere Leute gesehen, mit ihm gesprochen, ihn vielleicht genauer gekannt. Wissen Sie nicht jemand, der mit dem Lyoner umgegangen ist?"

Pataral triumphierte. Jetzt war ihm der Mann von selbst in die Lappen gelaufen! Jetzt brauchte er nur noch auf dessen Gedanken einzugehen.

„Da haben Sie recht", sagte er, „das könnte sein. Und wahrhaftig – ich glaube, einen könnte ich Ihnen nennen, der, glaube ich, mit dem Lyoner zur See gefahren ist."

„Wer ist das?"

„Santiaggilo heißt er. Vielmehr nur Santi. Sein Name ist allen zu lang. Deshalb nannte ihn jeder nur Santi."

„Wo ist der zu finden?"

„Tja, der fährt als Smutje auf der *Al Djezaïr*."

„Und wohin fährt das Schiff?" rief der Graf beinahe verzweifelt aus. „Aber sagen Sie bitte nicht ‚unterwegs nach Westindien!'"

„Nein", antwortete Pataral. „Die *Djezaïr* ist ein Schnelldampfer im Dienst nach Algier und Oran. Legt in Port-Vendres an."

„Sie nehmen mir eine Zentnerlast ab. Port-Vendres ist in einem Tag zu erreichen. Im Schnelldampferdienst fährt der Kahn seinen bestimmten Fahrplan. Da kommt der Smutje an Land, pünktlich wie ein Briefträger. Sehen Sie, ich habe Sie nicht vergeblich aufgesucht." Der Graf war entzückt.

„Aber wenn Santi nichts weiß – ich kann ja irren, nicht wahr? Vielleicht vergeuden Sie Ihre kostbare Zeit, wenn Sie nach Santi suchen. Ich glaube, es ist besser, Sie gehen nach Venay-La-Foire."

Der Name war dem Grafen vertraut. Ein Seebad an der Côte Vermeille, an der französischen Purpurküste.

„Wen könnte ich dort aufsuchen?"

„Da müssen Sie mit Gustav sprechen."

„Gustav?"

„Ja. Das genügt. Gustav ist der Pinguinmann beim Strandfotografen."

„Aha, aha." Der Graf wusste Bescheid. Als riesiger Pinguin verkleidet, suchte der Mann die Badegäste zu überreden, sich knipsen zu lassen; manche fanden es besonders reizend, mit dem riesigen Vogelmenschen zusammen aufgenommen zu werden.

„Und Sie meinen, dieser Gustav weiß etwas über den Lyoner?"

„Wenn ich mich recht erinnere", sagte Pataral, „könnte der

noch eher etwas wissen als Santi. Aber sicher bin ich natürlich nicht. Santi kennt auch Tod und Teufel."

‚Also werden wir uns teilen', dachte der Graf. ‚Der eine geht zu Santi, der andere zu Gustav, dem Pinguinmann.'

Pataral schlug mit der flachen Hand auf den Tisch. „Jetzt fällt mir ein", rief er aus, „vielleicht ist das allerbeste, Sie suchen Pasquale Mezza auf. Ein Korse. Lange zur See gefahren. Jetzt hat er eine Reisfarm in der Camargue. Aber Stiere züchtet er auch. Ein ungewöhnlicher Mann. Der hat die merkwürdigsten Beziehungen."

‚Also muss der Dritte zu diesem Korsen', dachte der Graf, aber laut sagte er: „Wo finde ich ihn? Die Camargue ist groß!"

„Fünfundzwanzig Kilometer südwestlich von Arles. Oder zehn Kilometer nördlich von Saintes-Maries. Seine Farm heißt *Mon Paradis*."

„Ich bin Ihnen wirklich sehr verbunden", sagte der Graf und bot dem Netzflicker sein Zigarettenetui an, aus dem sich erst Pataral, dann der Graf und schließlich Neunauge bediente. „Ich würde mich freuen, wenn ich Ihnen auch in irgendeiner Weise behilflich sein könnte."

„Ich habe mir angewöhnt, mir immer selbst zu helfen", antwortete Pataral und freute sich über den Doppelsinn seiner Worte. Denn mit seinen Ratschlägen hatte er sich, wie er meinte, diesen unerwünschten Spürhund ein für allemal vom Halse geschafft.

Nicht dass es die Männer, deren Namen und Aufenthalt er genannt hatte, gar nicht gegeben hätte – nein, sie lebten leibhaftig, aber sie hatten alle guten Grund, sich einem Nachfrager zu entziehen, und der Korse war Manns genug, sich seiner energisch zu erwehren, wenn seine Neugier ihm lästig wurde. Ja, wenn er sich jetzt Pasquale Mezza in seinem Paradies vorstellte, dann hielt er es sogar für möglich, dass jemand, der dort einen Verschwundenen suchte, selbst als Unerwünschter verschwinden konnte …

Aber handelte er nicht wie in Notwehr? Er hatte mit dem, was einmal gewesen war, ein für allemal gebrochen. Weshalb störte dieser Doktor ihn auf? Was er gesagt hatte, das hörte sich nicht schlecht an, und der Mann gefiel ihm eigentlich auch. Wer jedoch bürgte dafür, dass er die Wahrheit sprach? Wusste man denn, wer in Wirklichkeit hinter ihm stand? Anderthalb Millionen Dollar waren etwas in der Welt da draußen, sie konnten schon die Haie hervorschießen lassen. Aber gerade aus dieser Welt hatte er sich davongemacht. Wie hatte der Doktor sich ausgedrückt? Er war ‚vom Tisch aufgestanden', ganz richtig.

Es kitzelte ihn, dass der Gesuchte unerkannt neben dem Suchenden saß. Der Doktor würde jetzt nach dem Smutje fahnden, nach dem Pinguinmann, nach Pasquale Mezza, von Port-Vendres nach Venay-La-Foire rasen und von da in die Camargue – oder auch umgekehrt, vielleicht mit dem *Paradies* anfangen, und wenn die Männer, auf die er ihn gehetzt hatte, ausreichend geschlafen hatten und daher in Form waren, dann würden sie ihn sicher weiter in die Irre schicken, und noch nie würden dem guten Mann vier Wochen so schnell vergangen sein wie auf dieser vergeblichen Jagd. Jetzt packte Pataral die gute Laune. „Geben Sie mir noch eine Zigarette", sagte er. „Ich glaube, ich kann Ihnen in der Sache noch einen Tipp geben!"

„Das wäre großartig", erwiderte der Graf und hielt ihm sein Etui wieder hin. „Aber die Zigarette bekämen Sie auch ohne das."

„Wissen Sie", fragte der Netzflicker, als die Zigarette aufglühte, „woher der Lyoner stammte?"

„Sein Vater hatte eine große Seidenfirma."

„Richtig", sagte der Mann, der sich Pataral nannte. „Dann habe ich den Kerl, den Sie suchen, schon einmal gesehen!"

Jetzt konnte sich Neunauge nicht länger halten. „Ein Langer, nicht wahr? Und ganz blond?!"

Der Netzflicker stutzte. Was war das? Wie kam dieser Chauffeur dazu, von der Sache etwas zu wissen? War das vielleicht gar kein Chauffeur? War das etwa ein Detektiv? Und dann war der andere auch nicht hasenrein!

Was Neunauge angerichtet hatte, begriff der Graf sofort. Jetzt hatte er endlich das Vertrauen des schwierigen Pataral gewonnen, und nun musste Neunauge ihn wieder misstrauisch machen! Wie kam der überhaupt auf seine Fragen? „Ich habe natürlich in Marseille schon überall herumgehorcht“, erklärte er. „Und der Chauffeur ist in der Hafengegend aufgewachsen.“

„Na“, sagte Pataral langsam, „dann irrt er sich aber sehr. Der Lyoner war höchstens eins fünfundsechzig. Was er für Haare hatte, das weiß ich nicht mehr.“

Neunauge war zumute, als habe er einen Schlag auf die Magengegend erhalten. Dass er eine Dummheit begangen hatte, merkte er dem Grafen an – und außerdem hatte er sich auch noch mit dem langen Blonden getäuscht …

„Also eins fünfundsechzig“, sagte der Graf. „Haarfarbe unbekannt. Aber wie sah er sonst aus?“

„Nicht anders als die andern“, erwiderte Pataral. „Und dann – wie lange ist das jetzt her? Wer ihn damals sah, der würde ihn heute gar nicht wiedererkennen. Das heißt – und das ist ja gerade mein Tipp – ein Kennzeichen hat er, das kann man noch auf seinem Totenbett feststellen!“

„Das wäre ja –“ Der Graf war ganz Ohr.

„Er war eben ein Junge aus einem feinen Haus“, sagte der Netzflicker. „Aber er wollte es nicht mehr sein. Als er nach Marseille kam, war er schon lange auf See gefahren. Und wie ein richtiger Mariner hatte er sich unterwegs, in Hamburg oder in Hongkong, tätowieren lassen.“

„Und Sie haben diese Tätowierung gesehen?“

Der Netzflicker nickte. „Nicht so eine ganze Bildergalerie, wie sie sich die wilden Kerle sonst in die Haut stechen lassen. Da kam der feine Junge bei ihm eben doch wieder durch. Nein, nur um den rechten Oberarm ringelte sich eine Schlange. Eine wunderbare Arbeit, kann ich Ihnen sagen. Sie wird doch wohl aus Hongkong stammen. Die Chinesen verstehen so was.“

„Das ist wahrhaftig ein Tipp, der Gold wert ist“, sagte der Graf. „Herr Pataral, Sie werden von uns hören. Wenn wir den Mann überhaupt finden, wenn er zu seinem Gelde kommt, dann wird er es bestimmt nicht vergessen, dass wir ihn nur durch Ihre Hilfe finden konnten."

„Die Menschen sind sehr vergesslich."

„Dann werden wir ihn daran erinnern."

„Wozu denn?"

Draußen auf dem Meer zog ein mächtiger schneeweißer Liner nach Osten, in die Ferne, in die Weite.

„Das ist die *Krone von Indien*", sagte der Netzflicker. „Ein sauberer Kahn. Fährt nach China. Turbinen-Fracht- und Fahrgastschiff. Kenne mich da aus. 10.650 Wellen-PS. Bootsdeck für die erste Klasse. Ein Sportdeck, Café, Bar, Klubzimmer. Aber ich hab' nur die Kühlmaschinen bedient."

„Der Lyoner nimmt Sie mit in die Erste Klasse!"

„Der soll mich –", antwortete der Netzflicker. „Den lass' ich an mir vorüberfahren wie den Kahn da und schau' ihm ohne Kummer nach. Es gibt noch Leute, für die ist ein Haufen Dollar nur ein Haufen Dreck."

Der Hund, der vor der Höhle gelegen hatte, stand auf, kam heran und legte den Kopf auf das Knie seines Herrn.

„Was willst du denn, Marschall?", fragte der Netzflicker und kraulte ihn hinter den Ohren. „Richtig – ich hab' dich ja ganz vergessen!"

Er gab ihm von dem Brot, das noch auf dem Tisch lag.

„Gutmütiges Tier", meinte Neunauge.

„Sehen Sie mich an", sagte der Mann, der sich Pataral nannte. „Habe ich nicht alles, was der Mensch braucht? Ein Dach über dem Kopf, einen Strohsack zum Schlafen, Decken, wenn der Mistral pfeift, meine Arbeit gibt mir das Brot, auch wenn sie nur Flickarbeit ist – und dazu habe ich noch einen Freund, der mir vertraut und für den ich sorgen muss – was haben Sie mehr? Und was hat selbst der Mann mit den anderthalb Millionen Dollar mehr?"

Ganz einfach

Der Graf konnte mit dem Ergebnis ihres Besuches bei dem Einsiedler zufrieden sein, und so übersah er gern, dass Neunauge es beinahe gefährdet hatte, aber über eins musste er sich noch Gewissheit verschaffen. „Wie kommst du denn nur darauf", fragte er auf der Rückfahrt nach Marseille, „dass Marcel Gormot lang und blond ist oder lang ist und blond war?"

Neunauge wusste, dass er da einen Fehler gemacht hatte, aber er war auf der Hut, jetzt nicht einen zweiten zu begehen, indem er sich in die Karten sehen ließ. „Ich habe nur so aufs Geratewohl gefragt", antwortete er, „und wenn man einen konkreten Bescheid haben will, dann muss man auch konkret fragen."

Der Graf gab sich damit zufrieden, aber Neunauge wurmte es, dass er sich da eine Blöße gegeben hatte. Um über sein Schuldgefühl rascher hinwegzukommen, suchte er die Antwort des philosophischen Einsiedlers bei sich zu entwerten, die ihn so rau aus seinen hoffnungsvollen Vermutungen gerissen hatte. Er hatte den Lyoner als langen Burschen in Erinnerung – und bestätigte sie der Netzflicker nicht geradezu, indem er behauptete, das wäre ein kleiner Kerl gewesen? Denn wenn er der Mann war, den sie suchten und der nicht gefunden werden wollte, dann hatte er mit seiner falschen Angabe wie der Tintenfisch das Wasser getrübt, um darin zu entschwinden! Alle Wetter – war das nicht ein direkter Beweis? Dieser Netzflicker war niemand anders als Marcel Gormot aus Lyon!

„Neunauge", sagte der Graf, „ich will dir eins nicht verhehlen. Du weißt, ich schätze deine Kochkünste hoch ein, und dass du eines Tages in Paris einen Prachtbau von Restaurant eröffnen wirst, in dem man die Delikatessen aller Länder unserer Erde bekommen kann, von dem Kalakukko der Finnen bis zu einem argentinischen Peludo, das hat meinen vollen Beifall. Aber ich muss dir offen sagen: was uns der Netzflicker da vorgesetzt hat, Brot, Schafkäse und ein billiger Landwein, das wog, meine ich, das raffinierteste Gericht auf. Es war kein Essen. Es war ein Mahl. Der Himmel hatte daran teil und das Meer und auch die stumme Kreatur, der Hund. Und natürlich der Mann selbst, der uns dazu einlud. Der hat einiges hinter sich, das merkt man. Den hat es im Leben geschlaucht. Wer weiß, was der einmal für Pläne gehabt hat! Aber nun ist er darüber hinweg. Weil er nichts mehr will, hat er alles, was er braucht. Das ganz Einfache ist vielleicht doch das Höchste."

„Sie werden recht haben, Herr Graf", antwortete Neunauge, aber das sagten nur seine Lippen – seine Gedanken hatten ihn weit, weit fortgetragen. Er hatte den gesuchten Mann entdeckt, das stand jetzt für ihn fest. Der hatte ihnen drei andere genannt, und denen würde das Team jetzt nachjagen, denn keiner der großen Drei wusste, was er, Neunauge, sicher zu wissen glaubte, und er würde keinem verraten, was er entdeckt hatte – weder dem Grafen noch dem Chef, noch dem klugen GG, der immer alles wusste. Er würde selbstverständlich mitmachen, was die drei beschlossen, und jede dieser Spuren würde sie in eine Sackgasse führen. Aber dann, wenn jeder mit seiner Weisheit zu Ende war, dann würde er den Schlag führen, mit dem alles offenbar wurde – und wie stand er dann da?!

Auf allen ihren Expeditionen hatte er Pech gehabt, irgendein ganz dummes, unverdientes Pech. Wenn er nur an das Haus mit den sieben Türmen dachte, wo er einen ausgemachten Lumpen für den vertrauenswürdigsten Ehrenmann gehalten hatte, oder an die Affäre in Marokko, wo er bei dem angeblichen Autokauf einem hinterhältigen Gauner in die Hände gefallen war, und die dumme Sache auf Sardinien und in Malaya die fatale Begegnung mit dem Tiger – nein, nein, er wollte sich nicht an noch mehr erinnern (obwohl es dafür noch genügend Stoff gegeben hätte). Alles, was da an peinlichen Vorkommnissen aufgezählt werden konnte, war wie weggewischt, als wäre es nie gewesen, wenn er diesen Fall hier ganz allein geklärt hatte, und ausgerechnet in seiner Heimatstadt Marseille durfte er das erleben! Was würde die Mutter

Brodart für ein Gesicht machen, wenn sich vor ihren Augen der Mann mit dem Spitznamen Neunauge, von dem sie in London anscheinend nichts Besonderes gehört hatte, als der ihr wohlbekannte Cyprian Bombardon entpuppte, dem allein die Lösung des Rätsels zu verdanken war! Dann musste sie vor aller Welt zugeben, dass er doch nicht der Marseiller Lausebengel war, als den sie ihn gekannt und von dem sie gesagt hatte, im Zuchthaus werde er enden oder unter dem Fallbeil. ‚Cyprian', würde sie sagen, ‚ich habe Ihnen großes Unrecht getan! Bitte verzeihen Sie mir!'

Dem so leicht erregbaren Südfranzosen wären beinahe vor Rührung über sich selbst die Augen feucht geworden. Doch da riss ihn eine neue Vision weit über sich hinaus. Das war's! Immer hatte er in Paris das gewaltige Etablissement schaffen wollen, von dem der Graf eben gesprochen hatte; jedes Mal war ihm etwas dazwischengekommen, jedes Mal hatte er sich überreden lassen, den Grafen in den Dschungel oder sonst wohin zu begleiten – und jetzt sah er, dass er da, ohne es zu wissen, nur einer inneren Stimme gefolgt war. Paris war eben nicht das Richtige gewesen – hier in Marseille musste er wirken, hier sein *Grand Etablissement* schaffen, *Ubique Terrarum – Partout dans le Monde – Por todas partes del mundo*. Damit ehrte er seine Vaterstadt, und sie würde in ihm den hochverdienten Mitbürger zu ehren haben, der hier etwas ins Leben gerufen hatte, das es nirgends sonst auf der Erde gab.

„Wirklich, Herr Graf", sagte er, „Sie haben ganz recht: das Einfachste ist das Beste!"

Denn das war doch ganz einfach: man brauchte dem Netzflicker ja nur einmal den rechten Ärmel aufzukrempeln, und da hatte man den Beweis – das Zeichen der Schlange!

Ein Helfershelfer

Was zu geschehen hatte, war klar. An drei Stationen hatten sie zu tun – in Port-Vendres, in Venay-La-Foire und auf der Paradiesfarm. Um Zeit zu gewinnen, mussten sie die Unternehmungen aufteilen. Die Fahrt nach Port-Vendres, das von Marseille mit 320 Kilometern am weitesten entfernt war, übernahm der Chef, den Plumpudding begleitete. Der Graf und Neunauge gingen in das Seebad, um den Pinguinmann aufzuspüren, und so blieb für GG und Tschandru-Singh die Farm in der Camargue. Aus dem Schiffsfahrplan, den Plumpudding sich im *S.D.I.* geben ließ, ersah der Chef, dass der Schnelldampfer *Al Djezaïr* um 17 Uhr 30 aus Algier in Port-Vendres eintraf. Mit einem guten Wagen war das bequem zu machen. Also Aufbruch am andern Tag neun Uhr morgens; ein Auto mit einem zuverlässigen Chauffeur zu bestellen, übernahm der Hotelportier. Der Graf wollte bei dem bleiben, der ihn nach Irine gefahren hatte.

Halt – noch eine Überlegung. Sie gewannen Zeit, wenn sie gleichzeitig an den drei verschiedenen Stellen ansetzten – aber verloren sie damit nicht unter Umständen auch kostbare Zeit? Wenn sich zum Beispiel an Station 1, in Port-Vendres, eine neue Spur ergab, die sofort verfolgt werden musste, oder eine Situation, die den Einsatz aller erforderte – dann war der Graf in dem Seebad und GG irgendwo in der Nähe der Farm, beide so gut wie unerreichbar. Der Chef änderte deshalb die Anordnung. Er und der Graf fuhren am andern Morgen los, Mittwoch, aber GG blieb vorerst im Hotel. Spätestens am Mittwochabend telegrafierte jeder von seiner Station aus an GG, wie es stand, wonach GG dann entscheiden konnte, ob er zu der Paradiesfarm fahren oder etwas anderes unternehmen musste.

GG nickte. Ihm war es sehr recht, dass er eine gewisse Wartezeit vor sich hatte. Nichts war gegen die Anordnungen des Chefs zu sagen, sie waren bündig. Aber GG hatte ein unbestimmtes Gefühl. War hier nicht etwas, das sie alle übersahen? Er spürte das – oder meinte er nur, es zu spüren? Jedenfalls war es nicht in Worte zu fassen – oder noch nicht. Vielleicht kam ihm die Erklärung plötzlich. Aber erzwingen ließ sich das nicht. Geduld haben. Warten.

Alles klar? Nein. Der Chef hatte noch etwas. Es war ihm offenbar nicht angenehm. Er rauchte seine Pfeife in hastigen Zügen, was ihm keinen Genuss bereitete. Die andern sahen ihn erwartungsvoll an, und endlich überwand er sich, mit seinen Bedenken herauszukommen. „Dumme Sache", sagte er. „Sitze da mit Plumpudding in der Hafenstadt. Im Hotel sprechen sie natürlich Englisch. Wenigstens der Portier und der Oberkellner. Müssen aber auch mit anderen Leuten sprechen. Müssen nach dem Koch fragen. Müssen mit dem Koch verhandeln. Spricht sicher nur Französisch. Und was für ein Französisch! Da unten sollen die Leute ja schon halb spanisch reden. Kann mich mit dem Mann vielleicht überhaupt nicht verständigen. Plumpudding auch nicht. Kann ganz zwecklos sein, dass wir dahin fahren. Habe eben kein Französisch gelernt. Tut mir leid. Dachte immer, Englisch genügt."

„Aber das lässt sich doch ohne Schwierigkeiten beheben", meinte der Graf. „Mit dem Pinguinmann werde ich allein fertig, wenn es nicht ganz unglücklich läuft, und Neunauge wird sicher auch gern mit nach Port-Vendres fahren!"

„Sie wissen, Herr Graf", sagte Neunauge, „dass Sie immer über mich verfügen können, und selbstverständlich gehe ich dahin, wo ich am dringendsten gebraucht werde!" Er sagte das in bescheidenem Ton, aber im geheimen war er von Stolz geschwellt. Er bewunderte den Chef, vielmehr er musste ihn bewundern, weil er immer wieder dessen unbedingte Überlegenheit erfahren hatte – um so mehr befriedigte es ihn nun, dass auch dieser bedeutende Mann die Grenzen seiner Fähigkeiten offen hatte bekennen müssen und dass er, Neunauge, berufen war, ihm aus der Verlegenheit zu helfen. Ja mehr – ohne ihn kam der Chef in Port-Vendres überhaupt nicht weiter! Es beschwingte ihn, wie hier in Marseille alles so gut ging. Hatte ihm der Graf nicht einmal eine uralte Geschichte von einem Riesen erzählt, der nicht auf den

Rücken gelegt werden konnte, weil er ein Sohn der Erde war und sie ihn mit unüberwindlichen Kräften versah, solange er mit seinen Füßen auf dem Mutterboden stand? Das war natürlich nur ein Märchen aus der grauen Vorzeit, als die Menschen noch beschränkt waren und nicht wussten, dass die Erde rund ist. Aber gewissermaßen war an der Sache doch etwas daran – seitdem sie in seiner Heimatstadt waren, fügte sich ihm alles zum besten, und als die andern schon längst zu Bett gegangen waren und fest schliefen, verließ er noch einmal das Hotel in dem schönen Gefühl, jetzt den entscheidenden Schritt zu tun, der ihn zum Helden des Tages machen musste.

Ein vertrauliches Gespräch mit dem Hausdiener hatte ihn ins Bild gesetzt, wohin er sich begeben musste, um die nötigen Helfershelfer zu finden, und der Wirt der kleinen Kneipe in der Rue Malakoff, den er mit einer Empfehlung des Hausknechts ansprach, wies ihn an einen drahtigen Mann, der an einem der Tische für sich allein saß und seinen Pernod trank.

Die kleine Kneipe war gut besucht. Die Gäste waren Soldaten und Hafenmänner in Leinenhosen und ärmellosen Sweatern, welche die bloßen Arme sehen ließen. Alle hatten die Mützen auf. Sie standen an der mit Blech ausgeschlagenen Theke – ‚am Zink', wie sie sagten – oder saßen an den Tischen. Sie tranken Rotwein oder Schnäpse, und die Luft war dick vom Qualm der Zigaretten und Pfeifen. Mit dem Mann, an den ihn der Wirt gewiesen hatte, kam Neunauge gut ins Gespräch. Dass er sich als Sohn des Hafenviertels ausweisen konnte, war offenbar eine noch bessere Empfehlung als die des Hausknechts, und Neunauge wieder war hocherfreut, als sich nach einem behutsamen, aber sorgfältigen Abtasten ergab, dass sein Gesprächspartner keine Bedenken kannte, auch ungewöhnliche Aufträge zu übernehmen, wenn sie ihm Geld einbrachten, ihn aber nicht der Gefahr aussetzten, unter Umständen längere Zeit hinter vergitterten Fenstern zuzubringen. Daher ging Neunauge schließlich dazu über, dem Manne genaue Instruktionen zu geben, und der nickte dazu. „Kein Problem", äußerte er, „leichte Sache“, und auch über den Preis wurden sie sich ohne Schwierigkeiten einig: Zahlung nach Erfolg, aber eine Anzahlung, um „die Geschichte ins Rutschen zu bringen“, wie der Mann sich ausdrückte. Eben wollte Neunauge seine Brieftasche herausnehmen, um diese Anzahlung zu leisten, als ein Mann, der bis dahin seinen Schnaps an der Theke getrunken hatte, auf sie zusteuerte, sich auf einen der noch freien Stühle setzte und zu Neunauge sagte: „So ein besserer Pinkel wie du bezahlt mir sicher eine Flasche!“

„Den kannst du nicht anzapfen“, sagte Neunauges Geschäftsfreund zu der etwas verdächtig wirkenden Gestalt. „Das ist kein Fremder. Der ist im Vieux Port zu Hause!“

„Aber gerade deshalb sollst du deine Flasche haben“, äußerte Neunauge und rief dem Wirt das Nötige zu, worauf der für alle drei Wein brachte.

„Ich sehe schon, du bist in Ordnung!“, sagte der dritte Mann anerkennend, und sie stießen an und tranken. Dann nahm der neue Gast seine Mütze ab, warf sie auf den freien Stuhl und erzielte damit den gewünschten Erfolg, wie er an Neunauges überraschtem Blick sah, denn noch niemals hatte er so feuerrotes Haar und in einer solchen Fülle gesehen.

„Ja, da staunst du“, sagte der Mann, „aber du wirst noch mehr staunen, wenn ich dir sage, dass ich von Kindheit an kein einziges Haar auf dem Schädel hatte, glatt wie eine Kegelkugel, sage ich dir, wie ein Ei, wie ein holländischer Käse, und meine Großmutter – meine Mutter habe ich nicht gekannt –, also meine Großmutter konnte mir auf den Schädel schmieren, was sie wollte: er blieb glatt wie eine Kegelkugel. Eine alte Zigeunerin ließ es sich hoch bezahlen, dass sie mir auf einem Kirchhof bei zunehmendem Mond dreimal auf den Kopf spuckte – das half auch nichts.“

„Und was für ein Haarwuchsmittel hat dir schließlich geholfen?“, fragte Neunauge. „Ich wundere mich nur, dass man deine Fotografie nicht in sämtlichen Zeitungen sieht, als Retter der Kahlköpfigen – da müsstest du doch längst Millionär sein!“

„Das ist es ja“, sagte der Rotkopf. „Mein Mittel ist prima – aber keiner will es anwenden. Mich hat's nicht gestört, dass ich keine Haare hatte. Ich war von klein auf daran gewöhnt, und woran gewöhnt man sich nicht? Und den Kapitänen, die mich anheuerten, war es auch gleichgültig, ob ich Haare auf dem Kopf hatte oder nicht. Auf die Art bin ich viel herumgekommen und hab' mich auch noch in den Ländern herumgetrieben, wo wir angelegt hatten, und eines Tages spaziere ich in den brasilianischen Bergen herum, mit Hacke und Schaufel. Ich dachte, wo andere Leute schon Gold gefunden haben, findest du am Ende auch was. Und mit einem Male steht ein Kuguar vor mir.“

Er machte eine Pause, trank, wischte sich den Mund mit dem Handrücken ab und fragte: „Weißt du überhaupt, was ein Kuguar ist?“

Neunauge winkte ab. „Andere Leute bleiben auch nicht hinter dem Ofen sitzen. Aber dass der brasilianische Silberlöwe eine gefährliche Katze ist, weiß heute jeder aus dem Kino.“

„Ich das Raubtier sehen und kehrtmachen ist eins. Aber da, rutsche ich doch aus, rutsche den Abhang 'runter, sause gegen einen Felsblock, verknackse mir den rechten Vorderfuß und komme nicht mehr hoch. Und wie ich so daliege und mich nicht rühren kann, steigt tapp tapp tapp der Kuguar den Abhang 'runter und kommt gerade auf mich zu.“

„Unangenehm“, sagte Neunauge.

„Ich mach' meine Augen zu. Ich mach' toten Mann. Und das Biest steht über mir und beschnuppert mich. Ganz langsam beschnuppert es mich, und ich fühl' seinen heißen, stinkigen Atem. Ich weiß nicht, wie lange. Jedenfalls kam es mir wie eine Ewigkeit vor, eine schreckliche Ewigkeit, sag' ich dir. Und in meiner Angst, da kribbelt es mir doch überall unter der Haut vom Kopf bis zu den Zehen, und auch noch das Rückgrat 'rauf und 'runter!

Aber das Biest hatte genug von mir und drehte ab. Wie ich wieder hochgekommen bin und wie ich mich weitergeschleppt habe, das ist eine Geschichte für sich. Doch nun stell dir vor: keine vier Wochen später, da fängt's auf meinem Schädel an zu wachsen, und nun kannst du ja mit eigenen Augen sehen, wie's seitdem wächst und wächst!"

„Ja, ja", meinte Neunauge, „man kann schon was erleben in der weiten Welt. Ich zum Beispiel bin 'mal mit einem malaiischen Tiger zusammengekommen."

„Im Zoologischen Garten von Singapur, was?", fragte der Rothaarige herabsetzend.

„Auf einem Berge im Dschungel", antwortete Neunauge bestimmt.

„Und wieso sitzt du jetzt hier?" erkundigte sich sein Geschäftspartner interessiert. „Hast du ihn niedergeknallt?"

„Ich hatte mich bereits verschossen", erwiderte Neunauge.

„Außerdem hatte ich nur eine Pistole bei mir."

Jetzt machte Neunauge eine wirkungsvolle Pause, trank langsam sein Glas aus und wischte sich auch den Mund mit dem Handrücken ab.

„Bin gespannt", sagte sein neuer Freund.

„Ich habe das Raubtier durch meine geistige Haltung besiegt", sagte Neunauge gewichtig. „Ich habe die ganze Nacht vor ihm gesungen."

Der Rotkopf stand auf, nahm seine Mütze, stülpte sie sich über sein feuriges Haar und verließ wortlos die Kneipe.

Der andere lachte. „Jetzt hat er gesehen, dass er es wirklich mit einem Marseiller zu tun hatte. Dem hast du die Beine unterm Leib weggezogen! Dem hast du's prima besorgt! Dem warst du über!"

Aber Neunauge war gar nicht befriedigt. Er hatte der Schwindelgeschichte des Aufschneiders die nackte Wahrheit entgegengesetzt, und nun wurde sie nur als stärkerer Schwindel angesehen! Und noch schmerzlicher war es ihm, dass es durchaus unangebracht schien, jetzt energisch für die Wahrheit seines Berichtes einzutreten, denn er war sicher, dass sie ihm nie und nimmer geglaubt würde. War es nicht das Ärgste, was einem Menschen geschehen konnte, wenn es ihm unmöglich wurde, seine Mitmenschen von der Wahrheit zu überzeugen? Doch hier war nicht der Ort, darüber zu grübeln; das musste er mit dem Grafen besprechen.

Er griff in die Brusttasche, holte sein Geld heraus, gab dem Mann, der sich ihm verdungen hatte, die versprochene Anzahlung, und sie verabredeten, sich am nächsten Montag hier um dieselbe Zeit zu treffen. Eindringlich bemerkte Neunauge noch einmal: „Also wie gesagt – keine Misshandlung. Nur einfach den rechten Ärmel hochstreifen und nachsehen, ob da eine tätowierte Schlange sitzt!"

„Wird besorgt", war die Antwort. „Muss man zu zweit machen. Einer hält ihn fest, der andere krempelt ihm den Hemdärmel hoch. Ich hab' da einen Sidi zur Hand. Der hat schon ganz andere Dinger gedreht."

Rasende Fahrt

Der Aufbruch am Morgen des Mittwochs verzögerte sich durch eine Reihe unvorhergesehener Zufälle. Am Vorabend hatte der Hotelportier wegen heftiger Leibschmerzen ins Krankenhaus geschafft werden müssen, wo sich dann herausstellte, dass eine sofortige Operation des Blinddarms notwendig war. Anscheinend war er schon den Tag über nicht mehr ganz auf der Höhe gewesen; jedenfalls hatte er vergessen, das Auto zu bestellen, mit dem der Chef und seine zwei Begleiter nach Port-Vendres fahren sollten. Die Firma, die nun angerufen wurde, nachdem man eine Viertelstunde vergeblich gewartet hatte, war nicht in der Lage, sofort einen Wagen zu schicken; alle ihre Fahrzeuge waren unterwegs oder schon anderen Kunden versprochen. Eine zweite Stelle sagte zu, jedoch erst auf elf Uhr. Man musste diese Verzögerung hinnehmen, aber dann blieb auch dieser Wagen aus. Wie sich durch ein Telefongespräch herausstellte, war der Auftrag missverstanden worden, denn man hatte angenommen, die Fahrt nach Port-Vendres solle erst am nächsten Tag um elf Uhr angetreten werden: „Tut uns sehr leid, aber für heute ist kein Wagen mehr frei. Unsere Wagen sind meist schon für mehrere Tage vorausbestellt!"

In dieser Angelegenheit half die Direktion des Hotels aus. Sie stellte ihren eigenen Wagen zur Verfügung, eine Simca–Ariane, neuestes Modell – jedoch ohne Chauffeur, weil der Angestellte des Hauses, der diesen Wagen sonst fuhr, ausgerechnet für diesen Tag Urlaub nach Nizza genommen hatte, um bei der Beerdigung einer Erbtante nicht zu fehlen. ‚Na, wunderbar', dachte Neunauge, ‚dann fährst du diese noble Karre!' Aber ehe er diesen Vorschlag geäußert hatte, knurrte der Chef: „Brauchen keinen Chauffeur. Fahre selbst!"

Sie fuhren los. Plumpudding saß neben dem Chef, Neunauge hinten. Er hatte sich genau in die Mitte gesetzt, so dass er zwischen den beiden vor ihm hindurch sah und die Fahrbahn kontrollieren konnte. Solange er nun schon mit dem Team in der Welt herumgereist war, so sah er doch heute zum ersten Mal den Chef am Steuer eines Wagens sitzen, und was er da beobachtet, missfiel ihm – oder äußerte sich in seiner Kritik am Fahrer nur seine Enttäuschung darüber, dass er nicht an dessen Stelle das Lenkrad in Händen hatte?

Selbstverständlich sprach er seinen Widerspruch gegen das, was er mit ansah, nicht in Worten aus, das hätte er sich dem Chef gegenüber nicht herausgenommen. Aber der Marseiller war auch wieder zu temperamentvoll, als dass er nicht seine abweichende Meinung durch gewisse Knurrlaute und Seufzer ausdrücken musste, und Plumpudding verstand haargenau, was Neunauge damit sagen wollte. Da diese Einwände jedoch nicht eigentlich laut wurden, hatte Plumpudding keine Veranlassung, sie in Worten zu widerlegen.

So begnügte er sich damit, seinen Chef in Gedanken zu verteidigen, und so funkten ihre Gehirne gewissermaßen ihre Gedanken in elektrischen Wellen gegeneinander los.

Neunauge: ‚Wie der Chef schon dasitzt! Man setzt sich doch soweit wie möglich nach vorn, die Augen so nah, wie es nur geht, an der Windschutzscheibe, damit man zwischen deren Begrenzungen einen möglichst großen Blickwinkel hat – und was macht der Chef? Er hat den Sessel ganz nach hinten geschoben und sitzt auf die Art weitab vom Lenkrad!'

Plumpudding: ‚Blickwinkel! Einem Unfall kann der Chef nicht mit dem Blickwinkel ausweichen, sondern nur mit kraftvoller Führung des Lenkrads! Den guten Fahrer erkennt man gerade daran, dass er am Lenkrad ganz lange Arme macht! Alle Rennfahrer sitzen so!'

Neunauge: ‚Und die Hände – wie hat er die Hände? Eine Hand gehört an den Lenkradkranz und die andere auf die Speiche nah am Hupenknopf!'

Plumpudding: ‚Der Chef macht es ganz richtig. Die Kraft beider Hände gehört an den längsten Hebelarm – also müssen beide auf dem Lenkradkranz liegen!'

Sie hatten Marseille längst hinter sich und fuhren die Hauptstraße 113 in Richtung Arles. Die war sehr belebt. Schnelle Laster, langsame Laster, kleine Transporter und die Personenwagen! Amerikanische Straßenkreuzer, in rasender Fahrt von der Côte d'Azur über Avignon und Carcassonne auf dem Weg nach Spanien, uralte Personenwagen, die aussahen, als seien sie aus dem Museum hervorgeholt und mit Bindfaden zusammengeflickt, moderne große Wagen, mittlere Wagen, kleine Wagen, kleinste Wagen, von 300 bis 10 PS, und dazwischen knatternde Motorradfahrer.

Endlich gab es Luft. Die Straße wurde freier. Dicht vor ihnen ein Wagen mit dem Pariser Kennzeichen, ein Renault Frégate. Er ging auf hundert. Kannte der Mann die Straße hier so genau oder fuhr er nur tollkühn?

Auch der Chef fuhr hundert.

Plötzlich bog der Wagen vor ihm nach links aus – „Idiot!" schrie Neunauge auf. „Warum fährt er nicht weiter geradeaus? Beinahe hätten wir drangehangen!"

Auf der Straße lagen Glassplitter. Deshalb die Biegung. Wo saß der Idiot?

Immer wieder sah Plumpudding auf den Tachometer. Sowie es nur ging, fuhr der Chef achtzig, ja hundert. Gewiss, er fuhr sicher. Plumpudding hatte keine Angst. Alter Satz: Wer Angst hat, kommt um. Aber der Chef fuhr zu schnell. Das machte Plumpudding besorgt.

Auch die andern Wagen rasten. Warum? Warum? Aus Freude am Tempo? Auf der besessenen Jagd nach einer Stunde gewonnener Zeit? Aus Gedankenlosigkeit? Oder war ein Mensch in Not, dem Hilfe gebracht werden muss, so schnell es nur geht?

Warum raste auch der Chef so? Sie waren freilich zwei Stunden später aufgebrochen, als vorgesehen. Aber sie hatten die Fahrzeit großzügig angesetzt, sie kamen immer noch rechtzeitig, ehe *Al Djezaïr* im Hafenbecken von Port-Vendres anlegt. Warum raste der Chef so? Kein gutes Zeichen. Plumpudding seufzte. Er kannte den Chef zu genau. Wenn er so fuhr wie jetzt, dann war in ihm etwas nicht in Ordnung, dann saß eine böse Erregung in ihm, dann ließ er den Motor rasen, wie in ihm der Zorn wütete …

Sie hatten Arles hinter sich, sie hatten Nîmes rechts liegenlassen und Montpellier durchquert. Plumpudding hatte die Karte vor sich. Sie verließen die Stadt auf der Avenue Clemenceau, sie mussten auf die Staatsstraße 108 – da bog sie links ab. Sie stieg an, der rasende Wagen fraß die Steigung weg, schon ging es wieder hinunter. Ein Flüsschen. Rechter Hand ein ödes Gebirge. Vorbei. Vorbei. Und jetzt links Lagunen, weite flache Wasserflächen, nur durch schmale Landbrücken vom Meer getrennt, dahinter das Meer. Jetzt war es da. Möwen. Die Straße – immer noch die 108 – führte dicht, ganz dicht an der Meeresküste entlang – und da passierte es.

In einer Kurve. Der Chef war zu schnell, viel zu schnell in die Kurve gefahren. Er musste bremsen, doch als er jetzt bremste, ging der Wagen vorn wie hinten weg, und das in einer Spiralkurve, die sanft anfing, aber enger wurde. Doch er wagte es. Er konnte den Verlauf der Kurve noch erkennen. Gas weg – und dann wieder Gas! Vorsichtig übersteuerte er den Wagen mit einem kleinen schnellen Ruck zur Innenseite der Kurve – das Hinterteil des Autos ging ein wenig nach außen weg – noch ehe der Chef das spürte, drehte er das Lenkrad ebenso schnell wieder zurück, und so noch einmal, und noch einmal und wieder – er hatte sich durch die Kurve gesägt und fuhr schon wieder auf der geraden Straße.

Plumpudding war keine Sekunde aufgeregt. Er kannte die unbeirrbare Sicherheit dieses Fahrers. Neunauge war erledigt. Der Widerstreit, ob er den Chef als toll ansehen oder vor seiner Leistung die Waffen strecken sollte, rieb ihn auf. Aber dass der Chef diese Bewährungsprobe bewältigt hatte, nahm ihm nicht den Groll, der in ihm schwelte wie eine verdeckte Glut, den quälendsten Groll, den es gibt – den Groll über sich selbst.

Durch Sète, eine Hafenstadt zwischen Lagune und Meer, von Wasserstraßen durchschnitten. Vorbei am Berg Saint Clair und seinem Leuchtturm. Durch den Fischerhafen Agde. Jetzt von der Küste weg wieder ins Land hinein, Straße 112, nach Béziers.

Seit gestern Abend schlug sich der Chef mit den düsteren Gedanken herum, die nun wie eine schwarze Wolke über ihm standen. Mit dem bedrückenden Eingeständnis, dass er mit Plumpudding allein in Port-Vendres nichts ausrichten könnte, fing es an. Aber dann stiegen Nebel um Nebel vor ihm auf. Er hat die Nacht kaum geschlafen. War denn das überhaupt wert, so zu leben, wie er lebte? Warum war er eigentlich immer unterwegs, von einem Land zum andern? Immer wieder eine neue Sache, immer wieder etwas neu anfangen, immer wieder von vorn … An e i n e r Sache bleiben, für e i n e Sache sorgen können – ja, das war es. Etwas aufbauen, auf lange Sicht hinaus, etwas schaffen, das bleibt – das war lebenswert, ja. Und nur das. Nur das. Nur das. Jetzt hörte er diese beiden Worte aus dem Summen des Motors heraus: nur das … nur das … nur das …

Er war kein großer Lateiner, wahrhaftig nicht. Der Graf und GG, die kannten sich da aus. Aber ein lateinischer Satz hatte ihn getroffen, und er konnte ihn nie wieder vergessen. Es waren nur drei Worte, aber sie hatten sich ihm eingeprägt, wie sie der Meißel eines Bildhauers in den Marmor schlägt, und da stehen sie nun ein für allemal? „Non omnis moriar." Nicht ganz werde ich sterben – nicht ganz der Vergessenheit anheimfallen. Aber was bewahrte denn vor der Vergessenheit? Nur ein Werk, das Bestand hatte. Keine Sache, an die sich morgen schon kein Mensch mehr erinnerte. Etwas schaffen, das eine Generation noch der andern weitergab …

Wenn sie ihn Offizier hätten werden lassen, die hohen Herren in England, wenn er in der Überlieferung dieses Berufs hätte weiterbauen können! Dazu war er berufen, er wusste es – aber die hohen Herren hatten anders entschieden! Weil er die Prüfung nicht bestanden hatte. Weil er keinen guten Aufsatz schreiben konnte, weil er keine fremde Sprache beherrschte …

Hatte er jetzt etwa einen Beruf? Nein, nur einen Job, wie die Amerikaner sagen. Er betätigte sich gewissermaßen nur als Aushelfer – und wie lange sollte er das eigentlich noch machen?

Aber was wollte er denn anderes anfangen? Waren die hohen Herren wirklich an seiner aussichtslosen Lage schuld? Oder waren sie etwa allein schuld? Eine Prüfung hatte er nicht bestanden – mit drei Worten: er hatte versagt.

Das war es, was der Motor jetzt summte: versagt … versagt … versagt …

Der Chef war nach der atemraubenden Durchfahrt durch die Kurve langsamer gefahren. Nun gab er von neuem Gas.

Das Land flog an ihnen vorüber, und welch ein Land! Weite Flächen, soweit man nur sehen konnte, mit Reben bepflanzt, als quelle der Wein hier aus dem Boden. Kleine Städte, deren weiße

Häuser einen Hügel hinanwuchsen, von alten Türmen beschützt, weiße Würfel wie die Häuser in Afrika ... Ölbäume ... hellgrüne Pinien, mächtige Platanen ... Steiniges Ödland, darin windzerzauste Birken – und wieder Wein, Wein, Wein, unendlich, wie anderwärts Rüben wachsen oder Kartoffeln. Weites Land, Raum im Land – da und dort eine Farm – in welcher Fülle müssen die Menschen hier leben, seit Jahrhunderten ...

Und immer wieder das Meer ... Immer wieder die Schreie der Möwen. Schneeweiße Pyramiden, die in der Sonne wie Millionen von Diamanten blitzen: Salz, aus den flachen Lagunen gewonnen. Eine Burg wie ein Märchenschloss, von Spaniern errichtet, aber wie von Mauren erbaut – und dort am Horizont das gewaltige Gebirge, das einmal die Grenze zwischen Europa und den eingedrungenen Afrikanern war – die Pyrenäen.

Die Straße, jetzt Nummer 9, entfernte sich wieder vom Meer. Eine schnurgerade Strecke. Der Chef fuhr mit achtzig. Ein Mopedfahrer kam ihnen entgegen. Aus Perpignan, der Stadt der Könige von Mallorca. Plötzlich fiel es dem Manne ein, umzukehren. Er hatte wohl etwas vergessen. Er sah den heranrasenden Wagen natürlich kommen, aber er unterschätzte dessen Geschwindigkeit. Jetzt, sechzig Schritte weit entfernt, drehte er um! Und als er halb gewendet hatte, ging ihm auf, dass das Auto ihn packen musste – und er blieb in seinem Schrecken stehen! Bleibt mitten auf der Straße stehen! „Er ist hin!“ schrie Neunauge auf.

Es ging um Sekunden. Der Chef erfasste wie in einem Blitz: Bremsweg zu lang. Den Wagen bringt er vor dem erschrockenen Mann nicht mehr zum Halten. Nach links ausweichen? Dann kommen sie ins Schleudern.

Es gab nur noch eins. Er musste das Äußerste riskieren. Er musste den Wagen ins Schleudern bringen und dann im Schleudern meistern ...

Blick in den Rückspiegel. Kein Wagen hinter ihm. Er bremste – aber nur so viel, dass er die Hinterräder entlastete. Sie rutschten durch und verloren damit die Seitenführung. Jetzt das Lenkrad jäh nach rechts, gleichzeitig Vollgas – das Wagenheck brach nach links aus, der Wagen glitt seitlich auf die linke Straßenseite und knapp an dem Mann vorbei. Der stand wie erstarrt neben seinem Moped.

Im selben Augenblick fing der Chef den schleudernden Wagen mit Gegensteuern auf und zog ihn elegant in die alte Fahrtrichtung.

Zum ersten Mal auf dieser Fahrt sagte der Chef etwas. „Das ging", bemerkte er, nicht mehr, und war befriedigt. Aber nicht für lange, denn dies war heute ein verteufelter Tag.

Es schlug fünf, als sie in Port-Vendres ankamen. Eine halbe Stunde später sollte die *Al Djezaïr* eintreffen. Die kleine Stadt hatte keine viertausend Einwohner, aber einen vorzüglichen Hafen im Innern einer schönen Reede, weshalb die Schnelldampfer aus Algier und Oran hierherkamen, und sie hatte ein ebenso vorzügliches, großstädtisch eingerichtetes Hotel. Es stand keine zweihundert Meter weit von der Stelle, an der die Dampfer anlegten.

Vor dem hohen, blitzblanken, elegant gehaltenen Haus hielt der Chef, ein Page und ein Hausdiener machten sich an das Gepäck, ein Herr in einem hellgrauen Gehrock, an dessen Aufschlag zwei gekreuzte goldene Schlüsselchen steckten, begrüßte sie erfreut, sprach den Chef auf englisch an, ehe der noch den Mund aufgetan hatte, und der Chef sagte mit verhaltenem Stolz: „Kommen genau richtig für die *Djezaïr*, wie?"

„Wieso?" fragte der Schlüsselherr erstaunt.

„Ankunft 17 Uhr 30!" sagte der Chef.

„Ja, morgen! Heute kommt kein Dampfer!"

Den Fahrplan bitte! Ja, das ist derselbe, den der Chef in Marseille in Händen gehabt hat. Und hier, bitte sehr: Port-Vendres 17 Uhr 30!

Aber der Herr in dem Gehrock zeigte auf das Sternchen, das danebenstand, und auf die Bemerkung unten am Rande, die in der winzigen Schrift *Diamant*, nur vier Punkt groß, das Sternchen erklärte: „Arrivée L. J." Ankunft Montag (Lundi) und Donnerstag (Jeudi).

Das Sternchen hatte der Chef in Marseille übersehen. Sie waren 24 Stunden zu früh gekommen. Unnötig sind sie so durch das Land gerast, ganz unnötig.

Die ‚Rote Wölfin'

Nach dieser Blamage war der Chef nicht mehr zu sehen. Er blieb auf seinem Zimmer und ließ sich dort auch das Essen servieren, während Plumpudding und Neunauge im Restaurant des Hotels zu Abend aßen.

Der eine war bedrückt, der andere fühlte sich mehr als behaglich. Plumpudding wusste, man konnte für den Chef jetzt nichts tun. Man durfte sich nicht um ihn kümmern, man musste ihn in Ruhe lassen, dann kam er über diese Flaute auch wieder weg. Aber sie setzte ihm zu. Er war der Stärkste des Teams, was Körperkraft anging und Entschlossenheit und Zähigkeit. Jedoch war er verletzlich, und wenn er darauf kam, an sich zu zweifeln, dann verdüsterte sich vor ihm die Welt. Das war dem guten Plumpudding zu sehr bewusst, als dass er heute Abend hätte so vergnügt sein können, wie es Neunauge war. Freilich kann man auch nicht sagen, dass Neunauge nun etwa von Schadenfreude strahlte, weil den Chef dieses Missgeschick betroffen hatte, nachdem er schon hatte zugeben müssen, ohne Neunauges Hilfe wäre er hier in Port-Vendres sozusagen hilflos. Aber da Neunauge selbst mehr als einmal durch unangebrachte Gutmütigkeit oder durch Selbsttäuschung oder durch falsche Hoffnungen erhebliche Pannen im Leben erlitten hatte, war er glücklich, sich jetzt von einem Aufwind getragen zu fühlen, weshalb sich diesmal seine Hoffnungen zu sicherer Erwartung steigerten.

Eine Dame trat ein und sah, wie es Plumpudding schien, auf den Tisch hin, an dem sie saßen. Sie verließ den Raum sofort wieder. Das war nun nichts Besonderes. Sie hatte wohl jemand treffen wollen, der nicht gekommen war. Jedoch hatte Plumpudding das unbestimmte Gefühl, es sei etwas mehr gewesen. Täuschte er sich, oder hatte die Dame tatsächlich so ausgesehen, als ob sie sich in großer Unruhe befände?

Ohne besondere Absicht, eigentlich nur, um auf andere Gedanken zu kommen, fragte er den Oberkellner, der sie bediente und englisch sprach, wer die Dame gewesen sei. Außer ihnen befanden sich keine Gäste im Restaurant, denn der Mittwoch war hier ein toter Tag, eben weil kein Dampfer aus Algier ankam, und so machte sich der Kellner ein Vergnügen daraus, eine ganz genaue Auskunft zu geben.

Sie war eine Engländerin, genauer genommen eine Irin. Plumpudding horchte auf. Eine Landsmännin also!

Sie war die Gattin eines englischen Majors außer Diensten, und die beiden hatten sich oben am Hang der Weinberge ein Haus gekauft, keine große Sache, mehr ein Bungalow. Sie lebten hier Sommer und Winter. Aber man sah sie wenig. Der Major war ein zugeknöpfter, ungeselliger Mann. „Immer allein", sagte der Kellner, „immer allein, verstehen Sie? Wir lieben die Leute nicht, die immer allein sind. Man muss sich zusammensetzen, man muss miteinander reden, man muss miteinander lachen – das ist doch sonst kein Leben!"

„Es sah so aus, als ob die Dame jemand suchte?", sagte Plumpudding.

Ja, das stimmte. Sie erwartete ihren Bruder. Sie hatte für ihn schon ein Zimmer im Hotel bestellt. Als sie jetzt gerade vorbeiging, hatte der Page ihr gesagt, es seien Engländer gekommen, und da sie wusste, dass man in Port-Vendres keinen Unterschied zwischen Engländern und Iren machte, weil ja beide englisch sprechen, hatte sie hereingesehen, ob vielleicht ihr Bruder schon gekommen wäre.

Der Kellner ging wieder. Sie waren mit dem Essen fertig. Es war gut gewesen. Aber Neunauge fand es langweilig, in dem leeren Restaurant zu sitzen. Er wollte Menschen um sich haben. Er wollte sich noch ein bisschen umschauen. Doch Plumpudding blieb im Hotel. Wenn der Chef doch vielleicht nach ihm rief …

Neunauge trat aus dem Haus. Unmittelbar vor dem Hotel endete das rechteckige Hafenbecken, an dessen Längsseite es stand. Auf der kürzeren Querseite waren in geräumigem Abstand von der Beckenkante Lagerschuppen errichtet, und links und rechts von ihnen führten Treppen hinauf zum oberen Teil des Städtchens. Neunauge stieg sie empor und kam auf einen großen viereckigen Platz, der an drei Seiten von Häusern umgeben und mit Platanen und Akazien bestanden war. Von der Brüstung aus, die seine offene Seite abschloss, hatte er einen schönen Ausblick über den Hafen hinweg auf das Meer. Es war ein friedliches Bild. Nichts rührte sich in dem abendlich stillen Ort. Von den erleuchteten Fenstern der Häuser ging etwas Anheimelndes aus, und obwohl das Städtchen für den Personenverkehr mit Nordafrika wichtig war – denn von hier aus lief die kürzeste Strecke zum andern Erdteil hinüber –, kam es Neunauge vor, als stünde er in einem völlig vergessenen Winkel der Welt.

Er ging über den Platz, auf dem noch Kinder spielten. An einen der Bäume gelehnt, saß ein Algerier in blauer Jacke und dickem gelbem Turban auf der Erde und aß. Es sah aus, als ruhte er an dem Palmenstamm einer Oase. Hingegeben stippte er Weißbrotstücke in eine schon leergegessene Sardinenbüchse, um ja keinen Tropfen des köstlichen Öls umkommen zu lassen. Der Schein einer Laterne fiel auf ihn, und im Vorübergehen bemerkte Neunauge, wie der schwarze Bart des Afrikaners von diesem Öl glänzte. Den Unternehmungslustigen zog das Wirtshausschild *Zur blauen Eidechse* an, das von Neonlichtröhren fahl beleuchtet wurde. Es warf seinen Schein noch auf eine lebensgroße Gestalt aus Blech, die seitlich der Tür stand und einen Kellner in grüner Hose und rotem Frack darstellte, dem an die rechte Schulter die Speisekarte des Tages aufgeklebt war. ‚Mit vier Gängen für 600 Francs, Wein inbegriffen.' Neunauge hatte im Hotel unten sicher besser gegessen.

Ein Musikautomat schmetterte ihm den alten Schlager *La Paloma* entgegen. Er sah sich um. Das Lokal hatte offenbar einmal bessere Tage gesehen. Wie in vielen der älteren französischen Restaurants waren die Wände mit großen Spiegelscheiben bedeckt; hier gingen sie bis fast auf den Boden. Scheinbar blickte man dadurch in viele Räume, aber es war nur der einzige Raum, der sich wieder und wieder spiegelte. War es dem späten menschenhungrigen Gast im Hotel zu leer gewesen, so war es in der *Blauen Eidechse* fast zu voll, denn er fand gerade noch einen freien Stuhl.

Ein junger Kellner, der nur mit Hemd und Hose bekleidet war und eine Serviette von zweifelhafter Farbe aus dem Hosenbund heraushängen hatte, setzte ihm auf seine Bestellung hin eine Flasche Rotwein und das dazugehörige Glas vor, ohne die nassen Kringel wegzuwischen, die der Vorgänger auf dem Tisch zurückgelassen hatte. Es ging hier überhaupt etwas kräftig zu. Zwar tranken die braungebrannten Männer, die mit ihren Baskenmützen auf den Köpfen am selben Tisch wie Neunauge saßen, ihren Wein fast in völligem Schweigen. Aber ein Trupp junger Burschen, die mit ihren Mädchen gekommen waren, lärmten heftig, und kaum dass der Automat die in Gang gesetzte Platte bis zur letzten Rille abgespielt hatte, rannte schon einer von ihnen hin, um ihn zu neuem musikalischem Lärm zu veranlassen. Eine Unterhaltung war unter diesen Umständen ausgeschlossen, und das finstere Schweigen der Männer an Neunauges Tisch mutete an, als säße hier eine ältere Generation in monumentaler Trauer um eine untergegangene, stillere Zeit, während die jungen Kerle in dem lauten Unfug sich wohlfühlten und ihn brauchten, um sich wohlfühlen zu können. Sie genossen offensichtlich nicht die Gunst der wortkargen Männer, denn gelegentlich fiel eine wegwerfende Bemerkung wie „Bekommen schon zuviel Geld in die Finger“ oder „Leere Töpfe klappern". Aber die Alten hatten kapituliert. Sie wussten, dass sie hier nichts mehr auszurichten hatten. Die Wirtin, eine umfangreiche Madame, die mit einer kunstvoll gebauten Frisur versehen war und an einer erhöht liegenden Kasse über dem ganzen Lärm und Gewühl thronte, musste es mit den Jungen halten, wenn sie den Laden nicht zumachen wollte.

Unter diesen Umständen war Neunauge entschlossen, wieder zu gehen, wenn er seine Flasche ausgetrunken hatte. Als es jedoch soweit war, bestellte er eine zweite. Er musste also irgend etwas gefunden haben, das ihn zum Bleiben veranlasste. Aber er sah sich doch gar nicht weiter um! Er blickte nur unausgesetzt und doch wie gelangweilt in die ihm gegenüberliegende Spiegelwand.

In dem Lärm, von dem der Raum dröhnte, spielten zwei Männer an einem kleinen Tisch, der nur für sie beide Platz hatte, wie besessen das mörderische Kartenspiel, das einmal von Spanien herübergekommen war und daher immer noch *loba encarnada (Rote Wölfin)* genannt wurde. Es ist ebenso primitiv wie für den Verlierer ruinierend. Jeder der beiden Spieler hatte ein volles Kartenspiel vor sich liegen. Wer Vorhand hatte, zog eine Karte von seinem Stoß ab und warf sie offen auf den Tisch. Dann tat der andere das gleiche, und so ging es blitzschnell weiter. Keiner nahm einen Stich. Jeder schien auf etwas Bestimmtes zu warten. Plötzlich ein Schrei wie ein Fluch, und bei dem andern ein triumphierendes Gesicht: er hatte von seinem Stoß die *Rote Wölfin* abgezogen, das rote Herz–As! Er hatte gewonnen, und wie gewonnen! Jeder Wurf der beiden weggelegten Karten hatte einen bestimmten Wert; man konnte ihn mit einem Franc ansetzen oder mit zehn oder mit hundert – jedenfalls hatte der Verlierer schwer zu bezahlen. War die *Rote Wölfin* nach zehn Würfen erschienen, dann musste er dem Sieger das Zehnfache des ausgemachten Einsatzes bezahlen, also zehn Francs oder hundert oder tausend, je nachdem.

Die beiden spielten, ohne dass jemand auf sie achthatte, und sie schienen nicht einmal den Lärm zu hören, der doch auch auf sie eindrang. Sie waren beide jung und in einer etwas billig anmutenden städtischen Eleganz gekleidet, einer wie der andere in derselben Weise, ja sie hatten beide sogar eine gewisse Ähnlichkeit mit den lächelnden Schaufensterfiguren der großen Konfektionshäuser, die je nach der Jahreszeit das im Augenblick Gängige vor Augen stellen. Aber das Spiel machte sie doch zu zwei verschiedenen Menschen. Der eine spielte aufgeregt, der andere in kalter Ruhe. Der eine trank immer wieder hastig und leerte dabei fast jedes Mal sein Glas, der andere nahm nur hin und wieder einen Schluck. Der Aufgeregte verlor, der andere gewann.

Der Verlierer schien eine wahre Pechsträhne zu haben. Jetzt war ihm sein Gegner dreimal mit dem Herz–As zuvorgekommen. Das konnte doch nicht immer wieder geschehen! Der hatte diese Glückskarte doch nicht gepachtet! Sie musste doch auch einmal aus seinem Kartenspiel kommen ... Jeder hatte seinen Stoß lange gemischt. Jetzt tauschten sie die beiden Stöße, damit die Chancen für einen jeden ganz gleich waren, damit nicht etwa einer seine Karten irgendwie präparieren konnte. Dreimal hatte der andere gewonnen – jetzt musste doch die Reihe an dem Verlierer sein! Mit einem Schlage wollte er das Verlorene zurückholen. „Terz!“ sagte er beinahe heiser. Das hieß, der Verlierer hatte das Dreifache zu zahlen, dreimal zehn. Der Kaltblütige nahm die Herausforderung an. „Terz“, wiederholte er, damit es ja keinen Irrtum gab.

Der andere fieberte. „Quart!“, stieß er heraus. Viermal zehn den Einsatz!

Sein Gegner zögerte keine Sekunde. „Quart!“, antwortete er ohne das geringste Zeichen von Erregung.

Aber gerade das peitschte den andern auf. War es denn selbstverständlich, dass er verlor, nur er?! „Quinte!“ Fünfmal zehn.

Sie spielten den Wurf für hundert Francs. Kam das rote Herz nach dem elften Wurf, dann waren 5.500 Francs verspielt, nach dem zwanzigsten zehntausend. – „Überleg dir das, Mensch!“, sagte der kaltblütige Spieler, der bis jetzt fast immer gewonnen hatte. Er sagte es mit geradezu verächtlicher Überlegenheit.

„Quinte!“, fauchte der Besessene, und ruhig kam die Bestätigung: „Quinte!“

Die Würfe fielen. Nichts. Nichts. Nichts. Nichts. So ging es fort.

Es musste doch kommen, es musste doch kommen, es musste doch kommen, das rote Herz — dreizehnter Wurf– und jetzt war es da!

Der Kaltblütige hatte die Glückskarte auf den Tisch gelegt. „Ich wusste es ja", sagte er gelassen. Der andere starrte auf die Karte, die sein Unglück war, als könne er nicht glauben, was er doch mit eigenen Augen sah. Das Spiel war vorbei. Das Spiel war aus. Und trotzdem zog er von seinem Packen, als wäre damit sein Missgeschick noch zu wenden, die nächste Karte ab. Sein Mund klaffte auf: es war das Herz– As! Ein einziger Wurf noch, und er hätte gewonnen – um einen einzigen Wurf war ihm der Sieger zuvorgekommen!

Das war zu viel. Er riss den Zettel an sich, auf dem sie die bisherigen Zahlen notiert hatten, warf einen Blick darauf und schrie auf: „Achtzigtausend verspielt!"

Der junge Mann, der eben wieder den Musikautomaten losschmettern lassen wollte, hielt inne. Der Lärm brach ab. Alle drehten die Köpfe, wandten sich nach den Spielern um. Achtzigtausend verspielt! Zwei Monatsgehälter in dreiviertel Stunden verspielt! „Heute ich, morgen du!", sagte der Gewinner.

„Wo soll ich das hernehmen?!", schrie der andere verzweifelt.

„Hättest du gewonnen, dann hättest du's dir aus meiner Tasche geholt!"

In der plötzlichen Stille, die sich auf alle beklemmend gelegt hatte, hörte jeder, was an dem Tisch der Spieler gesprochen wurde.

„Oder vielleicht aus dem Ärmel?!", rief Neunauge, stand rasch auf, war blitzschnell bei den Spielern und packte den Gewinner am Handgelenk, womit er ihm den Jackenärmel zuhielt.

„Was soll das heißen?!", fauchte der Mann. Er war weiß im Gesicht.

„Dem brauchst du nichts zu bezahlen, mein Junge!", sagte Neunauge zu dem Verlierer, ließ das Handgelenk los und schüttelte dafür den Arm kräftig. Drei Karten flogen heraus. Drei rote Herz-Asse.

Ein wilder Tumult brach los. Die Burschen ließen ihre Mädchen sitzen und stürzten sich auf den Falschspieler. Sie waren wie losgelassene junge Stiere. „Schlagt ihn zusammen!“, brüllten sie. Der Mensch konnte in der Enge des Lokals nicht entweichen. Er kam nicht einmal von dem Tisch weg, an dem er saß. Er konnte sich nur zusammenducken –

„Halt!“, schrie Neunauge, der ja noch bei ihm stand. Aber das genügte nicht. Er musste die Ersten packen und zurückstoßen. Das half. „Ich habe den Kerl entlarvt!“, rief Neunauge stolz. „Der Kerl gehört mir!“

Die jungen Burschen antworteten heftig. Sie wollten sich nicht um ihr Opfer bringen lassen. Neunauge hielt stand, aber sie hätten ihm den Falschspieler entrissen, wenn sich nicht die umfangreiche Madame mit der kunstvoll gebauten Frisur von ihrem Thron unter das Volk begeben hätte. „In meinem Etablissement“, verkündete sie mit der Hoheit einer Königin, „wird niemand niedergeschlagen. Das macht gefälligst draußen auf der Straße ab! Ihr beide“ – damit wandte sie sich an die Spieler – „zahlt jetzt, jeder eine Flasche! Und du“ – damit sprach sie mit dem Schuldigen – „ziehst Leine, und das sage ich dir: hier lässt du dich nie wieder sehen, oder ich hole die Polizei!“

Sie wartete nicht darauf, ob ihre Anordnungen auch befolgt würden. Das war für sie selbstverständlich. Sie bewegte sich auf ihren Thron zurück und herrschte von da oben wie zuvor.

Der Kellner kassierte, und dann stand der Betrüger auf. Einen Augenblick zögerte er, als packe ihn die Furcht, auf seinem Weg zur Tür doch noch zusammengeschlagen zu werden. Aber niemand rührte sich, und unter diesem feindseligen Schweigen machte er sich davon. Er hatte verspielt, für immer. Er konnte nicht in Port-Vendres bleiben. Er musste sehen, dass er so schnell wie möglich verschwand.

Die jungen Burschen nahmen den erlösten Verlierer mit an ihren Tisch. Die älteren Männer hatte der Vorfall nicht aus ihrer düsteren Ruhe bringen können. Einer wiederholte, was er vorhin schon geäußert hatte: „Bekommen eben viel zuviel Geld in die Finger." Das war alles.

Neunauge winkte dem Kellner, zahlte und ging. Die Mädchen sahen es und klatschten, ihre Burschen folgten dem Beispiel, und dann wurde an fast allen Tischen dem Helden des Abends zugeklatscht. Nur die braungebrannten älteren Männer rührten sich nicht. Trotzdem war es für Neunauge ein nicht zu bezweifelnder Triumph.

An der Tür wandte er sich um und sprach in das Lokal zurück: „Meine Herrschaften, ich danke Ihnen. Aber bitte überschätzen Sie das Geschehene nicht. Manche sehen nur immer in ihr Glas. Ich habe dabei auch noch genau in den Spiegel geschaut!"

‚Der Graf', dachte er stolz, ‚hätte keinen besseren Abgang gefunden.' Aber er musste zugleich bedauern, dass keiner des Teams diesen großen Augenblick miterlebt hatte.

Ein unheimlicher Mann

Plumpudding hätte Neunauge ruhig begleiten können – der Chef hatte am Abend nicht nach ihm verlangt. Auch am andern Morgen nicht. Er frühstückte auf seinem Zimmer, er aß für sich allein zu Mittag. So hatte Plumpudding ihn noch nie gesehen, und seine Unruhe stieg von Stunde zu Stunde. Verlor sich der Chef nicht immer tiefer in einem dunklen Groll – und wurde es dadurch nicht immer schwerer, ihn in den hellen Tag und zu dem Besten in ihm zurückzurufen?

Es war am Nachmittag gegen drei Uhr, als Plumpudding die Dame wiedersah, die am gestrigen Abend kurz in das Restaurant geschaut hatte. Sie hatte einige Worte mit dem Portier gewechselt und verließ das Hotel. Wieder fiel ihm der sorgenvolle Ausdruck ihres Gesichts auf, und heute wusste er mehr von ihr als gestern. Kurzentschlossen trat er auf sie zu und machte sich ihr als Landsmann bekannt.

Sie war etwas betroffen und sehr zurückhaltend. Aber als Plumpudding freundlich weitersprach, von dem Pech, das sie gehabt hätten, weil sie einen Tag zu früh gekommen wären, und als sie spürte, dass das offenbar ein Mann war, gegen den sie kein Misstrauen zu haben brauchte, ging sie doch ein wenig aus sich heraus. Mit ihm zusammen schritt sie vor dem Hotel auf und ab und erzählte, sie wäre zur Ankunft des Schnellzugs am Bahnhof gewesen in der Hoffnung, ihren Bruder abholen zu können. Aber es war vergeblich gewesen. Zur Sicherheit war sie noch einmal ins Hotel gegangen – ganz töricht, nicht wahr, es gab ja keinen andern Zug, mit dem der Erwartete noch hätte kommen können. So ging das Gespräch weiter, mehr nur ein Geplauder – aber Plumpudding hatte den Eindruck, dass ihr daran lag, zu reden, dass sie es hinauszögerte, sich von ihm zu verabschieden, als ob es ihr lieb sei, nicht ganz allein zu sein, und mehr und mehr kam in ihr Wesen etwas Gehetztes. Schließlich gab sie sich einen Ruck und fragte Plumpudding, ob er die Freundlichkeit hätte, sie ein Stück zu begleiten. „Wir wohnen so einsam“, sagte sie, „und ich weiß nicht – seit vorgestern ist da ein fremder Mann – vielleicht sehe ich Gespenster – aber offen gestanden, mir ist etwas unheimlich –“

„Selbstverständlich, madam, selbstverständlich!“ war seine Antwort. Aber da fiel ihm ein, dass dies eigentlich die beste Gelegenheit wäre, dem Chef eine Betätigung zu verschaffen, die ihn aus seinem Brüten herausriss! „Wie dumm, wie dumm!“ rief er aus. „Ich habe gar nicht daran gedacht, ich kann ja jetzt nicht weg! Ganz vergessen, ganz vergessen! Aber, madam, bitte warten Sie hier, nur einen Augenblick, ich sage Mister Slanton Bescheid, und er steht zu Ihrer Verfügung!“

Ehe sie erwidern konnte, dass sie auf keinen Fall solche Umstände machen wolle, war er schon ins Hotel gesprungen, und nun konnte sie nicht einfach weggehen, das wäre zu unhöflich gewesen.

Auf Plumpuddings hastige Sätze knurrte der Chef, was das für ein Unsinn wäre, aber wenn es sich um eine Dame handelte, die

Gattin eines englischen Majors – er ging mit ihm die Treppe hinunter, Plumpudding führte ihn der Dame zu und ging rasch wieder in das Hotel zurück, als habe er dort Dringendes zu erledigen.

Der Chef stellte sich ihr vor. „Slanton. Höre, dass Sie Ungelegenheiten haben, madam. Was kann ich für Sie tun?"

„Sehr liebenswürdig –"

‚Unsinn', grollte der Chef innerlich, ‚bin alles andere als liebenswürdig.'

„Ich erwarte meinen Bruder", fuhr die Dame fort. „Mein Mann ist verreist. Aber mein Bruder muss jeden Tag kommen. Ich habe ihm telegrafiert. Ich möchte Sie wirklich nicht behelligen –"

So suchte sie die angebotene Hilfe als unnötig darzustellen, aber der Ton ihrer kurzen, wie gehetzt klingenden Sätze sagte etwas anderes als ihre Worte.

„Ein Kerl lauert Ihnen auf?", fragte der Chef kurz und bestimmt.

„Auflauern – das kann man nicht sagen. Es ist auch kein Kerl. Es ist ein Herr. Er will meinen Mann sprechen. Ich habe ihm gesagt, dass der Major verreist ist. Er glaubt es mir nicht. Er kommt wieder, immer wieder. Er sitzt stundenlang in der Nähe und beobachtet unser Haus."

„Was will er? Geld?"

„Ich weiß es nicht. Ich wäre froh, wenn mein Mann da wäre, aber ich fürchte mich davor, dass er plötzlich zurück sein könnte – es ist so unheimlich."

Sie suchte ihre Erregung zu beherrschen, aber der Chef sah, was sie das kostete. Ihre letzten Worte hatte sie nur noch geflüstert, als habe ihre Stimme alle Kraft verloren.

Der Chef überlegte. „Wie weit ist es bis zu Ihnen?" fragte er, und sie antwortete, man gehe nicht länger als eine halbe Stunde. Er sah nach der Uhr. Das musste reichen. Da war er zurück, ehe der Dampfer eingelaufen war.

„Gestatten Sie mir, madam, Sie nach Hause zu begleiten."

„Danke. Ich bin Ihnen sehr dankbar. Ich bin so allein." Sie zeigte zum Berghang hinauf. „Wir wohnen dort oben."

Sie gingen vom Hotel fort, hatten das viereckige Hafenbecken zu ihrer Linken, bogen dann an den Ladeschuppen nach rechts und schritten die langsam ansteigende Fahrstraße, die an einem großen Sportfeld mit hohen Tribünen vorbeiführte, den Berghang hinauf, der ganz mit Weinstöcken bepflanzt war.

„Mein Mann ist in den Pyrenäen“, erzählte sie im Gehen. „Er ist leidenschaftlicher Jäger. Er will eine Isard schießen. Das darf ich hier niemand sagen. Die Jagd ist noch nicht offen, erst in drei Wochen ist es soweit. Aber mein Mann kümmert sich nicht darum.“

‚Spricht nicht für ihn’, dachte der Chef. ‚Schonzeit hält man ein. Scheint Querkopf zu sein. Vielleicht auch nur Wut über zu viele Paragraphen.’

„Mein Mann hat hier niemand, mit dem er umgeht.“

„Keine Freunde aus England?“, fragte der Chef. „Schöne Gegend hier.“ Er blieb stehen. Von der halben Höhe, auf der sie sich befanden, hatten sie einen Ausblick auf das tiefblaue Meer. Die Weinberge gingen bis unmittelbar an das Wasser hinab, und an dem glattgewaschenen schwarzen Gestein der vorgelagerten Felstrümmer schäumte es weiß auf.

„Zu uns kommt kein Mensch“, sagte sie.

‚Warum versteckt sich der Mann hier in dieser Einsamkeit?’, dachte der Chef. ‚Wenn er an der Riviera leben will, kann er sich doch an der Côte d'Azur ansiedeln – da wimmelt's von Engländern.’

„Jetzt sehen Sie unser Haus!“

Vor ihnen lag, etwa dreihundert Meter entfernt, ein kleines, weiß getünchtes Haus mit flachem Dach in einem lichten Hain von Ölbäumen, davor eine Terrasse mit einer Pergola von Weinranken, die dicht bewachsen war. „Wir haben es von einem Maler gekauft“, erklärte sie. „Er sagte, hier sei die Landschaft griechischer als in Griechenland. Großer Gott“, setzte sie erschreckt hinzu, „da ist er wieder!“

Auf dem Fahrweg, der an dem Hause vorbei weiter auf die Höhe führte, sah der Chef einen gutgekleideten Herrn stehen, der von da oben aus sowohl das Haus wie die Straße übersehen konnte. Als er der beiden ansichtig wurde, ging er ihnen langsam entgegen. Vor dem Hause mussten sie mit ihm zusammentreffen.

„Was soll denn nun werden?", flüsterte die Dame aufgeregt.

„Keine Unruhe", sagte der Chef. „Werde die Sache klären. Zum Mindesten darf er Sie nicht belästigen." Verschiedene Gedanken schossen ihm durch den Kopf. Versteckte sich der Major etwa auch wie Marûn Effendi in seiner Burg mit den sieben Türmen, weil er einen dunklen Fleck in der Vergangenheit hatte? Wusste der Mann, der auf sie zuschritt, zuviel davon? Und diese Erregung der Dame – wusste sie mehr, als sie ihm, dem Fremden, mitteilen konnte? War sie etwa nicht nur in einer lästigen Verlegenheit, sondern in seelischer Not?

Sie kamen einander immer näher. ‚Sieht nicht übel aus', stellte der Chef fest. ‚Ein Herr. Kann befehlen. Ein Gutsbesitzer vielleicht oder ein Pächter. Kein Stubenhocker. Von der Sonne verbrannt. Kein Fett angesetzt. Hager. Kräftiger Schnauzbart. An die Sechzig.'

Jetzt sahen sie einander Auge in Auge. Der Herr zog seinen Hut und sagte auf Englisch: „Ich wartete auf Sie, Major Scole!"

Er hielt also den Chef für den Gatten der Dame. Sie wollte den Irrtum aufklären und sagte etwas stammelnd: „Das ist –" Aber der Chef unterbrach sie. „Please, don't say anything!" Da die englische Sprache zwischen dem Du und dem Sie nicht unterscheidet, konnte der fremde Herr der Meinung sein, hier spräche ein Ehemann zu seiner Frau, und geistesgegenwärtig nahm der Chef diesen Irrtum auf und benahm sich auch so, als sei er der Major. „Please", sagte er zu ihr, „go into the house. I am going to speak with the gentleman on the terrace! (Bitte gehen Sie – oder geh ins Haus. Ich spreche mit dem Herrn auf der Terrasse.)"

Sie war so verblüfft, dass sie nicht widersprach. Mechanisch ging sie zur Tür, holte aus ihrem Täschchen den Schlüssel, schloss auf und trat in das Haus, worauf sie, wie sie es gewohnt war, die Tür auch wieder zudrückte.

„Bitte!“, sagte der Chef und trat nach dem Herrn auf die Terrasse, wo zwei Korbstühle standen.

„Bitte!“, sagte er wieder und wies auf einen der beiden Sessel. Der Herr zögerte, aber dann nahm er Platz, und der Chef setzte sich ihm gegenüber. ‚Jetzt werde ich also hören, um was das hier geht‘, dachte er.

Unter vier Augen

„Wenn ich Ihnen meinen Namen nenne“, so begann der Herr, „dann wissen Sie, weshalb ich hier bin. Ich habe Jahre gebraucht, um herauszubekommen, wo Sie sind. Jetzt bin ich da. Ich heiße Burnell.“

Natürlich sagte der Name dem Chef gar nichts. Aber er konnte auch nicht darauf erwidern ‚Sehr angenehm‘ oder was dergleichen üblich war. Es hätte nicht gepasst, denn der Mann, der wenigstens dreißig Jahre älter war als er, kam offenbar in einer Sache von erschreckendem Ernst. Dem Chef entging nicht, dass sein Gegenüber die Hände aufeinanderpresste; sonst hätten sie vielleicht gezittert. So wiederholte er den Namen nur wie jemand, der sich zu erinnern sucht: „Burnell –?“

„Sie haben anscheinend vergessen, wer Burnell war“, sagte der Herr schneidend. „Ich muss ihrem Gedächtnis also aufhelfen. Mein Sohn Michael Burnell war Offiziersanwärter in der Kompanie, die Sie führten, als Sie noch Captain waren.“

Es war der Traum des Chefs gewesen, einmal Captain zu sein und eine Kompanie zu führen, denn er war ein Mann von soldatischer Art und schien zum Offizier geschaffen. Er war nicht nur von besonderer körperlicher Gewandtheit, sondern besaß auch schnelle Auffassungsgabe und Entschlusskraft, war in seinem Auftreten sicher und von einem Verantwortungsbewusstsein durchdrungen: der Offizier, der das gefährliche Recht besaß, von seinen Untergebenen den höchsten Einsatz, den des Lebens, zu verlangen, musste es als seine Pflicht anerkennen, seiner Mannschaft nicht nur Vorbild militärischer Haltung zu sein, sondern in jedem einzelnen auch den Menschen zu achten. Aber sein Wunsch, der aus seinem innersten Wesen kam, hatte sich ihm nicht erfüllt, denn er hatte ja die Offiziersprüfung nicht bestanden. Den letzten Krieg hatte er wohl mitgemacht, aber nie hatte er den Posten bekleidet, dem er sich gewachsen, ja für den er sich berufen fühlte. Er war kein Captain gewesen, er hatte keine Kompanie geführt – und nun sollte er den ehemaligen Kompanieführer spielen ...

„Jetzt erinnere ich mich“, sagte er. „Michael Burnell, jawohl.“

„Erinnern Sie sich auch, Major, dass Sie meinen Sohn auf dem Gewissen haben? Erinnern Sie sich, Major, dass Sie Michael Burnell in den Tod geschickt haben? Erinnern Sie sich, Major, dass Sie ihn in diesen Tod durch eine Kränkung gehetzt haben?!“

Dem Chef wurde der Mund trocken. Wohin war er durch seinen plötzlichen Einfall geraten! Er hatte der bedrängten Frau aus einer Verlegenheit helfen wollen, jawohl – und nun kam er selbst in die größte Bedrängnis. Konnte er etwa jetzt erklären, dass er nicht der sei, für den der andere ihn hielt? Gewiss, er selbst hatte sich nicht als Major Scole bezeichnet, aber er hatte sich doch so benommen, als ob er der Major wäre. Wie konnte er diesem Manne, der da in tiefer Erregung vor ihm saß, der offenbar von dem Verlangen nach einer erbarmungslosen Abrechnung getrieben war, jetzt mit einem Missverständnis kommen! Dann musste jener geradezu glauben, zum Narren gehalten worden zu sein!

Und mit einem Male begriff er, wie sehr seine Vermutung richtig war, dass die Frau des Majors mehr als nur eine ritterliche Geste nötig hatte. Diese ganze Sache durfte nicht einfach abgebrochen werden. Er hatte sie angefangen, und jetzt musste er sie zu einem Ende führen, zu einem guten Ende, wenn es nur irgend anging. Jedenfalls durfte er auf keinen Fall ausweichen.

Aber er wusste doch gar nicht, was mit dem jungen Michael Burnell vorgefallen war! Und das konnte er nicht bekennen! Um diese Geschichte ins Reine zu bringen (wenn das überhaupt möglich war), musste er den Vater erst einmal unauffällig dazu bringen, sie genau zu berichten …

„Bedauere Ihre Worte, Mister Burnell“, sagte er. „Wäre mir lieber, hätte sie nicht hören müssen. Aber werden mir zugeben: Jede Sache sieht von der einen Seite so aus und von der andern eben anders. Muss Sie schon bitten, Ihre schweren Beschuldigungen genau zu belegen.“

„Gut, das werde ich tun.“

Aber er begann damit noch nicht. Er musterte den Mann, dem er vorwarf, am Tod seines Sohnes schuldig zu sein. Es erbitterte ihn, dass der keine Spur von Erschütterung zeigte. Als wolle er diesen Gleichmut ins Wanken bringen, sagte er heftig: „Ich möchte erst noch bemerken, dass ich für jedes Wort, das ich vorbringe, Zeugen habe, und die Aussagen dieser Zeugen sind notariell bestätigt!“

Der Chef nickte.

Der aufgewühlte Mann atmete hastig. Er keuchte, als er jetzt sprach: „Aber ich werde damit kein Gericht behelligen. Diese Sache, Major, tragen wir aus von Mann zu Mann!“

„Bitte!“, antwortete der Chef.

Es vergingen einige Minuten, bis sich Herr Burnell wieder in der Gewalt hatte. Als er dann sprach, schien er ruhig. Aber der Chef täuschte sich nicht. ‚Der Mann’, dachte er, ‚ist wie eine geballte Ladung. Wehe, wenn sie abgezogen wird.’

„Das Bataillon, dem Ihre Kompanie angehörte, lag dem Feinde auf achthundert Meter gegenüber. Bei ihm war ein Stellungswechsel vorgenommen worden. Das Regiment befahl daher dem Bataillon, zu erkunden, welcher Truppenteil ihm jetzt gegenüberlag. Vor dem Abschnitt Ihrer Kompanie endete eine Sappe unmittelbar hinter dem feindlichen Drahtverhau in einem Horchpostenloch, das Tag und Nacht besetzt war. Sie gaben einem Patrouillentrupp den Befehl, in der kommenden Nacht hundert Meter rechts von dem Horchloch den Drahtverhau zu durchschneiden, ihn zu durchqueren, die Sappe im Rücken des Horchpostens abzuriegeln, den Posten zu überrumpeln, ihn wenn möglich gefangenzunehmen oder wenigstens dessen Papiere, Soldbuch und Erkennungsmarke mitzubringen."

„Muss diesen Befehl für einwandfrei halten", sagte der Chef.

„Zweifellos, zweifellos!", erwiderte Mister Burnell. „Es war auch einwandfrei, dass Sie als Führer des Patrouillentrupps den Unteroffizier Burnell, Michael, bestimmten."

Er holte tief Atem und sprach nun ganz langsam. „Aber dann meldete sich der Unteroffizier Burnell, Michael, bei seinem Kompanieführer. Er meldete ihm, dass er, Burnell, Michael, nachtblind sei und daher diese Patrouille nicht führen könne. ‚Wenn Sie nachtblind wären', sagte der Kompanieführer, ‚dann wären Sie kein Offiziersanwärter. Wenn sie nachtblind wären, säßen Sie in irgendeiner Schreibstube. Sie sind nicht nachtblind. Aber ich will Ihnen sagen, was Sie sind: feige sind Sie. Machen Sie die Patrouille, und ich will nichts gehört haben.'

Der Unteroffizier Burnell, Michael, machte die Patrouille. Aber er kam nicht von ihr zurück. Keiner seiner Männer kam zurück, und jetzt, Major Scole, teile ich Ihnen mit: mein Sohn war nicht feige. Er war nachtblind."

‚Scheußlich … scheußlich …', dachte der Chef. Er brachte kein Wort über die Lippen.

„Ich gebe zu", so fuhr der unglückliche Vater fort, „dass mein Sohn diese Augenschwäche verheimlicht hatte. Wie die jungen Leute sind. Er wollte mit dabei sein, und er wollte als Offizier mit dabei sein. Durch jede Untersuchung war er gekommen. Es war Krieg, man nahm es wohl nicht so genau, und wer kam schon darauf, dass ein Kriegsfreiwilliger nachtblind war, wenn er das selbst nicht angab. Er war ein guter Soldat. Er hatte an der Front viel mitgemacht. Nie war er durch seine Augenschwäche in Verlegenheit gekommen. Jetzt aber saß er drin. Dieser Befehl ging über seine Kraft. Dieser Sache war er nicht gewachsen. Wenn es nur um ihn persönlich gegangen wäre, hätte er sicher die Konsequenz aus seinem falschen Verhalten gezogen und es schweigend bezahlt. Aber ihm war dabei das Leben anderer anvertraut. Da gab er seine falsche Haltung auf. Er hatte den Mut, in sich zu gehen und zu tun, was recht war – und Sie, Major, beschimpften ihn als feige."

Der Chef litt unter dem, was er hier vernahm. Er konnte sich den Captain Scole, den er hier zu spielen hatte, gut vorstellen. Sicher ein tüchtiger Mann. Lange Ordensschnalle auf der Brust. Ein Kerl, wie man ihn im Kriege brauchte. Der fackelte nicht lange, und es gibt im Krieg für den Offizier Situationen genug, wo auch nicht gefackelt werden darf. Aber hier – in offenbar ruhiger Stellung? Der Stellungswechsel drüben konnte Veränderungen bringen, gewiss, aber ehe daraus ein Angriff entwickelt wurde, setzte erst einmal ein Trommelfeuer ein oder wenigstens ein energischer Feuerüberfall –

„Sie hätten, Major", sagte Mister Burnell, „mit meinem Sohn hart verfahren können. Sie hätten ihn sofort in Arrest setzen lassen können. Sie hätten ihn melden können, und vielleicht wäre er schwer bestraft worden, weil er bei den Untersuchungen bewusst einen Mangel verschwiegen hatte, der eben nicht nur für ihn von verhängnisvollen Folgen hätte sein können. Er hatte einen Fehler gemacht – und Sie, Major, haben ihn in seiner Ehre verletzt!"

Natürlich, so war dieser Major Scole – der Chef war lange genug Soldat gewesen, als dass er diesem Menschenschlag nicht mehr als einmal begegnet wäre. Ein Durchschnittskopf – für den gab es nur heiß und kalt, Mutige und Feige. So einer sah alles in der Welt als klipp und klar und einfach an. So dachte nicht nur dieser Major Scole, so dachten viele, viele und wurden in ihrer Art sogar gebraucht. Aber wehe dem, den es traf, jemandem gehorchen zu müssen, der seinem Befehlsbereich nicht gewachsen war.

„Was haben Sie darauf zu antworten, Major?", fragte Mister Burnell. „Ich gebe Ihnen zehn Minuten Zeit."

In welcher Lage befand sich der Chef! Er war sicher, nie wäre ihm als Kompanieführer passiert, was dieser Scole da angerichtet hatte, und einem Mann wie ihm hatten sie die Eignung zum

Offizier abgesprochen, weil sie bei der Prüfung seinen Aufsatz als gedanklich dürftig und seine Sprachkenntnisse als mangelhaft bezeichnet hatten. Dieser Scole war anscheinend imstande gewesen, sich flüssig im Schriftlichen auszudrücken, mehrere Sprachen zu sprechen, aber als es darauf ankam, als ein Leben von seiner Entscheidung abhing, hatte der Kerl versagt. Konnte da für ihn ausgerechnet der Chef eintreten, der sich immer ernst zu nehmen bemühte, was dieser Gämsenjäger nicht ernst nahm? Und wenn er nicht für ihn eintrat: konnte er sich dann anstelle des Mannes, der sich jetzt in den Pyrenäen verbotenerweise vergnügte, als Lump erklären lassen?

Musste er nicht Farbe bekennen? Musste er nicht sagen: „Mister Burnell, Sie sprechen mit dem falschen Mann. Nie habe ich eine Kompanie geführt, und wenn die hohen Herren mir eine anvertraut hätten, so wäre das, was Sie hier vorbrachten, niemals geschehen –"

Er stockte. *Niemals* – welch ein Wort! Welch ein ungeheuerliches Wort! Welch ein vermessenes Wort! Er hörte die Stimme des Grafen: ‚Chef, sagen Sie nie *nie*!' Er sah GGs stillen, abwägenden, behutsam urteilenden Blick. Wie lange war er jetzt mit den Männern zusammen unterwegs? Was hatten sie nicht alles zustande gebracht – aber hatte er dabei nie danebengehauen? Hatte er nie Fehler gemacht?

Von unten klang das dumpfe Heulen eines Dampfers herauf. Und was wurde aus der Frau, die jetzt im Haus saß und voller Sorgen darauf wartete, wie das ausging? Wenn der Chef dem andern erklärte, dass er mit dem Tode seines Sohnes nichts zu tun hätte, dann blieb jener in Port-Vendres, bis der Major zurückkam, und was geschah, wenn er dann ihm gegenübersaß wie jetzt dem Chef? Nannte er den Major vielleicht einen Mörder, schoss ihn der Major womöglich nieder – wenn nicht hier auf der Terrasse oder im Haus, dann fielen die Schüsse an einem verabredeten Ort, wo sich beide mit der Waffe in der Hand gegenüberstanden –, zog der Tote, der von der Patrouille nicht zurückgekommen war, dann nicht einen Toten nach? Oder war nicht auch damit zu rechnen, dass dieser Mister Burnell daheim mit allem abgeschlossen hatte und im selben Augenblick in die Tasche griff, in dem sich der Major trotzig benahm? Dann war der unglückliche Vater zum Mörder geworden … Was konnte nicht alles daraus werden, wenn der Chef jetzt versagte? Diesem Manne musste geholfen werden, der Frau – und vielleicht auch dem Major?

Neue Gedanken jagten dem Chef durch den Kopf. Warum hatte sich denn dieser Scole in einem so abgelegenen Winkel niedergelassen? ‚Kein Mensch kommt zu uns!' Warum hatte Scole die Beziehungen zu den andern Menschen abgebrochen? Hatte er sich von ihnen getrennt, damit er nicht erfahren musste, dass sie sich von ihm trennten, weil sie ihn nicht mehr achteten? War ihm etwa bewusst, dass er etwas getan hatte, wodurch die Achtung vor ihm verlorengegangen war?

„Mister Burnell", sagte der Chef stockend, „bin kein Sprecher. Fällt mir schwer, Ihnen zu antworten. Geht mir dabei zu viel durch den Kopf.

Die Armee, nicht wahr, braucht in einem Krieg viele Offiziere. Können nicht alle gleich gut sein. Weiß nicht, mit welchem Prozentsatz von schlechten gerechnet werden muss. Und der Captain Scole, in dessen Kompanie Ihr Sohn war, gehörte da zu den schlechten Offizieren. Es war ein Unglück, dass Ihr Sohn an ihn geriet."

Der Vater des Toten war betroffen. Dieser Mann sprach von sich in der dritten Person, als ob er sich selbst ausgelöscht hätte. Es klang, als ob ein Richter ein Urteil über einen Angeklagten fällte – und es war ein vernichtendes Urteil über sich selbst …

Der Chef fuhr fort: „Dieser damalige Captain, der jetzt ein abgedankter Major ist, weiß, dass die Orden, die er bekommen hat, nicht unverdient sind. Aber er weiß auch, dass er Fehler gemacht hat, schwere Fehler. Und dass er das weiß, das wird es gewesen sein, was ihn hierher trieb, in einen versteckten Winkel. Aber das hat ihm nichts geholfen. Sie haben ihn aufgespürt.

Was er Ihrem Sohn und Ihnen angetan hat, das können Sie

nicht vergessen. Er hat einen Fehler begangen. Einen schweren Fehler. Vergessen – nein, das können Sie nicht. Aber vielleicht – können Sie es verzeihen?"

Und nach einer kurzen Pause noch vier Worte: „Ich bitte Sie darum."

Über den Mann mit dem grauen Haar schien plötzlich eine schwere Müdigkeit gekommen zu sein. Schlaff, zusammengesunken saß er da. Es war, als sei ein Segelboot, das eben noch durch die aufschäumende Gischt schnitt, in eine jähe Flaute gekommen, so dass es ziellos auf totem Wasser trieb. Er hatte mit einem heftigen Zusammenstoß gerechnet, ja in seinem tiefen Groll hatte er ihn erhofft. Er hatte dem Mörder seines Sohnes die Verachtung ins Gesicht schreien wollen, er hatte ihn mit seinen Beleidigungen vor die Pistole zwingen wollen – und nun? Was war nun? Vor ihm saß ein Schuldiger, der um Vergebung bat …

„Ein Fehler … ", wiederholte er mühsam. „Ein schwerer Fehler … Fehler macht jeder …"

Mit abgebrochenen Worten redete er weiter, als spräche er nur mit sich selbst.

„Schuldig werden wir alle … Und wer seine Schuld einsieht … wer sie bekennt …"

Er fuhr auf. „Nein", sagte er heftig, „verzeihen kann ich nicht!" War das etwa sein letztes Wort? Aber der Chef sah, dass der andere noch nicht fertig war. Sein Atem ging schwer. Rang er mit sich selbst?

Jetzt sprach er wieder. Seine Stimme klang nicht mehr so heftig. „Ich muss versuchen", sagte er, „zu verstehen, wie das gekommen ist. Ich hatte da wohl nicht ganz bis zu Ende gedacht."

Er sah nach seiner Armbanduhr. „In 25 Minuten geht der Catalan. Den erreiche ich noch. Das ist gut. Ich will hier nicht bleiben." Er stand auf, lüftete seinen Hut und ging davon.

Seine verhallenden Schritte waren noch zu hören, als die Tür des Hauses aufging und Frau Scole heraustrat. „Was ist nun?", fragte sie hastig. „Ich hätte von drinnen alles hören können, aber ich habe es nicht gewagt. Er hat Sie für meinen Mann gehalten!"

„Er kommt nicht wieder."

„Gott sei Dank! Aber was wollte er denn? Und was haben Sie ihm gesagt?"

„Ein Gespräch unter Männern", antwortete der Chef abwehrend. „Wie soll ich das verstehen? Erklären Sie mir doch – ich sehe es ja – mein Mann schleppt irgend etwas mit sich herum –."

„Mancher von uns hat im Kriege Dinge erlebt, die er nicht wieder los wird."

„Hat er – etwas auf dem Gewissen?!"

„Jeder macht Fehler – das gab mir der Herr zu."

„Er wollte von meinem Mann Rechenschaft?"

„Ich sagte Ihnen schon: er kommt nicht wieder.''

Jetzt war es der Chef, der nach seiner Uhr sah. Er traute dem nicht, was er erkennen musste: anderthalb Stunden war er jetzt hier oben – seit einer Stunde war die *Djezaïr* eingelaufen! Natürlich – er hatte doch den Heulton gehört, mit dem das Schiff sich dem Hafen meldete, in dem es anlegen wollte!

„Bitte um Entschuldigung!" rief er und stürzte davon. Aber obwohl er sich so eilte, war es ihm gewiss, dass er da unten zu spät kam. War denn heute alles so verwünscht wie gestern?! Oder hatte er jetzt einen schweren Fehler gemacht? Er hätte auf den Dampfer warten müssen, natürlich. Oder er hätte, als er dessen Sirene heulen hörte, sofort zum Hafen hinunter hasten müssen – aber konnte er denn da oben alles stehen und liegen lassen? Musste er nicht diese Sache, in die er unvermutet geraten war, erst zu einem klaren Ende bringen?

Da war es wieder, was ihn schon auf der Herfahrt in des Wortes wörtlicher Bedeutung zum Rasen gebracht hatte – stets und ständig war er mit dem Team in Flickarbeit verstrickt, hier eingreifen und da, dort rasch helfen und hier wieder zufassen – vielerlei betreiben, aber nicht eine Sache aufbauen, ihre Möglichkeiten entwickeln, in ihr wurzeln und mit ihr innerlich wachsen. Das blieb ihnen versagt.

Aber war es nicht das, was das Leben lebenswert machte?

Das Kugelspiel

Unterdessen hatte sich am Hafen ein an sich unbedeutendes Vorkommnis ereignet, aus dem sich jedoch eine folgenreiche Entwicklung ergeben sollte.

Vom Hotel, in dem die drei abgestiegen waren, bis zu der Stelle des Hafens, an der die Schnelldampfer aus Algier und Oran anlegten, war es, wie schon bemerkt, nicht weit. Plumpudding und Neunauge saßen, nachdem der Chef mit der Dame fortgegangen war, unter einem der rot–weiß–gestreiften mächtigen Sonnenschirme, die hier Tischchen und Stühle gegen die Sonne schützten, bei einem Whiskysoda und warteten die Ankunft des Dampfers ab. Sie konnten, wenn sie nach rechts sahen, die Anlegestelle überblicken. Neunauge war jedoch von dem in Anspruch genommen, was er schräg links vor sich sah.

Auf dem freien Platz vor den Lagerspeichern spielten Männer in Baskenmützen Pétanque, das Spiel mit eisernen Kugeln, das in Südfrankreich überall und zu jeder Tageszeit gespielt wird, so dass der Reisende den freilich falschen Eindruck bekommen kann, hier in diesem paradiesisch schönen Land hätten die Männer überhaupt nichts anderes zu tun, als mit schweren eisernen Kugeln zu spielen. Aber unverkennbar ist, dass das Spiel von den Männern mit größter Anteilnahme, meisterhafter Fertigkeit und einer Hingabe betrieben wird, als verschaffe ein geglückter Wurf ein Hochgefühl des Sieges, wie es der große Cäsar nach seinen gewonnenen Schlachten, die der Weltgeschichte angehören, nicht geringer gehabt haben kann.

Die Rufe der Spieler drangen bis zu den beiden hin und erregten Neunauge ebenso wie die Würfe, denen er aus der Entfernung zusah, denn als gebürtiger Marseiller war er selbstverständlich auch ein erfahrener Pétanque–Spieler. Die Männer sprachen nicht französisch, sondern katalanisch, und da in dessen Wörtern sich das Latein der Antike noch vielfach lebendig erhalten hat, konnte einem Sprachkundigen zumute sein, als sei hier die Zeitenuhr um zweitausend Jahre zurückgestellt, wobei freilich das Spiel selbst, für das die Vorzeit Steine nahm, noch sehr viel weiter zurückreichte. Neunauge verstand das Katalanische nicht, aber er sah ja aus dem Verlauf des Spiels, worum es ging. Es ist sehr einfach: der erste schiebt eine Kugel ins Feld, die nun als Ziel dient. Die andern suchen, mit ihrem Wurf an diese Kugel so nah als möglich heranzukommen und dabei konkurrierende Kugeln zugleich wegzustoßen. Ist der Wurf zu stark, so stößt er zwar die störenden Kugeln aus dem Wege, schießt aber auch über das Ziel hinaus; ist er zu schwach, so wird die Kugel von den andern aufgehalten und ermattet vor dem Ziel. So verlangt jeder Wurf das Höchste, was dem Menschen beschieden sein kann – machtvolle Kraft und sich selbst beherrschendes Maß.

Neunauge hielt es nicht länger auf seinem Stuhl. „Einen Augenblick", sagte er zu Plumpudding. „Die spielen ja wie abgesengte Säue!" Vielleicht trug ihn noch das Hochgefühl von gestern Abend – jedenfalls sprach er die Spieler an und setzte ihnen auseinander, dass sie nach seinem Urteil in die unterste Klasse aller Pétanque–Spieler gehörten – da sollten sie sich einmal nach Marseille bemühen und dem Spiel erfahrener Männer zuschauen!

Einheimische lassen sich stets ungern von Fremden kritisieren, und dass hier auch noch der Name der großen Hafenstadt fiel, brachte die Spieler vollends in Wut. „In Marseille", sagte einer von ihnen, aber auf französisch, damit er von dem, den es anging, auch verstanden wurde, „in Marseille gibt es Leute, die reißen das Maul so weit auf, dass ich ihnen glatt meine Kilokugel zwischen die Zähne schieben kann!"

„Ich gehe jede Wette ein", rief Neunauge, „dass ich euren ganzen Haufen dreimal hintereinander an die Wand drücke, drei zu null!"

Nun, das war zu beweisen. Sie nahmen die Herausforderung an.

Aber ehe sie ausgetragen werden konnte, donnerte ein Zug von Lastwagen heran, er hielt vor dem Lagerschuppen, und Hafenarbeiter, die auf das Eintreffen der Autos schon gewartet hatten, begannen Kanister und Fässer abzuladen, wobei sie die Spieler vom Platz wiesen und spitze Bemerkungen fielen, es gäbe Leute, die arbeiteten, und Nichtstuer.

„Los", sagten die Spieler, „wir gehen oben 'rauf!" und wandten sich der Treppe zu, die aus dem Hafen zu dem Plateau hinaufführte. „Ich bin gleich wieder da!", rief Neunauge zu Plumpudding hinüber.

Aber er kam nicht wieder. Und der Chef blieb auch aus! Plumpudding wurde nervös. Der Uhrzeiger rückte weiter und weiter, und sie ließen ihn hier allein. Schließlich sah er den großen Dampfer kommen, er hörte dessen Dampfpfeife heulen und war immer noch allein.

Von überallher strömten die Leute zusammen und hasteten zu der Anlegestelle, Frauen und Kinder mit Blumensträußen in Erwartung ihrer Männer und Väter, Geschäftsleute, Hafenbeamte, Polizisten, Gepäckträger mit ihrem kleinen Karren, der Pousette, und Neugierige, für welche die Ankunft der *Djezaïr* ein Zeitvertreib war.

Der Chef war nicht da. Neunauge war nicht da, der doch den Koch Santi ausfindig machen sollte! Verzweifelt sah Plumpudding nach ihnen aus. Aber sie ließen sich nicht blicken – und schon musste er sehen, dass Fahrgäste das Schiff über das Fallreep verließen.

Er durfte nicht länger untätig warten. Jetzt musste er den Koch finden, aber wie der Chef konnte doch auch er nicht ausreichend Französisch!

Santi

Passagiere kamen ihm entgegen. Die konnten von einem der Schiffsköche nichts wissen. Soldaten, am Arm die strahlende Braut oder die glückliche Mutter, die den Urlauber abgeholt hatten. Ein Trupp Fremdenlegionäre, von zwei Sergeanten geführt, und als letzte marschierten zwei Unteroffiziere hinterher. Algerier mit scheuem Blick; sie fühlten sich in der Fremde. Ein Landsmann sprach sie an, der mit Teppichen über der Schulter ihnen entgegenkam.

Da – der sah wie ein Matrose aus, der sich für die Stadt fein gemacht hat! Plumpudding hielt ihn auf, fragte: „Santi?“ Ein Schwall von Worten ergoss sich über Plumpudding, er verstand kein einziges, und der Mann ging weiter, er hatte es eilig. Drei junge Kerle kamen, untergehakt, unternehmungslustig – "Santi? Santi?“ Sie lachten: „Nix Santi! Nix Santi!“ Aber sie zeigen auf das Schiff: „Santi!“

Plumpudding atmete auf. Der Koch war also noch an Bord! Er ging auf das Fallreep zu. Nur der untere Teil des Schiffes war schwarz gestrichen. Darüber leuchtete ein strahlendes Weiß, und in diesem blanken Weiß spiegelte sich die zitternde Oberfläche des Wassers, ein sich unablässig bewegendes Moiré, als sei die Schiffswand mit einem bebenden Stoff bespannt. Schon hatten die meisten, die an Land wollen, den Dampfer verlassen. Zwei Damen noch, auf die sich ein Gepäckträger stürzte. Jetzt war das Fallreep frei, und Plumpudding hastete die Stufen hinauf.

„Halt!“ Zwei Polizisten standen hier Posten und ließen niemand an Bord. Plumpudding wollte ihnen auf englisch klar machen, dass er den Schiffskoch Santi unbedingt sprechen müsse. Umsonst. Sie schüttelten die Köpfe. Er versuchte es von Neuem, indem er an den Namen abgebrochene französische Worte setzte: „Santi – Santi – camarade – ami – Santi!“ Nichts da. Die Polizisten hatten ihren Befehl. Niemand kam an Bord, der nicht einen amtlichen Ausweis hatte. Sie bedeuteten dem lästigen Mann, er solle das Fallreep verlassen.

Aber in dem Augenblick kam ein junger Schiffsfunker die Reling entlang, der an Land wollte. Er sah und hörte, dass hier einer Schwierigkeiten hatte, sich verständlich zu machen, und er fragte Plumpudding auf englisch, was er für ihn tun könne. Endlich! Plumpudding sagte ihm, was ihn hergetrieben hatte, und der nette Mensch erklärte sich bereit, dem Santi auszurichten, dass er erwartet würde – vorausgesetzt natürlich, dass jener überhaupt noch an Bord sei. Er ging, und die Polizisten wiederholten ihre Aufforderung, jetzt aber den Eingang des Fallreeps freizugeben, *mille tonnerres*! Plumpudding weigerte sich nicht länger und baute sich unten am Ausgang auf, so dass ihm der Koch nicht entrinnen konnte.

Der Funker war in bester Laune. Er ging nicht eben nur kurz an Land und nach 24 Stunden wieder an Bord, weil der Dienst es verlangte – nein, er hatte Urlaub, drei Wochen. Erst werden natürlich die alten Herrschaften in Béziers besucht, das gehörte sich, aber nicht allzu lange, höchstens eine Woche, oder sagen wir fünf Tage, und dann auf nach Paris, da wird auf die Pauke gehauen! Und in dieser Urlaubslaune war er so in voller Fahrt, dass er dem Koch einen Streich spielen wollte. Er kannte den Santi, das war ein harmloser Kerl, der keiner Fliege etwas tat, aber warum sollte er ihn nicht auf Touren bringen? Er öffnete die Tür zu dem Mannschaftsraum, in dem auch das Küchenpersonal Unterkunft hatte, schaute hinein, sah Santi und rief ihm zu: „Mensch, Santi, sieh dich vor! Am Fallreep unten wartet einer auf dich! Mit den Polizisten oben hat er schon geredet! Sicher ein Kriminaler!“ Tür zu und fort. Das Fallreep hinunter – „Yes sir, he is coming!“ – zwei Finger an die Mütze, los – was kostet die Welt?

In dem Mannschaftsraum war Santi ganz allein. Absichtlich hatte er sich sehr langsam landfein gemacht, so dass es den Anschein hatte, als würde er heute überhaupt nicht mehr fertig, und als alle andern Insassen fort waren, hatte er sich auf den bloßen Leib etwas aus Flanell gebunden, das wie eine Leibbinde aussah, und nur er wusste, dass dieses schlauchartige Gebilde ein Vermögen an englischen Sovereigns mit dem Kopf König Georgs V. enthielt. Die Goldstücke waren nicht etwa gefälscht, indem sie einen geringeren Gehalt an Gold hatten als die offiziellen Münzen – nein sie waren ihnen durchaus ebenbürtig, und trotzdem waren sie illegal. Sie waren nämlich nicht in London geprägt worden, sondern in einer geheimen Werkstatt irgendwo in Nordafrika und wurden von dort nach Europa geschmuggelt, weil Gold in Form von gängigen Münzen einen höheren Preis erzielte als Gold in Barren, und zur Zeit ging das Geschäft sehr flott – in Paris oder in Beirut oder in der Schweiz war kaum noch ein Goldstück zu bekommen. Dass der Funker den Hilfskoch Santi für einen durch und durch harmlosen Burschen hielt, sprach dafür, wie sehr es der Mann verstanden hatte, seine Nebenbeschäftigung als Goldschmuggler zu verheimlichen. Da er das aber war, traf ihn die plötzliche Warnung sozusagen mitten ins Herz. Er musste annehmen, dass dem Ring von Goldschmugglern, dem er angehörte, irgend etwas passiert war, wovon er nicht hatte unterrichtet werden können, weil das Schiff mit ihm schon unterwegs war. Der Mann, der auf ihn wartete, konnte ja nur ein Kriminalbeamter sein, denn er hatte in Port-Vendres keinen Menschen, der ihn abgeholt hätte. Und er musste jetzt sehr rasch handeln, denn wenn dem Kerl die Zeit zu lang würde, blieb er natürlich nicht unten stehen, sondern suchte ihn an Bord zu fassen. Hatte er nicht schon mit den beiden Polizisten geredet?!

Vorsichtig steckte er den Kopf zur Tür hinaus – niemand zu sehen! Er huschte ein paar Türen weiter, schlüpfte in den leeren Mannschaftsraum der Heizer, fasste rasch, was da an Sachen herumlag, und war im Nu wieder in seiner Kammer. So langsam und umständlich er sich aufs beste angezogen hatte, so schnell zog er sich jetzt um. Nur die kostbare Leibbinde behielt er an. Darüber aber kam ein schmieriges Heizerhemd, dann fuhr er in eine ebenso unerfreulich aussehende Arbeitshose, dann in einen ärmellosen Pullover, durch dessen Löcher das Hemd zu erblicken war, und die nackten Füße in einem Paar Pantoffeln, schlurfte er langsam über das leer gewordene Deck zum Fallreep hin.

Als er in Hörweite der beiden Polizisten gekommen war, fing er an, laut vor sich hinzu schimpfen, so dass die Polizeibeamten ihn hören mussten. „Die ganze Bande geht spazieren“, räsonierte er, „und unsereiner ist der Dumme! Mir lassen sie die Arbeit, gerade die Beine vertreten kann man sich mal, dann muss man wieder 'ran! Aber das sag' ich euch: lange macht das meiner Mutter Sohn nicht mehr mit! Wenn's mich packt, dann bumst es im Karton!"

Die Polizisten lachten, als er so grummelnd an ihnen vorüberschob. Er ging die Stufen hinunter und sah Plumpudding unten stehen, tat aber, als sähe er niemand, und ging seelenruhig, beide Hände in den Hosentaschen, am Schiff ein paar Mal auf und ab, als wolle er sich nur an Land etwas Bewegung machen. Angesichts seines Aufzugs musste jeder annehmen, dass er gleich wieder an Bord steigen würde. Unauffällig schob er sich mehr und mehr den Hallen zu, wo Schiffsladungen gestapelt lagen – und dann war er verschwunden.

Plumpudding wusste nicht mehr, was er von der Sache denken sollte. Der Erwartete kam und kam nicht – aber er konnte nicht wieder mit den beiden Polizisten zu reden versuchen, das hatte ja keinen Zweck. Doch da sah er endlich Neunauge, der auf ihn zukam, so schnell er nur konnte. Er hatte ein schlechtes Gewissen, weil er die Ankunft des Dampfers so schmählich verpasst hatte, aber um darüber hinwegzukommen, rief er Plumpudding begeistert zu: „Zehn zu null! So etwas ist noch nicht dagewesen! Ich habe heute einen ganz großen Tag!"

Plumpudding versuchte nicht, ihn zu verstehen, sondern bedeutete ihm, dass er Santi nicht gesehen habe. Seinem Kameraden wurde etwas schwül. Aber mit der Miene ‚Das werden wir gleich haben' ging Neunauge zu den beiden Polizisten hinauf, und als er ihnen nun etwas bestürzt auseinandersetzte, er müsse den Koch Santi unbedingt sprechen, kam ihnen doch merkwürdig vor, dass schon wieder jemand nach dem Manne fragte, und einer der beiden suchte den wachhabenden Offizier. Der schickte einen Schiffsjungen weg, der, solange das Schiff im Hafen lag, Läuferdienste versah, und gab dann den Bescheid, der Hilfskoch Santiaggi sei nicht mehr an Bord und brauche erst in drei Tagen zurück zu sein, wenn die *Djezaïr* wieder ausfahre. Neunauge schluckte. Himmel und Hölle, das hatte er verpatzt! Wenn er auf dem Posten gewesen wäre, dann wäre ihnen der Mann nicht durch die Lappen gegangen!

Er drehte sich um, und als er die Treppenstufen hinabging, sah er unten den Chef neben Plumpudding stehen. Jetzt sich auch noch sagen lassen müssen, dass er versagt hatte! Drei Tage warten, bis der Koch wieder anrollte! Drei kostbare Tage vergeuden, weil ihm das dumme Kugelspiel wichtiger gewesen war als alles andere? Unsinn. Die ganze Unternehmung nach Port-Vendres war zwecklos. Der Mann, den er auf den Netzflicker angesetzt hatte, brachte die Lösung, alles andere ging an der Scheibe vorbei.

„Chef“, sagte Neunauge, „wir hätten gar nicht herzukommen brauchen. Der Koch ist überhaupt nicht mitgekommen. Fieber! Algier! Hospital!“

Plumpudding begriff das nicht. Der Funker hatte ihm doch gesagt, Santi würde gleich kommen.

„Der hat dich eben auf den Arm genommen“, sagte Neunauge rasch – und hatte damit sogar recht … Trotzdem war seine unverfrorene Antwort ebenso bedenklich wie der faustdicke Schwindel, mit dem er wie mit einem eleganten Salto mortale über seine eigene Unzulänglichkeit hinwegzusetzen suchte, was dem Menschen nicht bekommt, selbst wenn er dabei gesund und heil wieder auf beiden Beinen steht.

Auf ungewöhnlichem Weg

Wie immer kam Monsieur Dalmas gegen sieben Uhr abends von seinem Spaziergang zurück, den er tagtäglich unternahm, wenn das Wetter es nicht verbot. Auf seinen Stock gestützt und das linke Bein, das lahm schien, nachschleppend, aber doch hurtig kam er die Straße der Schwarzen Mönche herauf, in der das hohe Mietshaus stand, dessen obersten Stock er bewohnte. Für einen Junggesellen war diese Wohnung wohl etwas groß, aber die Räume dienten ja auch seinem Geschäft, dem Ansichtskartenvertrieb:

Editions Paul Dalmas, Véritables photos de bromure, Reproduction interdite. Er brauchte ein Büro, er brauchte Platz für die Gestelle, auf denen die Vorräte der Ansichtskarten gestapelt wurden.

Die Straße der Schwarzen Mönche war keine Prachtstraße Marseilles. Sie war eng, die Häuser waren alt und sahen verwohnt aus, es wimmelte von spielenden Kindern, auf den steinernen Treppenstufen saßen Frauen, die strickten und schwatzten. Alle kannten Monsieur Dalmas mit dem lahmen Bein; wo er vorüber kam, sagte jeder „Guten Abend, Monsieur Dalmas“, und freundlich erwiderte er den Gruß. Der ruhige, nette Mann war in der ganzen Straße beliebt, man bedauerte ihn wegen seiner Kriegsverletzung, und die Kinder umringten ihn, denn was von seinen echten Brom-Postkarten beim Publikum nicht mehr ankam, verteilte er großzügig unter das kleine Volk.

Er stapfte bis in den fünften Stock hinauf, und das ging nicht so flott wie auf der ebenen Straße. Oben angekommen, schloss er die Tür auf, trat ein, machte sie wieder zu, schloss sie zweimal ab, hing seinen Hut an den Nagel, seinen Stock darunter und kam dann in eines der Hinterzimmer, in denen die Gestelle mit den Postkarten standen.

Das Zimmer ging auf den Hof, der so schmal war wie die Straße; denn der Zwischenraum bis zu der Rückfront der Häuser, die ihn an der gegenüberliegenden Seite begrenzten, war gering, und er wurde dadurch noch kleiner, dass sowohl von dieser Rückwand wie von der Wohnung des Monsieur Dalmas Balkone vorsprangen, deren Eisengitter höchstens fünf Meter voneinander entfernt waren. Die Bezeichnung ‚Hof‘ gibt insofern ein falsches Bild, als man sich auf seinem Grunde nicht ergehen konnte, da er durch Schuppen völlig ausgefüllt war, so dass Monsieur Dalmas von oben nur auf deren Dächer hinabsah und auf die vielen Katzen, die sich dort niederzulassen pflegten. Aber er kümmerte sich nicht um sie, sondern blickte, durch eine Gardine verdeckt, so dass er von der gegenüberliegenden Seite nicht gesehen werden konnte, zu der Wohnung hinüber, die in derselben Höhe lag wie die seine.

Es war nichts Besonderes, was er da bemerkte. An einem Bindfaden, der vor einem der Fenster befestigt war, hing ein grün und weiß gestreiftes Frottierhandtuch – das war alles. Er zog die Gardine vor seinem Fenster so weit auf, dass sie genau die Hälfte der Glasscheibe bedeckte, und wandte sich zur Tür. Dann verließ er das Zimmer, knipste aber merkwürdigerweise vorher das Licht an, das nun ganz unnötig den Raum erhellte, weil er ja darin nicht mehr verweilte. Nach einer Stunde etwa kam er wieder, und als er jetzt hinübersah, war drüben das Handtuch weggenommen worden. Befriedigt machte er nunmehr das Licht wieder aus.

Mitten in der Nacht aber öffnete er behutsam die Tür zu seinem Balkon und trat leise hinaus. Aufmerksam beobachtete er die steinerne Schlucht der Hinterhäuser. Nirgends mehr ein Licht, nur dunkle Nacht. Langsam schob er eine lange hohle Eisenstange, deren einzelne Teile er schon vorher ineinander verschraubt und die dadurch eine Länge von etwa zehn Metern bekommen hatte, zu dem gegenüberliegenden Balkon hinüber, bis sie auf dessen Boden auflag wie auf seinem Balkon, und da er sie hüben und drüben durch zwei eng zusammenstehende Eisenstäbe des Balkongitters geführt hatte, lag sie fest. Mit einer zweiten verfuhr er genauso, und sie lief in einer Entfernung von dreißig Zentimetern parallel zu der ersten. Nun eine dritte, sie aber schob er nicht über den Boden hinüber, sondern in der Höhe der Balkonbrüstung. Das alles geschah mit sicheren Handgriffen, als sei es schon oft ausgeführt worden, und die Sache war aufs beste eingerichtet, denn alle drei Stangen waren so eingeklemmt, dass sie nicht wegrutschen konnten.

Wieder beobachtete Herr Dalmas, ob irgend etwas zu erkennen wäre, was ihm nicht gefiele – aber es zeigte sich nichts Verdächtiges. Da geschah das Erstaunliche, dass der Mann mit dem angeblich lahmen Bein überhaupt keine Behinderung mehr zeigte. Wie ein gewandter Turner schwang er sich über das Geländer seines Balkons, hielt sich an der oberen Eisenstange fest. stand auf den andern beiden und erreichte, seitwärts gehend, ohne

Mühe den andern Balkon, schwang sich dort ebenso gewandt wie vorher ein und war nun drüben. Die Tür hier war nur angelehnt, was er erwartet hatte. Er drückte sie auf, durchquerte einen dunklen Raum, ertastete sich den Türgriff, kam in einen Korridor und von da in ein Zimmer, in dem Licht brannte und wo ihn ein Mann zwischen dreißig und vierzig und dessen Frau erwarteten.

„Was ist los?“, fragte Herr Dalmas. „Es scheint zu stinken“, erwiderte der Mann und reichte Herrn Dalmas ein Telegramm. Es kam aus Port-Vendres. Herr Dalmas sah selbst nach der Unterschrift: ‚Irene'. Also ein Telegramm von Santi.

Er las: „Gut angekommen. Tausend Küsse. Irene.“

Die drei überlegten hin und her. Die ersten beiden Worte waren beruhigend, denn sie bedeuteten, dass die Goldstücke ohne Schwierigkeiten an Land gebracht und auf dem üblichen Wege weiterbefördert worden waren. Aber die Zahl Tausend war unangenehm. Man hatte also versucht, Santi aufzuheben … Etwa die Zollfahndung?

Monsieur Dalmas machte eine verächtliche Bewegung. Nein, nein. Das Goldgeschäft zog an. Das setzte natürlich die Konkurrenz in Gang. Vielleicht versuchte der Dreifinger-Joe mit seiner Bande, ihnen ein Bein zu stellen. Oder irgend welche neue Leute, die sie noch gar nicht kannten, wollten in die lohnende Sache einsteigen.

„Man kann noch nichts machen“, entschied Herr Dalmas.

„Wir müssen abwarten. Aber aufpassen, Herrschaften, aufpassen! Wenn wir wissen, woran wir sind, dann schlagen wir zu!“

Er kehrte auf demselben Wege in seine Wohnung zurück, und als am andern Morgen zur gewohnten Stunde sein Schreibmaschinenfräulein und sein Ausläufer bei ihm erschienen, ahnten sie sowenig wie die Bewohner der Straße der Schwarzen Mönche, wo Monsieur Dalmas in der Nacht gewesen war und dass er nicht allein vom Vertrieb echter Bromsilberkarten lebte, ja dass er damit nur seinen eigentlichen Erwerbszweig verdeckte.

Unerwartete Begegnung

Wegen des Pinguinmannes war der Graf nach Venay-La-Foire gekommen, aber er wäre nicht der gewesen, der er war, wenn er sich nicht erst einmal dem Zauber des Orts und seiner unvergleichlichen Lage hingegeben hätte. Er kannte die berühmte kleine Stadt am Meer, er war schon öfters hier gewesen, aber sie entzückte ihn, als erblicke er sie zum ersten Mal.

Sie lag um eine natürliche Bucht geschmiegt, die den Schiffen Zuflucht gab, solange die Menschen das Mittelmeer befuhren; phönizische Seefahrer hatten sie entdeckt. Jetzt schützte sie gegen Sturmfluten von Süden noch eine Hafenmauer, gegen welche die Wellen vergeblich anbrandeten – nur weißer Schaum flog hin und wieder über sie weg, zu dem die Macht der Woge zerschlagen worden war. Das Hafenrund flankierte zur Linken ein mächtiger runder Kirchturm, dessen wuchtige Form noch davon kündete, dass er einmal ein Wachtturm gegen Seeräuber gewesen war – und zur Rechten erhob sich hoch auf einem Felsplateau ein alter Bergfried, während die Mitte von dem wuchtigen Massiv einer mächtigen Burg beherrscht war, die als Sitz der Templer galt. Der Graf wusste, dass das auf einem Missverständnis beruhte, nie waren die Tempelritter hier gewesen, aber in ihren schmucklosen, unerbittlich strengen Formen hätte sie eine Ordensburg sein können – sie schien wahrhaftig von denselben Baumeistern errichtet wie die Burg mit den sieben Türmen im Libanon, von wo der Graf und seine Freunde jetzt gekommen waren.

Die Fischerboote waren auf den Kies gezogen. Den freien Platz, auf dem sie lagen, begrenzten schwarzschattende Platanen und gaben eine sehr erwünschte Kühle, denn vom Himmel brannte die Sonne des Südens hernieder, diese Sonne, in deren Glut der Wein reifte, der Reichtum des gesegneten Landes. Über das dunkle Grün der Bäume leuchtete das weißliche Gelb der Häuser, das Rot ihrer Dächer. Sie überlagerten einander, denn die steinernen Wohnungen der Menschen kletterten den Hang empor, der die

Bucht umgab, und die engen Gassen auf der Höhe bildeten ein besonderes Viertel das Mouré hieß und damit an die Mohren, die Mauren erinnerte, die hier einmal ihre Kasbah erbaut hatten.

Wer war hier alles schon in dieser stillen Bucht gelandet! Der Graf zählte sie sich auf: Phönizier und Griechen, Goten und Araber, Spanier und Italiener, und die Römer nicht zu vergessen. Hier, wo er stand, hatte wahrscheinlich die Trireme angelegt, die anno 217 vor Christi Geburt von Rom kam, und ihr war die Gesandtschaft des Senats entstiegen, die mit Hannibal verhandeln sollte, der mit seinem Heere und seinen Elefanten über die nahen Pyrenäen heranzog – und hier, auf diesem Kies, waren ein halbes Jahrtausend später die christlichen Märtyrer verblutet, die sich weigerten, den römischen Kaiser wie einen Gott zu verehren.

Der Kies, über den der Graf schritt, knirschte unter seinen Füßen. Hier war der Markt für die Reichtümer der Erde gewesen, für Salz und Öl und Wein, für Eisen und Glaswaren, für Felle und Stoffe, für Silber und Gold – und unglückliche Menschen waren hier als Sklavenverhandelt worden. Die Eroberer kamen und gingen, die Fischer blieben – ‚und im zwanzigsten Jahrhundert', dachte der Graf erheitert, ‚hat mein guter Onkel Eustache den unbekannt gewordenen Ort entdeckt'. Er war ein Bruder seiner Mutter und hatte zu den Malern gehört, die diesen romantischen Winkel am Meer ausfindig und berühmt machten, und nach ihnen kamen die Badegäste, von denen der Ort, der älter als Marseille war, heute lebte, und den Erholungssuchenden war der Fotograf nachgezogen, der sich den Pinguinmann hielt – „und so", sagte der Graf, mit sich selbst sprechend, „kam wieder ein Montfort, Graf von Darifant-Croy, nach Venay-La-Foire und stellte an den Preisen fest, die hier von den Gästen verlangt wurden, dass sich der alte Brauch der Seeräuber, wehrlose Fremde rücksichtslos auszuplündern, im Wandel der Jahrhunderte durchaus frisch erhalten hatte."

Er schlug jetzt den Weg nach dem Strand ein und ahnte nicht, welche Begegnung ihm dort bevorstand.

Der Badestrand lag etwas außerhalb des Orts, an einem Streifen der Meeresküste, wohin man eigens weißen Sand geschafft hatte. An dessen Rand war eine ganze Reihe von Buden und Pavillons entstanden, wo alles zu haben war, was Badegäste brauchen oder zu brauchen glauben, und unter diesen Verkaufsständen nahm derjenige der Herren Artaud, Père et Fils, einen ansehnlichen und günstigen Platz ein, denn das Geschäft lag unmittelbar am Parkplatz, der für die Strandbesucher eingerichtet worden war. Im Atelier wurden die Badegäste fotografiert, in der Werkstatt die Filme derer entwickelt, die selbst fotografierten; die Firma vermietete Ruder- und Segelboote, verkaufte Ansichtskarten, Romane, Zeitungen und Illustrierte und vermittelte auch Autobusfahrten zu den hervorragenden Sehenswürdigkeiten ‚in Nah und Fern', wie ein großes Plakat anzeigte.

Der Graf setzte sich in einem Pavillon, der neben dem Laden des Fotografen aufgebaut worden war, an ein Tischchen und ließ sich vom Kellner eine Flasche Vichy bringen. Von diesem Platz aus musste er nun erst einmal das Operationsgebiet studieren und sich darüber klarwerden, wie hier vorzugehen war.

Der fröhliche Lärm der badenden und im Sande spielenden Kinder mischte sich mit dem dumpfen Laut der anschlagenden Wellen. Der künstliche Strand erstreckte sich über eine lange Fläche, und trotzdem schien er überfüllt von sich sonnenden Menschen, und jetzt sah der Graf auch, was ihn aufs höchste interessieren musste – weiter nach rechts, allerdings in ziemlicher Entfernung, bewegte sich ein Pinguin in Menschengröße durch die Menge, die den Strand bevölkerte. Das also war Gustav, von dem der Graf vielleicht etwas über den verschollenen Marcel Gormot erfahren konnte, für ihn die wichtigste Person. Im Augenblick jedoch war sie schon wieder vergessen. Denn als sein Blick zufällig etwas zur Seite fiel, sah er dort einen Herrn im Badeanzug, der bis dahin ausgestreckt im Sande gelegen, nun aber sich halb aufgerichtet hatte und sitzend aufs Meer hinausblickte. Er zeigte sich dem Grafen im Profil.

,Wahrhaftig – er ist es!'

So erregt der Graf auch war, wirkte sich in ihm doch auch jetzt seine Eigenart aus, in einer menschlichen Lage zuerst einmal das oft Sonderbare und Groteske zu empfinden – die Geschichte dieses Mannes, der dort im Sande lag, hatte er seinem Kameraden GG anvertraut, als es in einem Sandloch um Leben und Tod ging* – in dem mexikanischen Tal mit den Satansfallen, als der Deutsche vor ihm in eins der tückischen Sandlöcher eingebrochen war und er den Unglücklichen mit Aufbietung aller Kräfte festhielt, damit er nicht unrettbar in der Tiefe versank, vom Sand erstickt. Der Chef war davongeritten, um Hilfe zu holen, und sie musste kommen; aber damit es nicht zu spät war, wenn sie kam, damit GG nicht, von der anscheinenden Hoffnungslosigkeit seiner Lage überwältigt, die Lebenskraft verlor, hatte er dem Halbverschütteten die aufregende Geschichte des Dr. Dubois erzählt, die seine eigene war ...

Da lag er also, der Dr. Dubois, älter geworden, aber auch der Graf war inzwischen älter geworden, denn wie viele Jahre lagen zwischen damals und heute! Immer wieder hatte er sich in diesen Jahren vergegenwärtigt, was damals geschehen war, und jetzt tat er es von neuem, aber angesichts des Mannes, an dem sein Leben zerbrochen war und der nicht wusste, dass sein ehemaliger Amtsgenosse, dessen Existenz er ruiniert hatte, keine zwanzig Meter von ihm saß und den Blick auf ihn gerichtet hielt.

Sie waren damals beide junge Assistenzärzte an demselben Krankenhaus, und sie waren beide dabei, als der Chefarzt die große Operation vornahm, bei der ihm ein Fehler unterlief. Der Graf bemerkte, was sein Vorgesetzter übersah und was den Patienten das Leben kosten musste. Er machte ihn darauf aufmerksam, noch war es Zeit, die gefährliche Folge des Versehens zu verhindern – aber der Chefarzt wies ihn barsch ab, er wollte nicht zugeben, dass der junge Fant da es besser verstand als er. Der Patient starb, er musste ja an dem begangenen Fehler sterben, aber er hätte nicht sterben müssen, wenn er richtig behandelt worden wäre, und der

* Vgl. Kranz–Band 3. „Tod in der Skelettschlucht", S. 123ff.

Vormund der vaterlos gewordenen Kinder hatte ein Recht darauf, von dem Chefarzt als dem allein Schuldigen Schadenersatz zu verlangen und ihn zu verklagen, als jener alle Ansprüche ablehnte.

Es kam zu einer Verhandlung vor Gericht. Der Graf, der als Zeuge vernommen wurde, sagte der Wahrheit gemäß aus, dass sein Chef den Fehler begangen und er ihn noch rechtzeitig darauf hingewiesen hätte – der Beschuldigte aber, dessen Ruf auf dem Spiele stand, bestritt, dass ihm jenes Versehen unterlaufen sei und dass Dr. de Montfort irgend etwas Derartiges geäußert habe. So stand Aussage gegen Aussage, und nun hing alles an dem, was Dr. Dubois berichten würde – und dieser Mann, der bronzebraun gebrannt da im Sande lag und aufs Meer hinausblickte, hatte die Stirn gehabt, auf seinen Eid zu nehmen, der Graf hätte nichts gesagt, und der von ihm geschilderte Fehler wäre nicht vorgekommen. Er ließ durchblicken, der Graf wolle mit seinem Auftreten wohl nur von sich reden machen ... Der Chefarzt wurde freigesprochen – und vor einem ärztlichen Ehrengericht wurde der Graf diffamiert.

Daraufhin hatte er Frankreich verlassen, daraufhin war er in die Dienste der Gesellschaft Ubique Terrarum getreten – und daraufhin hatte Dr. Dubois seine Karriere gemacht. Der Protektion durch den Chefarzt war er nun gewiss, und da er es auch noch verstanden hatte, dessen Schwiegersohn zu werden, hatte er sich in ein warmes Nest gesetzt.

‚Und du?', fragte sich der Graf. ‚Du treibst dich herum, überall in der Welt, im Libanon, in Marokko, auf Sardinien, in Arizona, partout dans le monde – heute hier, morgen da, als medizinischer Flickschuster – immer nur Flickarbeit, wie der Netzflicker sagte. Gewiss: da, wo du bist, hilfst du. Aber wie lange willst du das eigentlich noch machen?'

Bitter entsann er sich des Ausspruchs jenes Weisen, dass ein rechtschaffener Mann auf dieser Erde drei Dinge tun müsse: einen Baum pflanzen, ein Haus bauen, Vater eines Sohnes werden. Nichts davon galt für ihn. Etwas schaffen, das Dauer hatte – darauf kam es an. Und daran hatte ihn dieser Streber da, dieser Lump gehindert …

Dr. Dubois sah nach links, aber nur eine Sekunde lang, in der er den Grafen nicht erkannt haben konnte, und stand auf. Mit ihm erhob sich eine Dame aus dem Sande. ‚Aha', dachte der Graf, ‚seine Frau, die Tochter des Chefarztes.' Die beiden gingen zu den Kabinen, um sich umzuziehen. Dabei entfernten sie sich mehr und mehr von dem Grafen.

‚Nur gut, dass der Lump sich davonmacht', dachte er. ‚Dem will ich nicht wieder begegnen. Ich weiß nicht, wozu ich dann imstande bin.'

Er bestellte sich einen doppelten Gin. Er trank ihn auf einen Zug aus. Weg damit. Weg mit der ganzen Geschichte. Sie war vorbei. Was ging ihn der Kerl an. Er war hier, um sich mit dem Pinguinmann zu beschäftigen. Gerade kam der langsam heran.

Gustav

Der Graf beobachtete ihn scharf. Das Kostüm eines Pinguins, das ihn ganz verhüllte, aus dickem, flauschartigem Stoff, war wie ein Overall in einem Stück gearbeitet, jedoch hatte es keine langen Beine, sondern hing wie das Federkleid der Pinguine sackartig fast bis auf den Erdboden und hatte nur zwei Öffnungen für die Füße. Hinten war es offen, so dass man dort hineinsteigen konnte; darauf musste es von einer hilfreichen Hand auf dem Rücken verschlossen werden. Die Vorderseite war einmal weiß gewesen und hatte durch häufigen Gebrauch einen schmutziggrauen Ton bekommen; der Rücken und die beiden Ärmel, welche die kurzen Flügel der Pinguine nachbildeten, waren schwarz. Das bemerkenswerteste aber war der Kopf. Er war auch mit dem Ganzen festgenäht, ein mächtiger Schnabel stieß weit vor, und wie der Verkleidete den Kopf hin und her bewegte, wirkte das täuschend und um so mehr, als der Graf nicht erkennen konnte, wie der scheinbar völlig Vermummte sehen und verständlich sprechen konnte. Wer ihm freilich auf die Füße sah, den enttäuschte, dass sie in einem Paar schwarzer Halbschuhe staken. ‚Liebe Zeit', dachte der Graf, ‚was muss der Bedauernswerte bei dieser Hitze in diesem dicken Zeug schwitzen!'

Der Pinguinmann verschwand in dem Laden des Fotografen, und während der Graf noch überlegte, wie er sich mit ihm auf eine unverfängliche Weise bekannt machen könnte, tat sich die Tür des Ladens wieder auf, ein Mann in bürgerlichem Anzug trat heraus, der seinem Wuchs und seinem hochroten Gesicht nach der Pinguinmann sein musste, und der Graf war durch diesen Anblick überrascht. Er hatte gedacht, es handle sich um einen etwas derben Menschenschlag, wie man ihn etwa als Helfer bei Luftschaukeln antrifft – und nun sah der Graf, dass der Mann keineswegs von so einfacher Art war. Er glich einem Angehörigen gehobener Stände, und der Graf empfand deutlich, dass der Mann etwas vortäuschte, dass jener etwas zu verbergen hatte, und in dem Augenblick, wo das dem Grafen klar wurde, durchzuckte ihn ein aufregender Gedanke: konnte das nicht der Gesuchte selbst sein? Da jeder des Teams von dem Wunsch erfüllt, ja besessen war, den Vermissten zu finden, war es verständlich, dass sich dem Grafen diese Vorstellung aufdrängte – und man kann hinzusetzen, dass eine solche Witterung nicht ganz falsch war, wenn sie auch in einem besonderen Sinn nicht richtig sein sollte. Etwas Zwiespältiges hatte dieser Gustav; das war unzweifelhaft.

Der Mann, der nichts davon wusste, dass er so genau beobachtet wurde, ging in Richtung auf die Stadt davon und ließ den Grafen in großer Unruhe zurück. Gewiss – jener verblüffende Gedanke war nichts als eine Vermutung, er war nicht mehr als eine Möglichkeit. Aber auch dann musste sie das Verhalten des Grafen bestimmen. Denn sie machte es unmöglich, den Pinguinmann direkt nach Marcel Gormot zu fragen – wenn er das selbst war, musste er ja eine irreführende Antwort geben. Nein, hier musste der Graf auf Umwegen vorgehen.

Er zahlte und ging zu dem Stand von Artaud, Père et Fils, hinüber. Er musste die Abwesenheit des Pinguinmannes ausnutzen.

Mit einem wildfremden Menschen in ein freundliches, geradezu vertrauliches Gespräch zu kommen, verstand der Graf meisterlich, und so erfuhr er denn auch bald von dem Monsieur Artaud junior, dass dessen Vater nicht mehr unter den Lebenden weilte, sondern nur noch auf dem Ladenschild firmierte. Als Bücherfreund stöberte der Graf während dieser Unterhaltung in den Regalen hinter dem Ladentisch herum und wollte eben die Rede auf den Pinguinmann bringen, als er in einem größeren Verschlag, der sich dem Verkaufsraum anschloss, dessen Kostüm auf dem Boden liegen sah. Eine Nachfrage ergab, dass der Mann, der das Vogelkleid ausgezogen hatte, zum Mittagessen gegangen war.

Der Graf hob das vermummende Gewand auf. Es war schwer, sehr schwer. Eine nähere Betrachtung verriet auch, was dem Graf vorhin verborgen geblieben war: Unter dem weitvorspringenden Schnabel befand sich ein kleines Drahtgitter, durch das der Träger des Kostüms sehen und sprechen konnte, das aber dem Publikum durch den großen Schnabel verdeckt blieb. Hübsch ausgedacht, sehr hübscher Trick … Aber diese Schwere … Warum kam der Graf von ihr nicht los? Plötzlich hatte er es! In diesem dicken Kostüm bewegte sich dessen Träger bei 32 Grad in der Sonne wie in einem wandelnden Dampfbad. Das konnte er nur aushalten, indem er seine eigene Kleidung auf das Allernotwendigste beschränkte – nicht einmal ein Hemd konnte er darunter tragen – und jetzt hatte der Graf die Lösung: er brauchte nur dabeizusein, wenn der Mann aus dem Vogelkleid herausstieg! Dann sah er auf dessen bloßem Oberarm, ob er das Zeichen der Schlange trug oder nicht!

Nun aber hinterher! Er äußerte sich anerkennend über den prächtigen Einfall, dieses Kostüm zu konstruieren, und kam dann mühelos auf den Mann zu sprechen, der es trug. Nach den Einzelheiten, die er erfuhr und aus denen er sich wie aus Mosaiksteinchen ein Bild zusammensetzte, schien es nicht ausgeschlossen, dass er hier auf der richtigen Spur war.

Der Mann stammte nicht aus Venay-La-Foire, nicht einmal aus der weiteren Umgebung, sondern vermutlich irgendwo aus dem mittleren Rhônetal – und gerade dort lag Lyon! Er sprach nicht gern über seine Herkunft, war aber wohl, wie Monsieur Artaud sich ausdrückte, ‚mit einem silbernen Löffel im Mund' auf die Welt gekommen und hatte auch einiges von der weiten Welt gesehen, was ihm gelegentlich in einer Bemerkung entschlüpfte. Sein Brotgeber hielt es für gut möglich, dass es in der Vergangenheit des Mannes einen dunklen Fleck gäbe oder dass er sich seine Lebenschancen verdorben hätte, weil er zu tief in die Flasche oder vielmehr in die Flaschen sähe. Dann käme es vor, dass er nicht zur Arbeit erschiene und sogar zwei, drei Tage wegbleibe.

„Aber Sie behalten ihn trotzdem?" fragte der Graf.

„Man muss die Menschen nehmen, wie sie sind. Einem fehlt dies, dem andern das. So genau kommt es bei mir nicht darauf an. Ehrlich ist er, unbedingt, und er ist zu allem zu gebrauchen. Wissen Sie – wenn ich jemand anlerne, dann muss ich damit rechnen, dass er sich, wenn er hinter alles gekommen ist, hier als mein Konkurrent etabliert. Aber das wird Gustav nie tun. Wir nennen ihn nur Gustav. Alle Welt sagt Gustav zu ihm."

Genau der Name, den Pataral angegeben hatte …

„Ja, ich gebe zu, dem Gustav fehlt was. Er hat keinen Drall im Leibe. Aber deswegen ist er für mich gerade richtig. Seitdem ich weiß, dass er von Zeit zu Zeit ausfällt, bezahle ich ihn nicht mehr monatlich, sondern an jedem Tag, den er bei mir arbeitet, bekommt er abends sein Geld. Mit den Trinkgeldern, die er dazu in die Tasche steckt, steht er sich nicht schlecht. Ich kann auch nicht jeden brauchen. Er muss mit den Leuten reden können, und wer sich da vergreift, kann mir schwer schaden. Aber wie gesagt, der kommt aus einer feinen Schüssel und kann sich benehmen."

Passte das nicht alles auf den Gesuchten? Freilich hatte der Netzflicker von dieser Neigung zum Wein nichts gesagt, aber was Einzelheiten anging, war er überhaupt sehr karg gewesen, und eine solche Schwäche, sich zu betäuben, fügte sich in das Bild eines

Menschen, der einmal aus dem Gleichgewicht gekommen ist. Hier musste zugefasst werden – und plötzlich fiel dem Grafen auch ein, wie.

„Monsieur Artaud", sagte er, „wäre es nicht vielleicht möglich, dass ich mit Ihrem Gustav einmal für eine Stunde oder auch für zwei tauschen könnte?"

Monsieur Artaud war überrascht und von der Idee offenbar nicht entzückt. „Sie müssen sich das nicht etwa angenehm vorstellen!", sagte er. „Das Kostüm ist dick wie ein Pelz, und bei der Sommerhitze sitzen Sie darin wie in einem Schmortopf!"

Der Graf gab das zu. Aber so verkleidet mit den Leuten zu sprechen, das gäbe einen gewissen Einblick in die Menschen, das wäre doch interessant –

Nein, Monsieur Artaud war nicht dafür. „Ich weiß auch gar nicht, ob Gustav will. In manchem ist er schwierig. Wenn ich ihn verärgere, geht er mir von heut auf morgen davon, und was mach' ich dann mitten in der Saison? Es ist besser, wir fangen das gar nicht erst an."

Der Graf wurde etwas nervös. Er sah eine günstige Gelegenheit, wie sie sich so leicht nicht wieder bot, schon in nichts zerrinnen. Hier half kein Mundspitzen mehr. Hier musste gepfiffen werden. Um der Wahrheit auf den Grund zu kommen, musste er sich zu einer Unwahrheit bereitfinden. Mit Gustav, sagte er, würde er schon zurechtkommen, ohne dass sich für Monsieur Artaud Unzuträglichkeiten ergäben; er sei solche Abmachungen gewohnt, denn er sei Journalist, und er sähe hier einen ganz ausgezeichneten Stoff für eine Plauderei ‚Was der Pinguin erzählt' – das wäre wirklich einmal etwas Neues!

Jetzt horchte Monsieur Artaud auf, denn nun sah die Sache anders aus – wenn er damit in die Zeitung kam, so war das viel wert, und er war ganz gewonnen, als der angebliche Journalist seiner Meinung beitrat, die Plauderei dürfe nicht etwa die Badegäste ‚durch den Kakao ziehen', denn das läsen sie nicht gern, und das schade dann seinem Geschäft. Nun aber ein neues Bedenken

– würde denn Gustav darauf eingehen? Damit büßte er doch etwas von seinem Verdienst ein! Aber der Graf zerstreute auch diesen Einwand. Er war bereit, Gustav einen ganzen Tageslohn extra zu zahlen und ihm auch alle etwaigen Trinkgelder abzuliefern und zu seinen Gunsten auf die Prozente zu verzichten, die Monsieur Artaud dem Pinguinmann zusätzlich für jeden Kunden zahlte, der sich auf Grund von dessen Werbung fotografieren ließ.

„Dann macht Gustav die Sache“, sagte Monsieur Artaud. „Um zwei kommt er wieder, da kann er Sie gleich anziehen!“

Aber das war denn doch nicht nach des Grafen Sinn. Erstens war es ihm eine entsetzliche Vorstellung, in der größten Mittagshitze als Pinguin wirken zu müssen, und zweitens musste Gustav doch schon verkleidet sein, wenn er sich vor dem Grafen umziehen sollte, damit der nach dem Zeichen der Schlange sehen konnte. Nein, sagte er, erst gegen fünf Uhr würde er kommen, und dann bis sechs oder sieben arbeiten, je nachdem, wie ertragreich die Unternehmung würde. Damit war Monsieur Artaud auch einverstanden, und nun ging der Graf zum Mittagessen, und zwar mit einem Gedanken, der viel für sich hatte: ‚Vielleicht‘, sagte er sich, ‚brauchst du überhaupt nicht in diesen widerlichen Schmorpelz zu kriechen. Gustav zieht ihn aus. Ein Blick auf seinen nackten Arm, und du weißt, woran du bist. Weshalb sollst du dann noch als Riesenpinguin herumwatscheln? Dann sagst du rundheraus, du hättest doch keine Lust mehr, Gustav bekommt sein Geld, und du wirst schon sehen, wie es weitergehen soll.‘

Seine Laune konnte nicht besser sein. Er sah sich schon am Postschalter von Venay-La-Foire sein Telegramm an GG aufgeben: „Zimmer bestellt. Erwarte Euch. Gaston.“ Denn wenn er auf der rechten Spur war, dann musste sich ja das Team sofort hierher begeben, wo sich Marcel Gormot als Pinguinmann versteckt hielt.

Missglückt

Der Graf erschien schon eine Viertelstunde vor der verabredeten Zeit, und der Pinguinmann bewegte sich noch zwischen den Badegästen am Strand, der, wie dem Grafen schien, heute Nachmittag besonders stark besucht war. Er benutzte die Wartepause dazu, sich an den ausgehängten Fotografien sorglich zu orientieren, in welcher Weise sich Gustav als Bildmotiv hatte verwerten lassen. Er stand würdig da, an jeder Hand ein Kind, oder die Kinder wurden, wenn sie kleiner waren, von ihm auf den Arm genommen, was, nach deren ängstlichem Gesichtsausdruck zu schließen, die Väter oder die Mütter mehr entzückte als ihre Sprösslinge. Junge Mädchen fanden es neckisch, sich von einem Riesenpinguin einen Arm um die Schulter legen zu lassen, während Herren von dem Einfall entzückt waren, Arm in Arm mit dem Riesenvogel Brüderschaft zu trinken, wofür die Gläser und eine leere Kognakflasche von Monsieur Artaud immer bereit gehalten wurden. Von solchen Albernheiten war der Graf freilich nicht begeistert, und sie bestärkten ihn in seiner geheimen Absicht, sich im letzten Augenblick von dem ganzen Unternehmen zu drücken, wenn er das erfahren hatte, weswegen er hergekommen war.

Er hatte sich die Bilder nicht allein angesehen. Neben ihm stand ein kleines mageres Kerlchen von etwa neun Jahren, barfüßig, armselig angezogen, der die Fotografien, wie es dem Grafen schien, ebenso sehnsüchtig wie traurig betrachtete. „Möchtest du dich auch mal mit dem Pinguinmann knipsen lassen?“ fragte der Graf.

Der Junge antwortete nicht, sondern starrte weiter auf den Aushang.

„Dafür hat er kein Geld“, sagte Monsieur Artaud Fils und setzte hinzu: „Los, Pierre, verkrümele dich!“

Der Junge trollte sich schweigend.

„Arme Leute“, erklärte der Fotograf. „Der Vater ist tot, die Mutter rackert sich ab, die Leute wollen von ihr nichts wissen. Sie schielt, und hierzulande heißt es: ‚Wer schielt, der stiehlt.‘“

Der Graf wollte darauf etwas erwidern, aber da kam der Pinguinmann den sanft geneigten Strand herauf, und die Erwartung des Grafen war aufs äußerste gespannt. Noch wenige Augenblicke, und er hatte, wie er hoffte, das Zeichen der Schlange entdeckt …

„Gustav", sagte Monsieur Artaud, „das ist der Herr!"

Es war geradezu etwas unheimlich. Sie waren von gleicher Größe und standen einander stumm gegenüber. Gustav musterte den Grafen misstrauisch durch das Drahtgitter, denn er suchte sich darüber klarzuwerden, ob das nicht etwa ein falscher Bruder war, der ihm nur seinen Posten abjagen wollte. Obwohl der Graf über den Mechanismus unterrichtet war, erlag er dem gespenstischen Eindruck, dass dieser Vogelkopf ihn aus toten Augen anstarrte. Doch nun war Gustav sicher, der Herr in der eleganten weißen Hose und der blauen Klubjacke mit den vergoldeten Knöpfen war keine Konkurrenz, und er sagte: „Wenn dem Esel zu wohl ist, geht er aufs Eis tanzen. Kommen Sie mit ins Atelier."

Sie gingen in den anstoßenden Raum, in dem Monsieur Artaud seine Aufnahmen machte und wo sich Altes und Neues wunderlich mischte: Der Lichtwerfer, den Gustav anknipste, war von modernster Art und durchflutete die Bude mit hellstem Schein, jedoch der Hintergrund, vor dem sich die Opfer der Kamera aufzustellen hatten, bestand wie in den Anfangszeiten der fotografischen Kunst aus einem gemalten Prospekt, auf dem dunkelblaue Wogen tobten, und davor stand eine Balustrade aus Pappe und Leinwand, die den Eindruck zu erwecken hatte, sie wäre aus Marmor, und an die sich schon ganze Generationen von Menschen malerisch gelehnt hatten.

Um seine Bereitschaft unzweifelhaft zu zeigen, zog der Graf sofort seine Jacke aus, hing sie an einen Kleiderhaken und streifte sich dann rasch auch sein Hemd ab. So trat er an den Pinguinmann heran, um ihm die Klappschnallen zu öffnen, mit denen der Rücken des Kostüms verschlossen war.

„Weshalb ziehen Sie denn Ihr Hemd aus?", fragte Gustav erstaunt.

„Sonst kann man es doch bei der Hitze gar nicht aushalten!“, antwortete der Graf.

„Wenn Sie den Anzug direkt auf dem Leibe tragen“, sagte Gustav überlegen, „dann werden Sie verrückt.“

„Wieso denn?“, fragte der Graf etwas betroffen. Er begann dunkel zu ahnen, dass die Geschichte wesentlich anders laufen würde, als er es sich gedacht hatte.

„Was meinen Sie denn, wie das elende Zeug auf der bloßen Haut juckt? Das kann kein Mensch aushalten!“

Schwer enttäuscht, klappte der Graf eine Schnalle nach der andern auf. Er sah dabei schon, Gustav hatte ein Hemd und eine lange Hose an. Halb verzweifelt klammerte er sich an die Hoffnung, der rechte Hemdsärmel wäre aufgerissen und würde ihm dadurch verraten, was er wissen wollte – aber als Gustav den Pinguin abstreifte und wieder ganz zum Menschen wurde, musste der Graf erkennen, dass Gustavs Hemd in bestem Zustand war und nichts von dem offenbarte, was es zu verdecken hatte.

Der Fehlschlag bestürzte ihn, und verdutzt stand er da. Aber jetzt drängte Gustav: „Vorwärts, vorwärts! Ziehen Sie sich Ihr Hemd wieder an, und dann immer ‘rein ins Pläsier!“

Natürlich, das war das einzig Richtige! Der Graf fasste sich rasch. Nur der erste Versuch war misslungen. Er musste sich eben etwas Neues einfallen lassen, um mit Gustav an sein Ziel zu kommen, und dafür durfte er ihn nicht verstimmen. Erst einmal musste er den Pinguinmann spielen, und es tat ihm auch wohl, eine angefangene Sache nicht einfach abzubrechen, sondern sie heiter und aufs Beste auszuführen. Er zog sich sein Hemd wieder an, er stieg in den künstlichen Vogelbalg, Gustav verschloss ihn von oben bis unten und sagte dann ermunternd: „Na, probieren Sie mal, wie Sie darin laufen können!“

Der Graf machte ein paar Schritte auf die falsche Marmorbalustrade zu, und Gustav war zufrieden. „Prima, prima“, äußerte er, „nun aber ‘raus mit dem Kind an die frische Luft!“

In der Maske des Pinguins

Tatsächlich, es war schauderhaft heiß unter der Vermummung, und dass sich der Graf, wie nun klar war, vollkommen zwecklos auf diese Sache eingelassen hatte, war beschämend. Er saß in dem törichten Kostüm wie in einer Falle, und mancher in seiner Lage hätte sich über das Missgeschick, in das er da gestolpert war, wie man so sagt, selbst prügeln können. Aber der Graf besaß ja die beneidenswerte Fähigkeit, aus jeder Situation das Beste zu machen, indem er bereit war, noch in der verzweifeltsten Lage gewisse Reize zu entdecken, die jedem andern entgangen wären, und wie er nun als Riesenpinguin vor dem Menschengewimmel stand, das den Strand belebte, gab er sich dem ganzen Zauber einer Verwandlung hin.

‚Niemand von den vielen Menschen hier weiß', so sagte er sich, ‚dass jetzt ein anderer in der Vogelhaut steckt als vorhin. Niemand weiß, dass du es bist, der unter ihnen geht, der sie betrachtet, der sich über das, was er an ihnen sieht, seine Gedanken macht. Es schickt sich nicht, einen Menschen auffällig zu beobachten – aber du kannst es ungestört tun, denn unter dem Dach deines Riesenschnabels bemerkt keiner, dass du ihn dir aufs Korn nimmst. Ja du kannst sogar anreden, wen du willst – du kannst in dem Schutz der Maske aussprechen, was du sonst niemals tun würdest – und du kannst erfahren, wie deine Mitmenschen sich zu dem stellen, was du über sie äußerst. Es muss sich zeigen: triffst du sie mit dem, was du sagst? Wer ist stärker – du oder sie? Hast du Macht über die Menschen oder nicht?' Und selbst wenn ihm diese Lockungen fremd gewesen wären, hätte er sich jetzt mit ganzer Kraft in das Abenteuer gestürzt, denn er vernahm gerade noch, wie Monsieur Artaud Fils zu Gustav sagte: „Hoffentlich bringt er's hin!"

„Meine Herrschaften", rief der Graf den Vorübergehenden zu, „warum bleiben Sie nicht stehen? Warum schenken Sie uns nicht einen Augenblick?

So viel Gold hat Ophir nicht
Wie in ihrem Munde
Die flüchtige Sekunde!

Warum wollen Sie nicht hören, was Ihnen der alte weise Pinguin zu sagen hat?"

„Das weiß ich schon längst!", krähte ihn ein unverfrorener Dreizehnjähriger an. „Ich soll mich bei dir knipsen lassen!"

„Da irrst du, mein Lieber!", rief ihm der Graf so laut zu, dass alle seine Antwort hörten. „Dich nehmen wir nicht auf die Platte – denn bei dir ist man am besten dran, wenn man von dir nichts sieht!"

Die Leute lachten, aber der muntere kleine Kerl gab nicht sofort auf. „Alter Pinguin", krähte er wieder, „wann gibst du dein Bauchfell 'mal in die chemische Reinigung? Das wird nämlich höchste Zeit!"

„Richtig", antwortete der Graf, „aber zeig mal dein Taschentuch her, damit ich es gleich mitnehmen kann, denn deine Mutter kriegt es bestimmt nicht mehr sauber."

Die Zuhörer klatschten vor Vergnügen, und vom Strand her kamen viele Neugierige herauf. Rasch fasste der Graf zwei Kinder, einen Jungen und ein Mädchen, bei der Hand und zog mit ihnen davon, wobei er den Marsch *Sambre et Meuse* energisch pfiff. Andere Kinder, die das sahen, versprachen sich einen Spaß, den der Pinguinmann mit ihnen machen würde, liefen herzu und hinterher, und wie der Rattenfänger von Hameln, dessen Pfeife die Kinder folgten, zog der große Pinguin mit diesem Kinderhaufen den breiten gepflasterten Weg entlang, der sich vor den Buden schnurgerade hinzog. Der Graf wusste nicht, wie das noch werden sollte – aber als er mit seinem vergnügten und lärmenden Gefolge das Ende dieser Budenstraße erreicht hatte, ging es überraschend weiter.

Dort nämlich erblickte er nicht weit von dem letzten Verkaufsstand, an dem Schwimmgürtel aus Kork, große Gummitiere und Luftballons zu haben waren, den Jungen, den er vor den ausgehängten Fotografien angesprochen hatte. Der kleine Kerl hockte in den nahen Ginsterbüschen wie ausgeschlossen von den Herrlichkeiten, die in den Ständen aufgestapelt waren und wie durch eine unsichtbare Mauer auch von der Kinderlust am Strande getrennt. „Pierre!", rief der Graf. „Pierre, komm her! Komm mit!"

Der Junge rührte sich nicht, und der Graf ging auf ihn zu. „Dies ist Pierre", rief er den andern Kindern zu. „Er möchte sich mit dem Pinguinmann knipsen lassen, aber er hat kein Geld! Jetzt sammeln wir für ihn – jeder gibt einen Sou für Pierre!"

Er ergriff den Jungen, und ehe der recht wusste, was mit ihm geschah, hatte der Graf ihn sich huckepack auf die Schultern gesetzt, und so ritt der Kleine, umtobt von den Kindern, auf dem Pinguin durch das Gewühl des Strandes, an den Sandburgen mit ihren Fahnen und Fähnchen vorüber, an den sich sonnenden Menschen. Der ungewohnte Anblick erregte Aufsehen. Wer einen Apparat bei sich hatte, holte ihn aus dem Etui und knipste; die Kinder riefen begeistert: „Einen Sou für Pierre! Einen Sou für Pierre!" Sie rannten zu ihren Eltern. Sie suchten die nächsten Sandburgen heim, sie waren unermüdlich und kamen mit reicher Beute zurück, so dass der Graf sich eine Strohtasche reichen lassen musste, die jemand weggeworfen hatte, weil der Henkel gerissen war; aber sie war noch gut genug, dass alle Münzen hineingetan werden konnten.

In einem wahren Triumphzug erschien der Graf wieder vor dem Stand von Artaud, Père & Fils, und der Inhaber strahlte. Das war Reklame! So kam sein Laden ins Gespräch! Sofort wurde der Pinguinreiter von ihm fotografiert, und selbstverständlich nahm er keinen einzigen Sou dafür – was sich in der Strohtasche angesammelt hatte, musste Pierre nach Haus bringen, und das wurde gleich besorgt. Die junge Frau Artaud, die nachmittags mit im Geschäft tätig war, nahm ihn bei der Hand und begleitete ihn, damit er nicht unterwegs etwas verlor und sich nicht irgend jemand an ihn heranmachte. Nur einer sah dem, was für die müßigen Strandleute eine willkommene Abwechslung war, missmutig zu. Verdrossen sagte Gustav zu seinem Brotgeber: „Patron, wenn das hier einreißt, wenn das Kroppzeug jetzt immer auf dem Pinguin reiten will, dann müssen Sie Zuschlag zahlen!“ Als vorsichtiger Geschäftsmann antwortete Monsieur Artaud weder ja noch nein, sondern meinte nur: „Das wird man schon sehen.“

Der Graf hatte sich vor dem Laden auf einen der Klappstühle gesetzt, die dort standen. Monsieur Artaud hatte das nicht gern, denn wenn der Riesenpinguin auf einem Stuhl saß, war seine ganze Wirkung dahin; sie kam nur stehend zur Geltung. Aber er äußerte nichts, denn dass sein Pinguinmann nach diesen Strapazen mitgenommen sein musste, gab er bei sich zu.

Der Graf war nicht nur müde. Er hatte von der ganzen Sache genug. Was kam dabei heraus? Gar nichts. Er war in Schweiß gebadet. Das war alles. Nur heraus aus dieser albernen Vermummung! Er stand auf. Er musste sie loswerden. Da rollte auf dem Parkplatz ein Facel-Vega heran, Modell Excellence. Unwillkürlich blieb der Graf stehen und schaute hin. Das war der teuerste französische Wagen, ein Luxuscoupé, mit vier Türen selbstverständlich, ein cremefarbenes Wunderwerk, mit einem Chrysler-V8-Typhoon-Motor zu 360 PS, Kostenpunkt fast vier Millionen Francs … Zwei Türen gingen auf. Eine Dame und ein Herr stiegen aus. Es war Dr. Dubois.

Den Grafen packte ein Gefühl des Elends. Da kam dieser Lump in einem großartigen Wagen, der vor aller Augen bezeugte, in welch glänzenden Verhältnissen er lebte, da schritt er flott und gepflegt einher, dieser ehrlose Bursche, der wegen Meineids ins Zuchthaus gehörte, der es in kaltem Ehrgeiz durch skrupellosen Verrat zu einer Existenz gebracht hatte, die ihm außergewöhnliches Ansehen verlieh – und hier stand er, sein Opfer, in der albernen Verkleidung eines Pinguins, eine lächerliche Figur …

Aber er vermochte nicht, seinen Blick von dem Verhassten abzuwenden; er kam von ihm nicht los, er war von ihm wie gebannt. Dubois ging mit seiner Frau zu dem Pavillon, in dem der Graf am Vormittag gesessen hatte, und die beiden setzten sich dort an einen der wenigen freien Tische. Das Café war gut besucht, denn es war die Stunde des Apéritifs.

Im selben Augenblick, in dem Dubois Platz nahm, durchfuhr es den Grafen, dass der falsche Mann sich jetzt wehrlos in seine Macht gegeben hatte. Unter der Maske, die ihn verdeckte, konnte er dem Streber die tödlichen Worte sagen, die nur er, der Schuldige, verstehen konnte und von denen er sich entlarvt fühlen musste, erniedrigt und verachtet.

Der Graf dachte nicht mehr daran, dass er sich von seiner Verkleidung hatte befreien wollen. Er ging rasch in den Verkaufsraum, nahm sich dort einen Packen der kleinen Karten, mit denen sich die Firma Artaud Père & Fils ihren Kunden empfahl, und schritt dann langsam dem Pavillon zu. Unter dessen Dach waren die Tische am äußersten Rande, von denen aus die Gäste den Blick auf Strand und Meer hatten, am begehrtesten, aber Dubois war spät gekommen und hatte sich daher mit einem Platz begnügen müssen, der im Mittelpunkt des Rundbaus lag. Der Pinguin, dessen Erscheinen Heiterkeit erweckte, schien sich um ihn nicht zu bekümmern. Er schritt den äußeren Kreis der Tische ab, sprach dabei deren Gäste an und ließ dann, wenn er weiter ging, mit einer diskreten Handbewegung die Geschäftskarte zurück.

Der Graf übertraf sich selbst. Immer schon hatte er sich als brillanter Plauderer hervorgetan, dem, wenn er in Laune war, witzige und doppelbödige Einfälle zuströmten, die wie Feuerwerk blitzten – und jetzt trieb ihn die Genugtuung, in wenigen Minuten einen Nichtswürdigen mit ein paar scheinbar hingeworfenen Bemerkungen vor sich selbst vernichten zu können.

Die Gäste waren überrascht, denn so hatten sie den ihnen wohlbekannten Pinguin noch nie erlebt. Was er an dem einen Tisch bemerkte, wurde von den nächsten aus mitgehört, und wenn er dort herantrat, sah er schon in erheiterte und erwartungsvolle Gesichter. Die starke Wirkung feuerte ihn von neuem an, und so zog er langsam seine Kreise, von Gelächter und Beifall begleitet, und allmählich kam er dem Mittelpunkt des Baues immer näher, wo der Mann saß, auf den er es mit dem Ganzen abgesehen hatte.

Jetzt hatte der Pinguin dessen Tisch erreicht. Er blieb stehen, hatte aber, eben weil er sich so im Mittelpunkt befand, nicht nur diesen einen Tisch vor sich, sondern den vollbesetzten Halbkreis, und als er nun sprach, hatte es keineswegs den Anschein, als richte er seine Worte nur an den Herrn und die Dame, die hier saßen. Man konnte den Eindruck haben, gewissermaßen zum Abschluss seines Besuchs im Pavillon bedächte er alle noch einmal mit einer Abschiedsrede.

„Meine Damen und Herren", sagte er, „ich hoffe, Sie werden sämtlich meinen Empfehlungen folgen. Die Qualität der Aufnahmen im Atelier von Artaud Père & Fils ist erstklassig – erlauben Sie mir aber, Sie noch auf etwas ganz Besonderes dieser fotografischen Kunstleistung hinzuweisen."

Er machte eine Pause. ‚Jetzt kommt's!' dachten alle. Die geschäftsmäßigen Worte hatten so gar nicht zu seinen früheren witzigen Bemerkungen gepasst, sie konnten nur die Vorbereitung zu einem Blitzschhlag sein.

„Nämlich, meine Herrschaften", fuhr er fort, „der scharfen Linse unserer Apparate – Sie haben vielleicht schon gehört, dass die Indianer eine Kamera ‚das Maschinenauge' nennen – ich meine, so scharf die Linse ist, so akkurat der Mechanismus arbeitet, so sind sämtliche Aufnahmen überdies von vollendeter Diskretion. Wir garantieren sprechende Ähnlichkeit – aber ich garantiere Ihnen gleichzeitig, dass dem Bilde des Herrn, der sich bei uns aufnehmen ließ, kein Mensch ansehen kann, ob der Wagen, den der Herr fährt, schon bezahlt ist, ob der Herr auch so viel Steuern entrichtet, wie das Gemeinwohl und die Gesetze von ihm verlangen! Jeder sieht auf den Fotos, die unsere Firma liefert, wie ein Ehrenmann aus – selbst wenn er keine Ehre mehr besitzt!"

Damit legte er eine Geschäftskarte auf den Tisch, an dem Dubois saß, und sagte leichthin: „Wenn Sie vielleicht Bedarf haben, mein Herr …"

Mit dieser Bemerkung hatte er immer die Karte abgegeben, und so hatte sie für keinen der Gäste etwas Auffälliges. Aber es war in dem Pavillon ganz still geworden. Über die Steuerschulden und das nicht bezahlte Auto hatte man noch lachen können, aber war das letzte nicht doch etwas zu stark? Gerade diesem Schweigen war Dubois nicht gewachsen. Er hatte das peinliche Gefühl, alle sähen auf ihn, alle erwarteten von ihm eine Antwort. Nur er allein konnte wissen, dass er von dem Wort getroffen war – aber in seiner Bestürzung machte er sich das nicht klar und sah sich vor aller Augen von diesem fatalen Kerl in die Enge getrieben. Er musste allen Leuten zeigen, dass er, ein Herr, mit einem solchen untergeordneten Subjekt fertig wurde!

Er griff in die Tasche und warf dem Pinguin mit einer verletzenden Geringschätzung einen großen Geldschein hin. „Wir fotografieren selbst“, sagte er laut, „aber Sie sollen sich nicht umsonst bemüht haben!“

Den Grafen packte die kalte Wut. Ihn juckte die Hand. Dem Elenden den Schein ins Gesicht werfen! Antworten, noch lauter, dass alle es hören: „Als Trinkgeld zuviel, als Schweigegeld zuwenig!“ Da sah er etwas, das ihn stocken ließ. Dubois warf für eine Sekunde den Kopf nach links, so wie er sich heute Vormittag auch plötzlich nach links umgesehen hatte – aber jetzt war dem Grafen klar, dass dies keine freiwillige Bewegung des Kopfes war, sondern dass Dubois mit ihr einem krankhaften Zwang erlag – er litt an einem Tic, den dieser Mann, der als Chirurg einen Namen hatte, selbst nicht hatte heilen können, und der Graf begriff, warum nicht!

Er war erschüttert. In diesen wenigen Sekunden tat sich ihm ein Blick in die unaufhaltsame Macht der Vergeltung auf. Damals, in der Gerichtsverhandlung, hatte Dubois auf der Zeugenbank rechts von ihm gesessen und immer wieder hastig zu ihm nach links hinübergesehen, voller Unruhe, voller Nervosität, von seinem schlechten Gewissen aufgescheucht – er hatte sich dann aber der Stimme seines Gewissens verschlossen, mit kalter Energie den

Meineid abgelegt, unter der feierlichen Anrufung Gottes die Unwahrheit gesagt, hatte sein Gewissen vergewaltigt – aber zum Schweigen hatte er es nicht bringen können. Es sprach für den, der diese stumme Sprache verstand, laut und deutlich, es sprach in diesem krampfigen Zucken des Kopfes. Keine elektrische Massage, kein Gesichtsbad, kein Messerschnitt konnte es beseitigen, denn was es hervorrief, das war eine seelische Ursache, es saß unsichtbar, ungreifbar in dem Schuldigen selbst. Mit seinem Facel-Vega konnte er mit höchster Geschwindigkeit über Land rasen, aber vergebens – nie kam er von sich selbst los, wenn er blieb, wie er war, wenn er nicht in sich ging, wenn er nicht seine Schuld eingestand, wenn er nicht zur Umkehr bereit war.

Dieser Mann war gezeichnet und damit der persönlichen Rache entrückt. Der Graf hatte Mitleid mit ihm, Mitleid mit der Frau, die neben Dubois saß und nicht wusste, neben wem sie da saß. Er nahm den Schein, antwortete "Der Pinguin dankt“, weil ihm dabei Gustav einfiel, und verließ den Pavillon.

Niemand von den Zuschauern hatte aufnehmen können, was sich in diesen wenigen Augenblicken für ein bedeutender Vorgang abgespielt hatte. Aber dass hier etwas Besonderes vorgegangen war, teilte sich doch den meisten mit: Der Pinguinmann war unverschämt geworden, der Herr hatte ihn zurechtgewiesen, und dann hatte der Pinguinmann klein beigegeben. So stellte sich ihnen die Sache dar, und ein Bürovorsteher, dem es fatal gewesen war, dass er den Damen, mit denen er zusammen war, nicht so witzig kommen konnte, wie es der Pinguinmann an seinem Tisch verstanden hatte, erklärte abschließend: „Irgendeine verkrachte Existenz. Gibt hier groß an – aber wenn er Geld sieht, gibt er schön Pfötchen.“

Eine Verabredung

Dass Gustav in seinem Stellvertreter keinen Konkurrenten sehen musste, hatte ihm, wie gesagt, jede Unruhe genommen. Als ihm der Graf aber, nachdem er sich in seine eigentliche Gestalt zurückverwandelt hatte, jenen großen Schein in die Hand drückte, erwachte in ihm wieder höchstes Misstrauen. Kein Mensch, so urteilte er nach seinen Lebenserfahrungen, gab Geld hin, ohne dafür auch etwas haben zu wollen, und nun noch eine solche Summe! Was wollte denn dieser angebliche Zeitungsmann von ihm?

Monsieur Artaud Fils hatte nicht recht mit seiner Vermutung, Gustavs Vergangenheit weise schwarze Flecken auf; man konnte vielleicht nur sagen, sie sei in ein gewisses Grau getaucht, da er nicht zu denen gehörte, die ihren Lebenszweck in angestrengter Arbeit sehen. Wo viel von ihm verlangt wurde, da hielt er nicht aus, und er konnte sich eigentlich nur als Gelegenheitsarbeiter bezeichnen, was seinen beiden Brüdern, die angesehene Stellungen als Amtsrichter und als Conseiller im Finanzamt innehatten, äußerst peinlich war und weshalb sie sich von ihm ganz zurückgezogen hatten. Sein Aufenthalt bei Monsieur Artaud Fils gefiel ihm, er hatte dabei dies und das zu tun, aber nichts davon artete in Anstrengung aus, und diese Beschäftigung gab ihm nach außen hin jene Deckung, die für seine geheime Tätigkeit unerlässlich war. Denn für die Mitwirkung in dem Goldschmuggel-Ring, den Monsieur Dalmas in Marseille leitete, war es Grundbedingung, dass ein jeder einen sichtbaren und einwandfreien Erwerb hatte und daher nicht leicht in den Verdacht kam, auf dunkle Quellen angewiesen zu sein. So wanderten die an Land gebrachten Goldbestände, die keiner Postsendung anvertraut wurden, durch eine Kette von harmlos aussehenden Vertrauensleuten bis zu der Sammelstelle in der Paradiesfarm, und von da wurden sie von Marseille aus je nach der Marktlage dirigiert. Einer von diesen Handlangern war auch Gustav. Zu seiner Tätigkeit gehörte es, hin und wieder zwei, drei Tage nicht zu erscheinen, was Monsieur Artaud Fils dahin auslegte, er müsse einen gewaltigen Rausch ausschlafen. Das war jedoch keineswegs der Fall, denn Gustav trank zwar gern seinen Wein, aber nie ein Glas mehr, als ihm bekam; er gab sich nur den Anschein, als erliege er leider regelmäßig einer solchen Unregelmäßigkeit, während er in Wahrheit diese erlistete Freizeit für seine Kommission als Kettenmann ausnutzte.

So gut getarnt das alles war, so kam der scheinbare Nebenverdienst, der eigentlich der Hauptverdienst war, doch aus einer ungesetzlichen Quelle, zwang zur Vorsicht und machte für Misstrauen anfällig. Daher konnte Gustav schon auf den Gedanken kommen, dieser angebliche Zeitungsschreiber habe es in Wahrheit darauf abgesehen, die Vertrauensleute des Schmugglerrings aufzuspüren. Der Kriminalpolizei fiel immer wieder etwas Neues ein – so hatte Gustav kürzlich mit Interesse in der Zeitung gelesen, dass zwei Einbrecher in New York ihre stille Freude an einem Betrunkenen hatten, der ihnen auf ihrem dunklen Gang torkelnd und singend folgte; als sie aber dann mit dem Inhalt der ausgeraubten Ladenkasse in den Taschen wieder die nächtliche Straße betraten, hielt ihnen der Betrunkene die Pistole entgegen und kommandierte "Hände hoch!“, denn das war niemand anders als ein sehr nüchterner Kriminalbeamter, der den Betrunkenen vorzüglich gespielt hatte. Sein Verdacht wurde aber für Gustav Gewissheit, als sein Stellvertreter, anstatt sich für immer zu verabschieden, an ihn mit einem neuen Vorschlag herantrat.

Der Graf hatte in seiner Verkleidung zwar etwas erlebt, das für ihn selbst von Bedeutung, ja für sein ganzes Leben wichtig war, aber in seiner eigentlichen Aufgabe, die ihn nach Venay-La-Foire geführt hatte, war er keinen Schritt weitergekommen. Noch wies freilich nichts darauf hin, dass er auf einer falschen Fährte war. Dass Gustav ihn nicht einfach mit ‚Du' angeredet hatte, wie es unter den Männern der ärmeren Schichten üblich war, bestärkte die Meinung, die der Geschäftsinhaber geäußert hatte, dass der undurchsichtige Mann dem guten Bürgertum entstamme. Der Graf musste ihn zum Reden bringen, er musste ihn gewissermaßen abklopfen, abhorchen – und war es nicht gerade ein Fingerzeig, dass Gustav eine Schwäche für den Alkohol hatte, wie der Graf nach dem, was er gehört hatte, ja annehmen musste? Der Wein löste die Zunge, der Wein hob die Selbstbeherrschung auf, und dann kam vielleicht aus dem Gustav ein anderer zum Vorschein, nämlich Marcel Gormot aus Lyon. Richtig – mit Lyon musste er ihn ködern, auf Lyon die Rede bringen, mit Lyon ihm immer wieder zusetzen, bis der Übertölpelte sich verriet. Wenn das aber aus irgendeinem Grunde scheitern sollte, dann sah der Graf noch eine letzte Möglichkeit. Konnte er Gustav nicht unter den Tisch trinken? Dann war es nicht mehr schwierig, dem ganz benommenen Mann den Rock abzuziehen und den Ärmel aufzukrempeln und nach dem unwiderlegbaren Beweis zu sehen, nach dem Zeichen der Schlange. Nur musste er dazu mit Gustav an einem Ort sein, wo sie unbeobachtet waren; doch dafür glaubte der Graf Rat zu wissen.

„Gustav“, sagte er, „jetzt ist es sieben. Was meinen Sie dazu, wenn wir uns, sagen wir gegen zehn, zu einer Flasche Wein zusammensetzen?“

‚Der Fuchs!‘, dachte Gustav. ‚Mit dem Tausendfrancs–Schein fing es an, jetzt zieht er nach!‘ Aber vorsichtig abwartend, erwiderte er: „Warum nicht?“

‚Er sagt nicht nein‘, war der erfreute Gedanke des Grafen. „Was meinen Sie“, fragte er wieder, „oben vor dem *Letzten Turm der Templer*? Ich bin dort noch nicht hinaufgeklettert, aber von unten sieht der Platz gut aus. Hat der Wirt einen guten Wein?“

„Der Wein ist nicht schlecht“, antwortete Gustav. Er wurde immer misstrauischer. ‚Was will er mit dir da oben?‘ Von der Kante des hohen, vorspringenden Felsens waren schon Leute abgestürzt und hatten dann unten zerschmettert gelegen. „Nur“, setzte er laut hinzu, „der Wein da oben ist teuer.“

„Wenn er nur gut ist“, sagte der Graf, gab ihm dann die Hand und sprach die Verabredung noch einmal aus: „Um zehn vor dem *Letzten Turm der Templer*!“

„Abgemacht", sagte Gustav. Er war entschlossen, den verdächtigen Mann da oben allein warten zu lassen, bis es wieder Tag wurde.

Doch dann fiel ihm ein, dass es ja wichtiger war, endlich zu erfahren, was der Kerl eigentlich wollte. Der gab sich als Biedermann – aber wenn er erst eine gehörige Portion Roten intus hatte und Gustav ihm dann noch eine Flasche alten Bayuls aufschwatzte (aufs Geld kam es dem ja nicht an), dann würde er den Verdächtigen schon zum Reden bringen!

Die Nacht am ‚Letzten Turm der Templer'

Die Burgruine mit dem Bergfried, der den dramatischen Namen führte *Der letzte Turm der Templer*, lag auf der Höhe der Felswand, welche die Bucht von Venay-La-Foire gegen Südosten abschirmte. Sie war auf gewundenen Wegen und manchen Stufen und schmalen Treppchen vom Hafen aus bequem zu erreichen und wurde auch viel besucht. Da aber der Wirt, der sich im Erdgeschoß des alten Turmes eingerichtet hatte, dort nur über eine behelfsmäßige Küche verfügte, gab er kein warmes Essen, sondern nur Kaffee, Tee, Limonaden und Weine. Daher trafen seine Gäste hauptsächlich nachmittags und in den frühen Abendstunden ein, ehe es Zeit zum Nachtessen geworden war. Ob die Tempelritter wirklich hier oben ihren letzten verzweifelten Kampf gegen den Connétable des französischen Königs ausfochten, dem sie sich dann ergeben mussten, wie es eine vom Historischen Verein gestiftete Tafel am Eingang zum Turm behauptete, wird von den Geschichtsforschern bezweifelt. Unbestritten aber bleibt die ergreifende Schönheit der Aussicht, die sich dem Besucher auf der Terrasse vor dem Turm bietet. Er sieht zur Linken über die Bucht und ihre malerische, amphitheatralisch ansteigende Stadt hinweg weit in das hügelige Land, aus dessen Weinbergen sich die alten Sarazenentürme erheben, und zu seiner Rechten bietet sich der herrliche Ausblick auf das weite blaue Meer, auf dem er, wenn er ein gutes Glas mitbringt, in der Ferne die mächtigen Thunfische sehen kann, die aus dem Wasser springen und darin wieder verschwinden.

Als der Graf die Terrasse erreicht hatte, war es schon abendlich dunkel, aber nicht weniger schön. Denn nun leuchteten aus dem Städtchen die Lichter auf, der Lichtschein der Lampen an der Straße um den Hafen spiegelte sich in dessen stillen schwarzen Wassern, an der Spitze der Mole erschien und schwand das Blinklicht, das den Eingang zum Hafen anzeigte, und in weiterer Entfernung blitzte wie Wetterleuchten, aber in genau bemessenen Abständen, das kalkweiße Licht der Feuerzeichen auf, die von der Küste aus den Schiffen ihren Weg wiesen.

Eins freilich konnte hier oben stören, fand der Graf, als er sich an einen der Tische setzte, die unter einer Pergola am Rande der Felskante standen – das waren die elektrischen Lampen, die an den Querbalken des Holzgerüstes rundherum aufgehängt worden waren. Hier hätten, so meinte er, auf den Tischen Windlichter stehen sollen. Aber der Wirt kam dem entgegen, freilich nicht, weil er auch die Schönheit der Sommernacht zur Geltung bringen wollte, sondern aus Sparsamkeit. Es schien ihm unnötig, dass für den einzigen Gast dort so viele Lichter brannten; zu dieser späten Stunde lockten sie doch keinen Besucher mehr herauf. So knipste er an den Schaltern so lange herum, bis nur noch über dem Tisch des Grafen eine einzige Birne brannte, die überdies von so geringer Kerzenstärke war, dass sie nicht störte. Und nun, wo die Augen von der nahen Lichtquelle nicht mehr geblendet wurden, traten mit einem Schlage die Sterne am schwarzen Samt des Himmels hervor, als hätte der Wirt sie alle eingeschaltet.

Er kam an den Tisch heran, und der Graf wies anerkennend nach oben: „Das haben Sie gut gemacht!“

Der Wirt verstand, lächelte, setzte aber sofort einschränkend hinzu: „Das einzige, was wir noch gratis bekommen!“

„Vergessen Sie das Rauschen des Meeres nicht“, meinte der Graf.

„Das höre ich schon gar nicht mehr“, erwiderte der Wirt ablehnend.

Auf die Erkundigung, wie lange er hier denn bleiben könne, erhielt der Graf zur Antwort, um zwölf schließe der Wirt den Turm ab und gehe in die Stadt hinunter. Aber hier oben hätten schon manche die ganze Nacht durchgezecht, wofür der Wirt dann, ehe er ging, die notwendigen Flaschen noch bereitstellte. Daraufhin bat der Graf um einen Liter Roten und zwei Gläser.

„Zwei?“

„Ja. Zwei.“

„Aber für Madame wird es jetzt im Dunkeln schwer sein, die Treppchen heraufzukommen!“

„Ich erwarte keine Dame. Ich treffe mich hier mit Gustav.“

„So – mit Gustav. Ja, der findet herauf. Der findet überallhin, wo es etwas zu trinken gibt.“

„Er hat mir Ihren Wein empfohlen.“

„Und Sie werden sehen – mit Recht!“

Gleich darauf schlurfte er mit einer Flasche und zwei altertümlichen Zinnbechern wieder heran. Er verwendete sie an Stelle von Gläsern, weil sie nicht entzweigingen und ihm in eine alte Burgwirtschaft besser zu passen schienen. Gerade betrat Gustav die Terrasse. Er verhielt einen Augenblick, um sich zu vergewissern, ob der verdächtige Zeitungsschreiber etwa andere, ebenso verdächtige Gestalten mitgebracht hätte. Aber er sah nur ihn und den ihm wohlbekannten Wirt.

Begrüßung, die üblichen Worte. Der Wirt schlurfte wieder ab – und nun waren die beiden allein. In dem roten Wein ihrer Becher funkelte der Widerschein des Lampenlichts, das Meer rauschte, und nach dem heißen Tage glitt der kühle Nachtwind über die Stirn wie eine sanfte Hand. Wahrhaftig, dies war der Ort und die Stunde, mit einem guten Freunde zu zechen, einander Geschichten zu erzählen und in einem endlosen Gespräch über Gott und Welt zu philosophieren, über Fluch und Segen der Macht und über Segen und Fluch der Machtlosigkeit, über das Geheimnis vom Anfang der Menschheit und über das Geheimnis ihres Endes. Aber dazu saß der Graf jetzt nicht hier; das sagte er sich mit tiefem Bedauern. Er musste den Mann, der ihm an der andern Seite des Tisches gegenübersaß, zum Sprechen bringen, und dazu musste er selbst erst einmal reden, heiter, obenhin, den andern einlullen in Sorglosigkeit und Vergnügen, ihn lockern, ihn aus der angestrengten Aufmerksamkeit lösen. Denn wenn der Mann da Marcel Gormot aus Lyon war, dann musste er immer auf der Hut sein, wie ein Posten, der im Dunkel der Nacht angespannt auf jedes verdächtige Geräusch horcht.

Gustav wusste nichts von einem Marcel Gormot aus Lyon und war trotzdem wachsam wie ein Wolf – aber konnte sein Gegenüber das wissen?

Der Graf sprach munter. Er freute sich, nicht wieder wie bei Monsieur Artaud mit einem Schwindel kommen zu müssen. Gustav hielt ihn eben für einen Zeitungsmann, und so konnte er die Abenteuer des Grafen als das bewegte Leben eines Reiseschriftstellers ansehen. Haargenau berichtete der Graf, wie der gerissene armenische Waffenhändler Mkrtitsch Sundukjan in Tanger von einem noch gerisseneren Kapitän übers Ohr gehauen wurde, der sich seine Waffenladung von dem Armenier bezahlen ließ, versprach, sie am andern Morgen ausladen zu lassen, das Geld dafür einsteckte und noch in derselben Nacht mit der Ladung davonfuhr, um sie sich irgendwo zum zweiten Male bezahlen zu lassen. Abenteuer über Abenteuer konnte er erzählen: In der Macchia Sardiniens findet er sich zum König der Verfolgten durch, dem Mann der Blutrache, den die Polizei nicht aufspüren kann, in der Syrischen Wüste gelingt es ihm, einen ahnungslosen deutschen Gelehrten zu retten, den eine Bande von Eingeborenen dort, wie sie sich ausdrückten, ‚Blumen suchen' ließ, das heißt umkommen lassen wollte, in Malaya sieht er aus nächster Nähe, wie der ‚Herr der Wölfe', der Kommandeur der Palastwache, einen Putsch gegen den noch knabenhaften Radscha versucht, aber dabei scheitert. „Malaya, wissen Sie, ist ein Land mit Zukunft. Die Staaten dort sind doch jetzt selbständig geworden. Da wird neu aufgebaut – wenn da der richtige Mann hingeht, hat er große Möglichkeiten!"

„Für welche Zeitungen schreiben Sie?"

Da saß der Graf in der Falle! Von der Lüge, die er sich erlaubt hatte, kam er nicht mehr los. Er musste sich dazu verstehen, weiter zu lügen – und musste das auch noch geschickt machen. Denn wenn er irgendeine große Pariser Zeitung genannt hätte, so hätte ja der böse Zufall wollen können, dass Marcel Gormot gerade diese Zeitung laß und nie etwas von seinen spannenden Berichten gesehen hatte. Er erfand zwei höchst anspruchsvolle Zeitschriften, *Optimum* und *Tele*, keine Massenauflagen, nur für Kenner und Liebhaber, hervorragendes Papier, exquisite Bildbeigaben, wäre finanziell gar nicht zu machen, wenn nicht ein großer Industrieverband dahinterstünde – und dann ging es wieder weiter, nach Arizona, nach Afghanistan, in den brasilianischen Urwald –

‚Warum erzählt er mir das alles?', fragte sich Gustav sehr beunruhigt.

‚Warum bringt er die Zähne nicht auseinander?', fragte sich der Graf, aber er sprach im unbefangensten Ton weiter: „Ja, das kostet natürlich Geld, viel Geld, heidenmäßig viel Geld, aber die Industrie, die hat es ja – die Eisenleute von Longwy, in Le Creusot Schneider & Co, in Paris die Citroënwerke mit ihren viereinhalb Milliarden Stammkapital und in Lyon die reichen Herren von der Textilindustrie. Kennen Sie Lyon?"

Gustav nickte, und der Graf begeisterte sich über Lyon. Eine Stadt, in der das Leben pulsiert, nicht wahr – eine führende Handelsstadt Europas, eine der bedeutendsten Textilstädte der Welt. Aber auch welch verkehrsgünstige Lage! Nur schade – von Norden und Westen sind die Zufahrten etwas schwierig. Der *Automobile–Club du Rhône* hatte ihn einmal zu einem Lichtbildervortrag eingeladen, anständige Leute, sehr anständige Leute – im *Hotel Carlton* hatten sie ihn untergebracht, ausgezeichnetes Hotel, das vornehmste der Stadt, in der Rue Grolée – "Kennen Sie es?"

Das war eine Falle, die der Graf da aufgeklappt hatte, eine nette kleine Falle, denn in der Rue Grolée lag nicht das *Hotel Carlton*, sondern das *Grand–Nouvel–Hotel*. Wenn ihn Gustav jetzt korrigieren würde, dann kannte er Lyon, aber wenn er die falsche Angabe hinnähme, dann bewiese das seine Unkenntnis – vielleicht jedoch hatte er den scheinbaren Irrtum wohl bemerkt, hütete sich aber, das zu zeigen, um seine genaue Kenntnis der Stadt zu verbergen? Der einzige Sohn eines reichen Seidenhändlers kennt doch das größte Hotel seiner Vaterstadt …

„Ich habe da noch nicht gewohnt", antwortete Gustav.

‚Geschickt, sehr geschickt', dachte der Graf, ‚nicht ja und nicht nein!' Heiter fuhr er fort: „Natürlich nicht, das versteht sich, ich wäre da auch niemals abgestiegen, wenn ich es aus meiner Tasche hätte zahlen müssen, aber der Klub kam ja für alles auf. Bei der Gelegenheit habe ich mich in der Stadt gründlich umgesehen –"

‚Was will er nur immer mit Lyon?', fragte sich Gustav. Er war da einmal gewesen, bei Sauveur Pandis & Cie, einer sehr angesehenen alten Privatbank, hatte ihn sein Vater als Lehrling untergebracht, aber das ging nicht gut, weil er sich mit den Leuten des berühmten Lyoner Kasperle–Theaters angefreundet hatte und seine ganze Zeit lieber bei ihnen verbrachte. Das ist doch lange her und ausgeschwitzt … Aber lief nicht über Lyon die Kette der Goldschmuggler, die zu dem Ring vom Dreifinger-Joe gehörte? Deshalb vermieden sie doch Lyon, und ihre Kette ging über Clermont–Ferrand nach Paris. Vorsicht, Gustav, Vorsicht! Vielleicht kommt der angebliche Zeitungsmann vom Dreifinger-Joe …

„Sie kennen doch sicher die Rue Mercière?" fragte der Graf.

Und ob Gustav die kannte! In Nr. 58 hatte ein reizendes Mädchen gewohnt, mit der hatte er an einem Sonntagnachmittag in allen Ehren eine kleine Dampferfahrt auf der Saône nach der Insel Barbe unternommen, er hatte sie auch wieder nach Haus gebracht, wie sich das gehörte, aber dort, eben Mercière–Straße 58, hatte ihn ihr Vater mit so beleidigenden Ausdrücken empfangen, dass die ganze Geschichte schon zu Ende war, ehe sie richtig angefangen hatte. Dénise hieß sie oder Céline, genau wusste er das nicht mehr, aber darauf kam es auch nicht mehr an, jedenfalls war diese Frage unverfänglich, und so antwortete er: „Ja, die kenn' ich. Sie geht von der Place des Jacobins ab und endet auf der Höhe vom Pont–du–Change."

„Dann kennen Sie natürlich auch das Haus *Zum Schiff*?"

„Welche Nummer?" fragte Gustav vorsichtig.

„Ja, die Nummer weiß ich nicht. Ein altes gotisches Haus." Gustav überlegte. In der genannten Straße gab es mehrere sehr alte Häuser. Die Fremden standen davor, den Reiseführer in der Hand, und dann steckten sie ihn weg, holten die Kamera heraus und knipsten, obwohl sie die Aufnahmen im nächsten Papiergeschäft viel besser bekamen. Nein, von einem *Schiff* in dieser Straße wusste er nichts.

„Dann ist Ihnen auch nicht bekannt, was sich in diesem Haus einmal abgespielt hat, vielmehr auf einem großen Altan an dem Haus? Inzwischen wurde er leider abgerissen."

Auch davon hatte Gustav nichts gehört. Jedenfalls gab er das an, und wieder stand der Graf vor der Überlegung, ob ihn Gustav zum besten hatte und ableugnete, was er genau wusste. ‚Aber ich fass' dich, mein Junge!' Er würde ihm die Geschichte erzählen, haargenau, und daran, wie Gustav auf sie reagierte, war bestimmt zu sehen, ob er sie zum ersten Mal hörte oder nicht. Denn dazu hätte schon ein ausgesprochenes schauspielerisches Talent gehört, den überraschten Zuhörer überzeugend zu spielen, und der Graf war sicher: das hatte Gustav nicht. Er war zurückhaltend und überlegend. Aber ein Schauspieler war er nicht; dafür hatte er zuwenig Feuer im Leibe.

„Da werde ich Ihnen also die Geschichte erzählen", sagte der Graf, und er sagte das nicht ohne Genuss; denn wenn er das auch mit einem ganz bestimmten Zweck unternahm, so war er doch ein zu guter Erzähler, als dass er eine herrliche Geschichte nicht mit dem lebhaftesten Vergnügen erzählte. „Sie passt hierher, mein

Lieber, denn es ist eine Geschichte vom Wein und von einer warmen Nacht wie der, die wir hier verbringen, und wir wollen nur hoffen, dass es uns nicht so geht wie den Männern, von denen ich zu erzählen habe. Aber trotzdem — zum Wohle! Trinken Sie aus! Der Wirt hat noch mehr Flaschen in seinem Keller." Sie leerten die Becher, der Graf schenkte von Neuem ein und begann.

„Das war also in der Zeit, als es noch kein Fernsehen gab und kein Radio, kein elektrisches Licht und keine Wagen ohne Pferde, als man hierzulande noch nichts von Amerika wusste oder von einer Druckerpresse, also zu einer Zeit, in der die Menschen Grund hatten, glücklicher zu sein, als wir es heute sind, obwohl sie natürlich gar nicht wussten, wie gut sie daran waren! Damals hieß das Haus, das heute *Zum Schiff* heißt, *Zum goldenen Schlüssel* und war ein Gasthaus, und an einem Sommerabend saßen auf dem überdachten Altan des Hauses um eine große Tafel biedere Lyoner Bürger, begossen sich die Nase, und dabei war ihnen sehr wohl. Auf ihrem Tisch standen, was uns hier fehlt, Windlichter, und in deren mildem Licht leuchteten ihre heißen Köpfe rot wie der Mond, wenn er im Osten durch den Dunst des Horizonts heraufglüht, und da keiner der Zecher dem andern etwas nachgab, so hingen über dem Tisch siebzehn rote Monde und glänzten in die Sommernacht. Der Wirt schleppte Wein heran, dass es eine Art hatte, setzte sich auch mit an den Tisch und trank ihnen tüchtig zu, damit sie ja gut im Zuge blieben.

Nun hatten sie schon so viel getrunken, dass in ihnen gewisse Veränderungen vorgingen. Sie wissen ja, der Alkohol macht den einen streitsüchtig –"

Gustav lachte. „Monsieur Artaud Fils wird rührselig!", sagte er.

„Andere schlafen ein –"

„Aber es gibt auch genug, die werden dann erst richtig munter!", ergänzte Gustav.

„Sehr wahr", sagte der Graf erfreut, dass Gustav endlich lebhafter wurde. „Prosit, mein Bester!"

Sie stießen an und tranken aus. Der Graf wollte wieder einschenken. Die Flasche war leer. „Herr Wirt!", rief er und fuhr dann fort: „Da auf dem Altan vom *Goldenen Schlüssel* war auch einer, der so munter wurde. In seinem beschwingten Zustand fühlte er sich berufen, eine große Rede zu halten. Er erhob sich, hielt sich mit beiden Händen an der Tischkante fest und sprach. Dank der Schwere seiner Zunge brachte er die Worte nur noch langsam heraus, aber seinen Zechgenossen schien es, als müsse er seine Rede einer bedrängten Seele abringen, und bei seinem starren Blick gab ihm das geradezu das Ansehen eines mit Gesichten geschlagenen Propheten."

Der Wirt kam mit einer neuen Flasche. Er hatte die letzten Worte noch gehört, und nachdem er die beiden Becher gefüllt hatte, blieb er interessiert am Tisch stehen.

„So hielt der Mann also seine Rede", fuhr der Graf fort. „Er erinnerte seine Zechgenossen an den Ernst ihrer Zeit. Während sie es hier sich wohl sein ließen, unterzögen sich andere Christen den unsäglichen Mühen einer Pilgerfahrt zum Heiligen Lande, hätten auf dem Meere Stürme und Schiffbrüche zu überstehen, müssten vor den blitzschnellen Galeeren der Ungläubigen zittern und damit rechnen, dass sie eines Tages in Bagdad oder Samarkand nur noch mit einem zerfetzten Hemde angetan als Sklaven verkauft würden. Dann verloren sich seine Worte im Unbestimmten, aber sie hatten gezündet. Mit einem Male sprachen sie von nichts anderem als von Seefahrten und Schiffsabenteuern, von Seeungeheuern und fischgeschwänzten Sirenen. Dabei aber sprachen sie weiter dem guten Weine heftig zu, und es war daher kein Wunder, dass einer von ihnen, der sich etwas mühselig erhoben hatte, erheblich schwankte. Er aber stellte das mit Verwundern fest, und in seiner Trunkenheit hatte er für diesen Zustand auch sofort eine hinreißende Erklärung: nicht er schwankte, sondern der Boden, auf dem er stand, und das schien ihm durchaus natürlich, denn sie befanden sich ja, wie ihm überklar wurde, auf einem Schiff, und zwar auf der Überfahrt nach Akkon, wo die Johanniterritter sie bestens aufnehmen würden."

„Das ist gut!“, rief der Wirt, der sich mit an den Tisch gesetzt hatte. „Das kann man verstehen, was, Gustav?“

Gustav lachte und trank. Der Graf freute sich, dass der Wirt blieb, er wirkte wie ein Katalysator. Nur sollte er nachher auch rechtzeitig wieder verschwinden.

„Der Mann“, so erzählte der Graf weiter, „teilte seinen Kumpanen aufgeregt mit, was er entdeckt hatte. Einige, die noch klarer im Kopf waren als er, machten sich den Spaß, ihm jubelnd zuzustimmen, wie es sich ja überhaupt empfiehlt, einem Trunkenen nicht zu widersprechen; andere waren längst nicht mehr imstande, Sein und Schein zu unterscheiden, empfanden überdies auch im Sitzen schon das Schwanken des Schiffes, und da sie diesen Anlass benutzten, die Becher von neuem zu leeren, die einen jubelnd, die anderen, um mit ihrem leisen Schrecken besser fertig zu werden, waren bald alle in dem seligen Wahn, auf einem Schiff dahinzugleiten. Der Wirt aber, der einzige, der noch nüchtern war, nutzte den Zustand der andern dahin aus, aus dem Keller neben ein paar vollen Krügen auch einige leere mitzubringen, um sie bei der Endabrechnung den Gästen mit anzukreiden.“

„So macht ihr's!“, rief Gustav dem Wirt zu. „Jetzt haben Sie das ‘mal zu hören bekommen!“

„Aber das ist ja ein paar hundert Jahre her“, warf der Graf begütigend ein, „heutzutage läuft doch alles über die Registrierkasse!“ Rasch sprach er weiter: „Es fuhr sich herrlich auf dem unendlichen Wasser. Eine sanfte Brise aus Nordnordwest fühlten sie an ihren heißen Köpfen vorüberstreichen, und der leichte Wind trieb ihr Schiff in gleichmäßiger Fahrt dahin, so dass die dunkle Weite sich an ihnen angenehm vorüberdrehte. Offenbar stellten die Heimkehrer aus den fernen Ländern die Meerfahrt schlimmer dar, als sie in Wirklichkeit war, denn ihr Unternehmen unterschied sich ja in nichts von einer Lustreise. Herzlich erinnerten sie sich ihrer Lieben daheim, füllten mit gerührt zitternden Händen die Becher und tranken auf das Wohl ihres Bürgermeisters, auf die

Grafen von Nieder–Burgund, die ehedem ihre Landesherren gewesen waren, auf den deutschen Kaiser, denn ihre Stadt hatte auch einmal zum Deutschen Reich gehört, und auf den französischen König, der jetzt ihr Lehnsherr war, und schließlich stießen sie auch noch auf das Wohl aller friedlich schlafenden Christen an."

„À votre santé!", rief Gustav lachend, „à votre santé!" Die Flasche wurde wieder leer, und der Wirt stand auf, um eine neue zu holen. „Bringen Sie gleich ein paar", sagte der Graf, „und einen Becher für Sie selbst!"

„Aber nicht weitererzählen, bis ich wieder da bin!" Der Wirt machte sich eilig davon und erschien gleich wieder, in jeder Hand eine Flasche und eine dritte unter den Arm geklemmt.

„Ja", sagte der Graf, „jetzt kommt nun ein kritischer Augenblick. Die Männer bemerkten nämlich zu ihrer Verwunderung, dass ein jeder zwar noch seinen Nebenmann sehen konnte, mit knapper Not auch noch den übernächsten Seefahrer – aber dann verlor sich alles im Unbestimmten. Auch vom Gegenüber war nichts mehr zu erkennen! Sie durchschauten den Sachverhalt jedoch sofort: das Schiff war in Nebel geraten!"

Der Wirt schlug auf den Tisch vor Vergnügen. „Die waren auch schön benebelt!"

Gustav sagte nichts. Noch immer war ihm zwiespältig zumut. Er fand die ganze Sache überaus nett, aber er fragte sich besorgt, warum der angebliche Zeitungsmann das alles erzählte. Was hatte er damit nur vor?

„Na", sagte der Graf, „dass das Schiff in Nebel geriet, war nicht schlimm, wenn die Seeleute nur den Kopf oben behielten, und als entschlossene, handfeste Männer standen sie auf, um nach dem Rechten zu sehen. Kaum aber hatten sie sich erhoben, als das Schiff, das bis dahin nur sanft geschaukelt hatte, unerhört zu schwanken begann. Rasch fassten sie nach den Lehnen der Stühle und dem Tisch – doch sie fielen nur darüber hin und übereinander, so dass die Lichter umstürzten und erloschen. Der Seegang wurde immer toller. Das Schiff sauste die Wellenberge hinab und wurde wieder emporgeschleudert, dass die Bemannung mit den Köpfen zusammenstieß, und in das Dunkel schrie eine entsetzte Stimme: ‚Sturm! Wir sind in einen Sturm geraten!'"

Der Wirt lachte und lachte, als könnte er gar nicht wieder aufhören, und jetzt lachte auch Gustav ohne jede Hemmung. Das war ja ein patenter Kerl, der Zeitungsmann, und dass er wirklich einer war, zeigte er durch die Kunst, mit der er erzählte ... Aber jetzt war es der Graf, der vor einem Zwiespalt stand. Sein Erfolg als Erzähler konnte ihn befriedigen – aber bewies diese Heiterkeit Gustavs, die sich von der des Wirts keineswegs unterschied, nicht gerade, dass Gustav die Geschichte nicht kannte, die in Lyon jedermann bekannt war? Dann stammte er also doch nicht aus der Stadt, dann war er nicht Marcel Gormot ...

„Weiter! Weiter!", drängte der Wirt, nachdem sie alle drei wieder angestoßen hatten.

„Ja", sagte der Graf, „so war es also. Ein Sturm hatte sie gepackt, ein Orkan, ein Taifun. Sie klammerten sich an die Reling und fühlten sich den Elementen preisgegeben. Kein Stern schien in ihre Nacht, denn sie sahen nicht in den Himmel, sondern an die Decke des Altans. Schon mussten die Fluten ins Schiff eingedrungen sein, denn wohin sie auch griffen, überall war schon die Nässe zu spüren — vom ausgelaufenen Wein nämlich –, und zum Glück wusste ein besonders erfahrener Seemann, was jetzt zu tun war. Das Schiff musste möglichst leicht gemacht werden, damit es nicht von seiner Ladung in die Tiefe gezogen wurde – eine leere Nussschale geht nicht unter. Er legte die Hände an den Mund und schrie wie ein Kapitän: ‚Ballast über Bord!'"

Der Wirt stöhnte auf, denn er ahnte, was nun kommen würde. Auch Gustav war darüber nicht im unklaren, aber er hatte kein Mitleid. „Geschieht dem Kerl ganz recht. Warum wollte er die Leute beschummeln!"

„Ballast über Bord – dieser mannhafte Befehl hatte Hand und Fuß. Froh, für ihre Rettung endlich etwas tun zu können, griffen alle Hände zu. Sie tasteten zwar erst oft ins Leere und die Männer fuhren einander auch in die Haare, aber schließlich bekamen sie zu fassen, was zu fassen war, und so flogen denn Becher, Kannen, Windlichter, Schemel, Stühle und Bänke krachend und klirrend in hohem Bogen hinaus."

„Weg damit!", rief Gustav begeistert.

„Eieieieijei!", jammerte der Wirt voll Mitgefühl mit seinem Berufskameraden, obwohl der schon seit mehr als siebenhundert Jahren nicht mehr auf der Erde weilte.

„Aber der Tisch, dieser widerspenstige Tisch! Er war aus hartem Eichenholz, für zwanzig Zecher auf Ellenbogenweite gut bemessen, dabei schwer, als sei er von Eisen und stünde da seit Erschaffung der Welt. Da es jedoch ums Leben ging, wuchs an seinem Widerstand ihre Kraft ins Unbegreifliche. Sie bogen sich mühsam unter ihn, sie stemmten ihn schwankend hoch, und der Wirt, der nun auch soweit war, kommandierte: ‚Hau–ruck–hau–ruck!' Stöhnend, ächzend, mit verzerrten Gesichtern brachten sie das urtümliche Möbel an die Brüstung. Jetzt galt es. Noch einmal eine übermenschliche Anstrengung – und donnernd krachte der gewaltige Tisch in die Fluten."

„Gut, gut, gut!", rief Gustav und schlug sich vor Vergnügen immer wieder auf die Oberschenkel.

„Und dabei konnte ihnen das doch gar nichts helfen!", klagte der Wirt laut durch die Sommernacht.

„Richtig", bestätigte der Graf, „sie hatten sich umsonst bemüht. Nun, als das Schiff leichter geworden war, schwankte es noch wilder als zuvor, und sie sahen ein, wie vermessen es war, als armselige Menschen himmlischen Mächten zu trotzen. Jammernd erkannten sie, dass dieser Sturm ihrer Sünden wegen als Gericht über sie hereinbrach. Aber da sich ein jeder doch wieder so sündig nicht vorkam, als dass seinetwegen Himmel und Meer in Aufruhr geraten müssten, suchten sie aus den Gesichtern, die bleich, ja grünlich aus der sommerlichen Dämmernacht schimmerten, nach dem Sünder, um dessentwillen das Strafgericht über sie gekommen war."

„So sind die Leute!“, meinte Gustav. „Immer brauchen sie einen Sündenbock!“ Und als der Graf fortfuhr: „Da fanden sie –“ unterbrach Gustav ihn wieder: „Jetzt wird es spannend!“ Er war von der Sache hingerissen.

„Tja, da fanden sie einen Mann am Boden liegen, der schon lange allen Seenöten den Abschied gegeben hatte, weil ihn in seinem festen Schlaf nichts mehr bewegte. Nun war ihnen endlich klar, warum es sie so schrecklich umgetrieben hatte. ‚Männer‘, sagte einer, ‚wir haben einen Toten an Bord! Jeder Seemann weiß, dass das Unglück bringt! Auf! Werft die Leiche aus dem Kiel!‘“

„Die Leiche! Die Leiche!“, wiederholte Gustav. „Die wird sich noch wundern, die Leiche!“ Vergnügt trank er sein Glas aus, und der Wirt füllte es von neuem. Er sagte nichts mehr, denn dass die Geschichte seinem Kollegen so übel mitspielte, missfiel ihm. So beschränkte er sich, dafür zu sorgen, dass die Flaschen geleert wurden.

„Was der Mann da vorgebracht hatte“, sagte der Graf, „schien allen vernünftig gesprochen. Ernst fassten sie noch einmal zu und trugen den stillen Mann denselben Weg, den schon Becher und Leuchter und Schemel und Stühle und Bänke gegangen waren, und warfen den Leichnam über Bord.

Damit aber war endlich das Rechte getan. Der dunkle Himmel wurde hell, sie sahen das Licht der Sonne wieder, es färbte im Osten eben die Wolken, das Schiff schwankte nur noch leise, sie fielen einander schluchzend und glücklich in die Arme, und dann lagen sie auch schon am Boden hingestreckt und rührten sich in ihrem Schlaf nicht mehr.

Aus den Häusern der Rue Mercière traten die Nachbarn, um wie immer ihren Tageslauf zu beginnen, und sahen verwundert die Verwüstung, die da in der Nacht angerichtet worden war. Sie hatten den Lärm natürlich gehört, aber im *Goldenen Schlüssel* ging es manchmal lebhaft zu – diesmal schien es indessen entsetzlich hergegangen zu sein. Sie eilten auf den Altan, sie rüttelten die Schläfer wach, aber die kamen kaum zu sich. Sie murmelten

‚Sturm, Sturm, Sturm', einer brachte noch die Worte heraus ‚Mann über Bord!', und dann wollte jeder weiterschlafen.

Da war es der Wirt, den zuerst der klare Jammer packte. Er schrie um seinen Wein, von dem er nicht wissen würde, wie viel er ausgeschenkt hatte, und schrie dann noch lauter um sein Mobiliar, das zertrümmert und zersplittert vor dem Hause lag. Jetzt wurden auch die andern munter, und es lief ihnen kalt den Rücken hinab. Denn nun ward ihnen bewusst, dass sie außer dem toten Mobiliar auch einen lebendigen Menschen hinabgestürzt hatten. Die Angst griff an ihr Herz, dass sie nüchtern wurden wie die Fische, und sie sahen sich schon ihre Seefahrt mit einer Luftreise am Galgen bezahlen, als Mörder, die sie waren!

Zitternd schleppten sie sich an die Brüstung, und sechzehn bleiche, von Entsetzen entstellte Gesichter beugten sich über das Geländer in die Tiefe – und von unten schaute das siebzehnte erstaunt zu ihnen empor. Der Mann war nämlich nicht auf harten Steinen zu Tode gefallen, sondern auf den weichen Misthaufen, der nach guter alter Sitte damals noch vor jedem Hause lag, und die sechzehn brachen in ein befreiendes Gelächter aus, das kein Ende nahm – denn sie sahen, dass sie in der dunklen Nacht genau den Mann erwischt und hinausgeworfen hatten, der mit seiner großen Rede von der Seefahrt das ganze Unheil angerichtet hatte."

„Auf einem Misthaufen!", rief Gustav entzückt. „Wenn das heute passiert wäre, hätte er sich das Genick gebrochen, das haben wir nun von unserer Hygiene! Es lebe der Misthaufen!"

„Es lebe der Erzähler!", rief der Wirt, der sich darauf besonnen hatte, was er seinen Gästen schuldig war.

„Der beste Erzähler ist nichts ohne gute Zuhörer, wie Sie es sind!", antwortete der Graf und stieß darauf mit ihnen an, und es ging ihnen wie den Männern in der Geschichte von der Meerfahrt über trockenes Land – sie brachten Toast auf Toast aus und schienen da oben die vergnügtesten Leute an der ganzen Küste von Port Bou bis nach Marseille.

Die Uhr des Kirchturms unten am Hafen schlug zwölf. Dass

sie auch schon die elfte Stunde geschlagen hatte, hatten sie im Bann der Geschichte gar nicht vernommen. Jetzt erwies sich, dass der Wirt ein Mann von Grundsätzen war. Um diese Zeit ging er nach Haus, und dabei blieb er auch jetzt. Er wollte den Herren, sagte er, gern noch so viele Flaschen hinstellen, wie sie wünschten, aber er müsste jetzt gehen. Das war eine sanfte Aufforderung zu zahlen, und der Graf ließ sich von ihm die Rechnung machen, auf die auch noch Reserveflaschen gesetzt wurden.

Während die beiden damit beschäftigt waren, verflog plötzlich Gustavs ausgelassene Fröhlichkeit, in die er sich im Verlauf der Geschichte hineingelacht hatte. Wenn der Wirt jetzt fortgegangen war, dann war er ja mit dem Zeitungsmann hier oben ganz allein – war der denn auch wirklich ein Zeitungsmann? Wenn der irgend etwas gegen ihn plante, dann musste diese verdächtige Figur nunmehr damit herauskommen – und nach dem, was er aus seinem Leben erzählt hatte, nach seinem Umgang mit armenischen Waffenhändlern, sardinischen Banditen und malaiischen Messerstechern musste Gustav damit rechnen, dass der Bursche gefährlich werden konnte. Wahrscheinlich gehörte er eben doch zum Dreifinger-Joe!

Für Gustav gab es, so schien es ihm, nur noch ein Mittel. Er musste aufs schärfste aufpassen, dabei aber sich betrunken stellen. Er musste den Wehrlosen spielen, den der Wein überwältigt hatte – dann würde ja wohl der verdächtige Kerl endlich zeigen, was er von ihm haben wollte. Sofort ging er ans Werk. Während der Graf und der Wirt zusammenrechneten, schüttete er, von ihnen unbemerkt, einen noch fast vollen Becher aus. Dann nahm er eine der leeren Flaschen, schenkte daraus seinen Becher scheinbar voll, tat so, als trinke er ihn auf einen Zug aus, und wiederholte es lärmend und mit geheuchelter Lustigkeit, so dass der Graf, während er zahlte und auf das Geld wartete, das er noch zu bekommen hatte, tatsächlich annehmen konnte, Gustav vergnüge sich da bestens auf seine Weise, wie es ihm Monsieur Artaud Fils ja als dessen Gewohnheit berichtet hatte.

Zugleich aber schien ihm Gustav außerordentlich viel vertragen zu können, und dem Grafen wurde zweifelhaft, ob er ihn durch den Wein so weit bezwingen konnte, dass jener ausplauderte, was er verbergen wollte. Nein, das war zu unsicher. Er musste ihn nötigen, seine Jacke auszuziehen. Er musste ihn dahin bringen, dass er danach seinen Hemdsärmel aufkrempelte, dann erst war der Graf am Ziel – dann sah er das Zeichen der Schlange oder entdeckte, dass das eben doch nicht Marcel Gormot war.

Aber wie das erreichen? Wie bringt man einen andern Menschen dazu, seinen Rock auszuziehen und seine Hemdsärmel aufzustreifen?! Unsinnige Verlangen! Doch gerade weil sie unsinnig waren, waren sie ohne alle Schwierigkeiten zu verwirklichen. Denn bei wem erscheinen unsinnige Forderungen natürlich? Bei einem, der des Weines voll ist. Also brauchte der Graf nur den Betrunkenen zu spielen, um hinter die Geheimnisse des andern zu kommen.

„Gustav, Sie haben recht!“, sagte der Graf, „der Kerl nimmt unverschämte Preise. Aber jetzt sind wir ihn los, wir zwei verstehen uns – zum Wohle!“

„Zum Wohle!“, antwortete Gustav, hob seinen Becher, wandte sich ab, dem Wasser zu, so dass er dem Grafen den Rücken zudrehte, und rief: „Wie herrlich ist das Meer bei Nacht!“ Dabei aber kippte er den Becher aus, ohne getrunken zu haben und ohne dass der Graf es bemerken konnte. Der aber war hocherfreut, dass Gustav nicht sah, was er jetzt unternahm – nämlich dasselbe wie Gustav, auch er goss den Wein auf den Boden. „Der Wein ist teuer, aber gut!“ rief Gustav und wandte sich wieder dem Grafen zu, als habe er seinen Becher im Anblick des nächtlichen Meeres bis auf den Grund geleert. „Haben Sie noch mehr davon?“ Damit hielt er seinen Becher wieder hin, als könne er es gar nicht erwarten, ihn von neuem zu leeren – und so wandte jeder der beiden Männer seine Geschicklichkeit auf, den immer wieder gefüllten Becher zu leeren, ohne zu trinken und ohne dass der andere von dieser List etwas merkte. Um sie gut zu verbergen, wurden sie dabei immer lauter. Der Graf begann zu singen, und Gustav folgte seinem Beispiel, um nicht etwa nüchterner zu scheinen als sein geheimnisvoller Kumpan. Plötzlich brach der Graf mitten in der Strophe ab, und gereizt wie ein Schwerbetrunkener herrschte er Gustav an: „Zieh deinen Rock aus, alter Pinguin!“

Gustav riss sich zusammen. Jetzt war es soweit! Jetzt ging der Mann endlich los! Jetzt hieß es aufpassen! Aber von seiner Spannung ließ er nichts merken. Lallend, als könne er schon nicht mehr anders reden, stammelte er: „Warum denn? Warum soll ich – meinen Rock – ausziehen? Ich gehe noch nicht ins Bett. Noch lange nicht – und du auch nicht!“

Der Graf erhob sich und ging mühsam, wie es schien, um den Tisch herum auf Gustav zu. Der war auf dem Posten. Aber er stand auf. Wollte ihm der Kerl jetzt zu Leibe gehen? Doch wie es bei Leuten vorkommt, die beim Trinken zuviel des Guten getan haben, wechselte der Graf den Ton. Er legte seinen Arm um Gustavs Schulter und bat wie in jämmerlichem Eigensinn: „Gustav, zieh dir doch deinen Rock aus! Ich ziehe meinen auch aus!“ Er tat es und warf das Kleidungsstück auf die Erde. „Ohne Rock, Gustav, bist du ein anderer Mensch! Ohne Rock trinkt es sich ja viel besser!“

Gustav schien es nicht geraten, zu widersprechen. Er zog seinen Rock aus, legte ihn aber auf den Tisch. Dann aber hielt er es für richtig, eine sichere Stellung zu beziehen. Er fiel mehr auf seinen Stuhl, als dass er sich setzte, warf sich mit den Armen und dem Kopf über seinen Rock, als sei er völlig erledigt, und fing an, laut zu schnarchen, während er in Wahrheit mit allen Nerven gespannt auf das lauerte, was nun geschehen würde.

Der Graf war mehr als zufrieden. Besser konnte es gar nicht gehen! Mit dem Schlafenden konnte er ja machen, was er wollte. Er stieß ihn noch einmal an – Gustav gab einen ächzenden Laut von sich, schnarchte dann aber weiter.

Langsam zog der Graf Gustavs rechten Arm unter dessen Kopf hervor, vorsichtig, Zentimeter um Zentimeter. Gustav schnarchte – aber dabei schossen ihm die Gedanken durch sein Hirn wie Blitze am Himmel: ‚Was will er mit deinem Arm? Fesseln? Abwarten… abwarten… Im allerletzten Augenblick hoch… Ihm mit der Linken in die Visage. Kinnhaken.'

Auch der Graf wartete ab. Er hatte nun den Arm ganz hervorgezogen. Wenn Gustav etwa wach wurde…

Nein, Gustav wurde nicht wach. Jetzt also den Ärmel aufkrempeln! Gustav trug keine Manschettenknöpfe. Der Ärmel war nur mit einem Knopf verschlossen. So – auf!

Der Graf wartete, und Gustav wartete. Aber er fieberte geradezu: ‚Wozu macht er mir den Ärmel auf? Der hat was vor … Der hat etwas ganz Bestimmtes vor … Aber was? In aller Welt – was denn nur?!'

Der Graf schob den Ärmel langsam höher und höher.

‚Will er mir eine Spritze geben? Mich bewusstlos machen? Mich verschleppen?'

Der Graf war ganz ruhig? Das ging prächtig. Das Hemd hatte einen weiten Ärmel. Er ließ sich ganz leicht hinaufschieben. Man brauchte ihn nicht zu rollen. Aber lieber langsam, behutsam – dass Gustav ja nicht aufwacht –

‚Die Männer vom Dreifinger-Joe sind alle Verbrecher. Die schrecken vor nichts zurück. Soll er den Arm ganz freilegen. Aber dann, ehe er seine Spritze fasst, zuschlagen!'

Der Graf hielt den Atem an. Jetzt den Hemdsärmel noch ein paar Fingerbreit weg, und der Oberarm lag frei!

Gustav rührte sich nicht.

Jetzt! Der Graf beugte sich vor – und in diesem Augenblick erlosch die Birne über dem Tisch. Punkt ein Uhr stellte das Elektrizitätswerk den Strom für den *Letzten Turm der Templer* ab.

Eine Abmachung mit dem sparsamen Wirt. Die Leute sollten dort oben sitzen, solange sie wollten, aber nicht für sein Geld sich beleuchten lassen.

Dunkle Nacht! Nichts hatte der Graf mehr sehen können, gar nichts. Gustav aber schien das Erlöschen des Lichts das Zeichen höchster Gefahr. Er sprang auf, gab dem Grafen einen Stoß, riss seinen Rock vom Tisch und war verschwunden.

Er wagte es jedoch nicht, seine Schlafstelle aufzusuchen, wo er ja auffindbar gewesen wäre. Er hielt sich in der Nähe des Bahnhofs versteckt und fuhr mit dem Frühzug, Venay-La-Foire ab 4 Uhr 43, über Narbonne – Montpellier – Arles nach Marseille.

Niedergeschlagen machte sich der Graf am andern Vormittag auf den Weg zu Gustavs Arbeitsstätte. Das war ein Fehlschlag gewesen, ein schwerer Fehlschlag. Er musste trotzdem sehen, mit Gustav wieder zusammenzukommen. Er konnte ja alles auf die Wirkung des Rotweins schieben – aber ganz wohl war ihm dabei nicht.

Am Verkaufsstand traf er nur Monsieur Artaud Fils an. Gustav hatte sich, wie der Graf von ihm erfuhr, noch nicht sehen lassen. „Das kenne ich schon", sagte der Fotograf. „Der hat die Nacht durchgezecht. Jetzt bleibt er drei Tage weg. Da kann man nichts machen. Aber wie wär's, Monsieur – hätten Sie nicht Lust, in der Zeit für ihn den Pinguinmann zu machen?"

„Lust schon", antwortete der Graf. „aber es geht mir, offen gesagt, zu sehr auf die Nerven!"

Der Überfall

"Es ist gut", sagte der Netzflicker, der sich Pataral nannte, zu seinem Hund, und da knurrte er nicht mehr. Aber er ließ die beiden Männer, die langsam näher kamen, nicht aus den Augen.

Pataral flickte sein Netz weiter, an dem er gerade arbeitete. Er hatte nur flüchtig aufgeblickt. Der eine Mann sah wie ein Hafenarbeiter aus, der andere war unverkennbar ein Algerier. Er kannte weder den einen noch den andern. Aus Irine-sur-Mer waren sie nicht. Spaziergänger. Leute, die sich einen faulen Tag machten.

Am Montagabend hatte Neunauge diesen Besuch veranlasst, und heute war Freitag. Der Algerier war in Toulon gewesen, und so hatte Neunauges Helfershelfer warten müssen, bis er zurückkam.

Sie gingen langsam, und im Gehen orientierten sie sich genau. Außer dem Netzflicker war in dieser abgelegenen Bucht kein Mensch zu sehen. Die Fischerboote, von denen Neunauge gesprochen hatte, waren fort. Das sah also gut aus. Sie konnten es sogar nicht besser treffen. Aber sie mussten das ausnutzen, denn wenn sich da etwas änderte, wenn zum Beispiel irgendwer kam, dann war es dumm. Immerhin – so schlimm war das eigentlich auch nicht. Es war ja doch keine große Sache. Was hätte ein Fischer, der vielleicht seine Netze herbrachte, denn schon Besonderes gesehen? Drei Männer, die miteinander rauften, wobei dem einen der Hemdsärmel abgerissen wurde – nicht der Rede wert. Da passierten ganz andere Dinge. Zum Beispiel heute morgen um sechs auf dem Platz Sidi-Brahim in Marseille.

Sie blieben stehen. „Bon jour, camarade!“

„Bonjour, camarades!“, erwiderte Pataral.

„Fleißig, was?“

„Nur so viel, wie nötig ist, camarade!“, sagte Pataral.

„Richtig, Was hast du davon, wenn du dich von morgens bis abends abrackerst? Einen frühen Tod. Weiter nichts. Wir machen heute ‘mal blau.“

Der Algerier hatte sich an der Unterhaltung nicht beteiligt. Er sah nur immer auf den Hund. Der Hund gefiel ihm nicht. Es war auch gar nicht davon die Rede gewesen, dass bei dem Mann ein Hund sein sollte.

„Du hast nichts dagegen?“, fragte der andere und ließ sich auf der Erde nieder.

„Hier ist noch für viele Platz“, antwortete Pataral.

Auch der Algerier setzte sich, jedoch so, dass er auf den Hund sah, während sein Genosse das Tier im Rücken hatte.

„Zigarette?“

Pataral nahm sie und ließ die Arbeit dann liegen. Sie rauchten alle drei.

„Aus Marseille, nicht wahr?“, fragte Pataral.

Sie nickten. „Ein Laster hat uns mitgenommen. Wir wollen ums Kap nach Calelongue. Meine Tante hat da ‘ne Kneipe.“

„Ich geh’ lieber in ‘ne Kneipe ohne Tante“, sagte Pataral, und der Mann lachte.

„Schon gehört?“, fragte er.

„Was?“

„Überfall am Platz Sidi-Brahim.“

„Hier kommt keine Zeitung her.“

„Steht noch gar nicht in der Zeitung. Heute früh erst passiert.“

Pataral sah ihn an. „Na und?“

„Dreißig Millionen Francs in Scheinen. Ein Banktransport. Im Auto drei Leute von der Bank. Vier Männer, maskiert. Halten die Kanonen hoch – die drei müssen aussteigen, die vier setzen sich ‘rein und fahren mit den Millionen davon.“

„Am helllichten Tag?“

„Früh um sechs. Soll keine zwei Minuten gedauert haben. Morgenstund’ hat Gold im Mund.“

„Toutou“, sagte der Algerier, „Toutou –!“ Er warf dem Hund ein schmuddlig gewordenes Stück Zucker hin, das er aus der Jakkentasche herausgeholt hatte. Der Hund rührte es nicht an.

„Marschall“, sagte Pataral, „guter Zucker!“

Der Hund erhob sich, nahm das Zuckerstück in die Schnauze, zerknackte es und legte sich wieder hin.

„Friedlicher Kerl“, meinte der Marseiller.

„Marschall –“ sagte der Algerier missbilligend, „Militarist!“

„Und was sagt man am Alten Hafen“, fragte Pataral, „wer die dreißig Millionen hat?“

„Das war so frech und so haargenau überlegt, das kann nur einer sein!“

„Dreifinger-Joe?“

„Wer sonst? Kennst du die Geschichte mit dem Spielklub?“

„Ich hocke hier wie ‘n Robinson. Ich höre kaum noch was.“

„Den Klub hat die Polente ein Jahr lang gesucht. Aber nicht

zu finden! Jede Woche trafen sich die Leute woanders – alles Männer mit dicken Brieftaschen. Mitgliedsbeitrag: 500.000 Francs. Na rechne dir das aus! Aber Dreifinger-Joe spürt sie auf. Kommt mit zwölf Mann, nimmt ihnen die Brieftaschen ab, und dann müssen sie alle die Hosen ausziehen, und die nimmt er auch noch mit. Aber – und das ist der Witz dabei – die feinen Leute müssen schön den Mund halten – denn wenn sie ihn anzeigen, nimmt sie der Staatsanwalt hoch, weil das Spielen verboten ist, und wenn Dreifinger-Joe auspackt und verklickert, wie viel er ihnen abgenommen hat, dann meldet sich das Finanzamt."

‚Wenn der Hund nicht wär', dachte der Algerier, ‚dann wäre das gar nichts. Aber wo der Hund da ist, geht's nur mit dem Messer.'

„Jetzt hat sich da einer ein Boot gekauft. War früher ein englisches Motor-Torpedoboot. Das fährt 30 Knoten. Das kann von den schnellsten Zollkreuzern nicht aufgebracht werden."

„Wer hat das gekauft?" fragte Pataral.

„Ein Strohmann. Zehn gegen eins: dahinter steht Dreifinger-Joe."

„Will er sich jetzt auf Schmuggel legen?", fragte Pataral.

„Der macht alles."

„Dann macht er zuviel", sagte Pataral.

„Aber die Polente kriegt ihn nicht!"

„Larry Petroff kriegt ihn", sagte Pataral. „Mit Petroffs Bruder hat er mal ein Banksafe aufgebohrt, und dann hat er ihn umgebracht, weil er nicht mit ihm teilen wollte."

„Das ist nicht anständig, camarade!", sagte der Marseiller empört.

„Das ist jetzt sieben Jahre her, Petroffs Bruder sitzt noch wegen einer andern Sache – aber nicht mehr lange. Im nächsten Jahre kommt er 'raus. Und das überlebt Dreifinger-Joe nicht."

„Geschieht ihm recht", meinte der Marseiller. „Anständig muss man bleiben. Für so schräge Sachen bin ich nicht zu haben. Wenn sich mir was bietet, nehm' ich's schon mit. Niemand schenkt dir was, camarade. Aber Blut soll man nicht an die Finger bekommen."

Pataral hatte seinen Zigarettenstummel weggeworfen und sich wieder an sein Netz gemacht. „Tja", sagte der Marseiller, „dann wollen wir auch mal wieder weiter!"

Er stand auf, auch der Algerier erhob sich – und dann ging alles sehr rasch.

Der Marseiller beugte sich blitzschnell von hinten zu dem sitzenden Pataral herab und wollte ihn umreißen, damit er auf den Rücken zu liegen käme. Aber im Nu war der Hund auf den Beinen und wollte mit einem Satz dem Mann an die Kehle. Im selben Augenblick hatte der Algerier mit seinem Messer auch schon zugestoßen. Der Hund winselte auf und fiel auf die Erde zurück. Der Stich in die Wirbelsäule hatte seine Hinterbeine gelähmt.

Pataral schrie auf, als er sah, was mit seinem treuen Tier geschah. Um sich des Hundes zu erwehren, hatte der Marseiller Pataral loslassen müssen. Der sprang auf, das Messer in der Hand, das er beim Netzflicken brauchte, und ging auf den Algerier los. Der wich zurück, rasch sich duckend, und wieder wurde Pataral durch den Marseiller von hinten gepackt. Da drehte er sich um, griff mit der Linken dem Mann an die Kehle und wollte mit seinem Messer zustoßen. Doch wie ein Panther sprang der Algerier von rückwärts heran, stieß ihm sein Messer am Schulterblatt vorbei in den Rücken, und da die Muskeln getroffen waren, die den Arm heben, sank ihm mit dem Arm seine Hand, die das Messer hielt, kraftlos herab. Damit war er wehrlos. Der Algerier aber, der wie in einem Rausch alle Besinnung verloren hatte, stach noch einmal zu. Pataral brach zusammen und lag regungslos am Boden.

Der Hund lebte noch. Aber er kam nicht mehr hoch. Er vermochte nur noch eins – er konnte bellen. Er bellte wie rasend, und der Blick seiner Augen war von wilder Wut entstellt.

Der Marseiller keuchte. Das war schief gegangen. Nun hatten sie Blut an den Fingern. „Mensch", stammelte er, „Mensch …"

Der Algerier wollte auf den Hund los. „Lass das Tier!", schrie ihn der Marseiller an. „Das zerfleischt dich, du musst dich verbinden lassen, und sie haben uns!"

Es gab nur eins: sie mussten fort. Weg, verschwinden, untertauchen, sich nicht mehr sehen lassen. Nicht zu der Tante. Nicht zurück nach Marseille. Nicht mehr zusammenbleiben. Jeder musste sehen, wie er unauffällig nach Toulon gelangte. Von da kam man weiter nach Tunis.

Der Marseiller zeigte dem Algerier den Weg, den er um das Kap herum machen musste, um auf diesem Umweg die Landstraße wieder zu erreichen. Er selbst wollte den Weg zurück, den sie gekommen waren, jedoch den Ort vermeiden.

Sie gingen los. Immer noch vernahmen sie das Bellen des Hundes.

Ein jeder ging rascher. So wurde es schwächer und schwächer. Vom Dorf her hörte der Marseiller die Turmuhr schlagen.

Zehn Uhr.

GG greift ein

GG hatte das dringende Telegramm gelesen, das vom Grafen am Morgen nach seinem nächtlichen Zusammensein mit Gustav in Venay-La-Foire aufgegeben worden war, und blickte auf seine Armbanduhr. Zehn Uhr zehn. Es war dieselbe Nachricht, die er vom Chef aus Port-Vendres erhalten hatte – keine Spur zu entdecken. Jetzt war es also an ihm und Tschandru-Singh, nach der Paradiesfarm zu fahren. Durch die schlechten Erfahrungen beim Aufbruch des Chefs gewitzigt, hatte GG mit der Autofirma ausgemacht, dass für ihn ein Wagen ständig bereitgehalten wurde. Jetzt rief er ihn ab, und so konnten er und Tschandru-Singh in wenigen Minuten aufbrechen.

Aber in diesen kurzen Augenblicken fasste GG einen entscheidenden Entschluss. Was ihm all die Tage hindurch, die er hier in Marseille wartend zugebracht hatte, unbewusst zu schaffen gemacht hatte, was er nur dunkel als unbestimmt verdächtig empfunden hatte, schien ihm plötzlich ganz klar. Jetzt hatte er's!

Das Auto war da. Sie stiegen ein. „Nach Irine-sur-Mer, bitte!“, sagte GG. Sie fuhren los.

„Aber da war doch schon der Graf!“, rief Tschandru-Singh erstaunt aus.

GG war von seinem verblüffenden Einfall selbst so erregt, dass er ihn dem jungen Inder mit einer Bewegung auseinandersetzte, die sich noch steigerte, je näher er der Folgerung kam, die ihm so unausweichlich schien.

Drei Hinweise hatte der Netzflicker dem Grafen gegeben. Der erste hatte sich als ergebnislos herausgestellt, der zweite ebenso und mit dem dritten würde es nicht anders sein. Gerade dass es drei Ratschläge waren, hatte GG so misstrauisch gemacht, denn die Zahl Drei gehörte doch zum überlieferten uralten Gut der Menschen. Ursprünglich waren nur drei Jahreszeiten gezählt worden, in drei Stände war das Volk geteilt, drei Schläge machten eine Strafe aus. Im Glauben des versunkenen Heidentums hatten drei Götter Welt und Menschen geschaffen –

„Auch die Hindus haben drei“, unterbrach Tschandru-Singh, der atemlos zugehört hatte, „Brahma, Wischnu und Schiwa!“

„So ist es“, antwortete GG. „Und nach dem Glauben meiner heidnischen Vorfahren bestimmten drei geheimnisvolle Frauen das Schicksal der Menschen. Und bei dem alten Volk der Skythen, die von Innerasien herkamen, hieß es, sie stammten von drei Vätern ab. Nach den Worten der Bibel geht die neue Menschheit auf die drei Söhne Noahs zurück –“

„Weiter, Sahib, weiter!“, drängte der Inder aufgeregt, und GG fuhr fort, laut zu denken: Uraltes war noch in den Märchen lebendig, die heute erzählt oder gelesen wurden, von den drei Brüdern, von den drei Handwerksburschen, von den drei Soldaten – zu drei Meistern wurde der Junge geschickt, der etwas Rechtes lernen sollte. ‚Es waren einmal drei Reiter gefangen', hieß es in einem der schönsten Volkslieder, und in einem andern: ‚Drei Lilien, drei Lilien, die pflanzt' ich auf ein Grab.'

Hatte der Netzflicker sich nicht unbewusst selbst verraten, indem er seine angeblichen Ratschläge in die uralte Dreierformel steckte? Ein Märchen hatte er dem Grafen erzählt, mit einem Märchen hatte er ihn in die Irre schicken wollen! Nein, es hatte keinen Sinn, in die Camargue zu fahren, ehe er nicht dem Netzflicker noch einmal auf den Zahn gefühlt hatte. „Selbst wenn sich mein Verdacht als falsch erweist, dann haben wir nur einen Vormittag verloren. Die Paradiesfarm können wir bis abends erreichen."

„Oh, Sahib", sagte Tschandru-Singh glücklich, „wieder hast du gesehen, was kein anderer sah! Ich war so bekümmert, dass ich mit dir warten musste und nichts tun konnte wie die andern – aber nun bin ich dabei, wenn du das Geheimnis löst! Dem Grafen hat er entwischen können – aber du wirst ihn stellen, dir muss er die Wahrheit sagen!"

„Wir wollen es hoffen, Tschandru", antwortete GG, und da hielt der Wagen in Irine. GG wusste durch den Bericht des Grafen, dass sie die Bucht, an welcher der Netzflicker hauste, nur zu Fuß erreichen konnten, doch der Fahrer, ein junger Bursch, der zeigen wollte, was sein Wagen vermochte, fuhr doch noch ein ganzes Stück bis über die letzten Häuser hinaus. Hier aber kam er nicht weiter. GG trug ihm auf, zu wenden und dann zu warten. Aus dem Dorf waren dem langsam fahrenden Wagen Kinder nachgelaufen, und bei ihnen erkundigte sich GG noch einmal, wie er zu dem Netzflicker Pataral kam. Es war einfach genug – nur immer den Pfad an der Küste entlang. Es gab keinen andern. „Er ist bestimmt da", versicherte ein etwa vierzehnjähriges verständiges Mädchen, „Marschall hat immerzu gebellt. Ich hab's gehört."

„Wer ist Marschall?"

„Sein Hund!"

GG und Tschandru-Singh machten sich auf den Weg. Die Buben des Kindertrosses blieben bei dem Auto und seinem Chauffeur, aber das Mädchen folgte den beiden Herren aus Marseille mit einer jüngeren Freundin, jedoch nur zögernd und dadurch in einem gewissen Abstand.

Eine Viertelstunde verging, und sie kamen in die Bucht. Sie sahen an den Gestellen die aufgehängten schwarzen Netze. Hier musste es sein. Es war ganz still. Aber klang es da nicht, als winselte ein Hund?

„Sahib! Sahib!", flüsterte Tschandru-Singh entsetzt und zeigte nach vorn – und jetzt erkannte GG, was bei seinem jungen Begleiter einen solchen Schrecken hervorgerufen hatte.

Sie liefen hin.

Mitten auf seinen Netzen lag der Mann, zu dem sie wollten, mit dem Gesicht in den Netzen und rührte sich nicht. Der Hund, der nicht mehr laufen konnte, wohl aber noch zu kriechen vermochte, hatte sich bis zu seinem Herrn geschleppt und immer wieder dessen Hand geleckt, die sich nicht mehr bewegte. Jetzt aber winselte er nicht. Wieder waren da zwei böse Menschentiere gekommen. Er hatte nicht mehr die Kraft zu bellen. Er hatte nicht mehr die Kraft aufzuspringen und seinen wehrlosen Herrn gegen sie zu verteidigen. Er konnte nur noch wütend knurren und seine weißen Zähne zeigen – und das tat der treue Wächter.

„Ist er tot, Sahib?"

GG antwortete nicht. Er sah die beiden Einstiche, und alles war voller Blut. Aber es rann nicht mehr. Das war gut. Dann hatten die Messerstiche keine Arterien getroffen, die Blutungen waren zum Stillstand gekommen, der Körper hatte den Blutverlust selbst reguliert.

GG wagte nicht, den Verwundeten auf den Rücken zu legen.

Er fasste nach dessen Puls, dann vorsichtig unter den Liegenden an dessen Brust –

„Ich glaube, er lebt", sagte GG. Aber wie lange noch? Wie lange lag er schon hier?

Es konnte auf Minuten ankommen. Er riss aus seinem Notizbuch ein Blatt Papier und schrieb darauf in Französisch, der

Chauffeur solle sofort die nächste Station des Roten Kreuzes anrufen, Krankenwagen und Tragbahre bestellen. Höchste Eile nötig!

„Tschandru", sagte er dann hastig, „lauf, was du kannst, und bring den Zettel dem Fahrer! Warte dann dort, bis er dir aufschreiben kann, was er ausgerichtet hat. Dann komm wieder her!"

„Ja, Sahib!" Der Inder rannte davon.

Was jetzt? Es war ein Viertel vor elf. Die Sonne brannte schon.

Den Kopf schützen! Wasser –

GG sah sich um. Die beiden Mädchen waren in einiger Entfernung stehen geblieben und starrten von dort wie von Grauen gelähmt auf das, was vor ihnen geschah. Er ging auf sie zu. Wo gab es hier Wasser? Die ältere war sofort bei der Sache. Wasser hatte Pataral immer in seiner Höhle. „Lauf hin, bring es her!"

Sie tat es und kam dann mit einem Wasserkrug wieder. GG netzte dem Bewusstlosen von unten her die Stirn, er kühlte ihm den Nacken. Hatte der Hund begriffen, dass dieses Menschentier nicht böse war? Er knurrte nicht mehr. GG holte sein silbernes Zigarettenetui hervor, steckte die Zigaretten daraus lose in seine Tasche, goss Wasser in die hohlen metallenen Flächen und hielt dem Tier das behelfsmäßige Trinkgefäß hin. Der Hund leckte das Wasser gierig.

GG konnte weiter nichts tun. Er setzte sich neben den immer noch Bewusstlosen. Vor ihm die herrliche Weite des blauen Meeres, über ihm die erhabene Wölbung des klaren Himmels – und da, neben ihm, ein Mensch, der in Mörderhände gefallen war …

Was war hier geschehen? Bei diesem Netzflicker waren doch keine Reichtümer zu holen! Ein Streit um eine Frau? Oder war hier eine alte Rechnung beglichen worden? Warum hielt sich dieser Mann in solcher Einsamkeit verborgen? Ein unheimliches Gefühl beschlich GG. Hatte dieser Mann etwa zu viel gewusst? Er hatte den Grafen gründlich in die Irre geschickt; er hatte nicht verraten, wo Marcel Gormot sich versteckte – oder hatte er doch schon zuviel gesagt, indem er das Zeichen der Schlange angegeben hatte? Wollte der Unbekannte, der ihn niedergestochen hatte, etwa verhindern, dass er noch mehr ausplauderte?

Und wenn es nicht gelang, ihn am Leben zu erhalten, dann war der einzige Mund verstummt, von dem sie noch etwas hätten erfahren können … Zum ersten Mal hätten sie alle sich vergeblich bemüht … Nie hatten sie einen Fehlschlag erleben müssen – standen sie jetzt etwa an einer Wende? Konnte auf diesen ersten Misserfolg dann nicht eine ganze Kette folgen?

Schritte! Zwei Männer! GG erkannte ihren Fahrer und einen Herrn, der einen kleinen Koffer trug. Ein Arzt, wie sich herausstellte. Er war in seinem Wagen mit dem Arztzeichen dem Fahrer begegnet, als der zum Fernsprecher auf dem Postämtchen lief. Der Krankenwagen war schon unterwegs. Tschandru-Singh wartete an der Straße, um die Männer mit der Tragbahre herzuführen.

Gottlob, ein Arzt! Ja, man konnte den Bewusstlosen schon besser legen, aber erst wollte der Arzt die Wunden sehen. Den Pullover aufschneiden. Das Hemd wegschneiden – so, den Ärmel auch weg, hier geht es um mehr als nur ein zerschnittenes Hemd.

Der Arzt sprach vor sich hin. „Einstich zwischen Schulterblatt und Brustkorb. Wenn die Lunge getroffen wurde, sieht es faul aus. Aber sie muss nicht getroffen sein. Und was ist hier los? Stich unterhalb des Brustkorbs. Junge, Junge, hoffentlich hat der Schweinekerl nicht deine Niere getroffen … Aber was dann? Ist die Nierenkapsel kaputt, kann sie genäht werden, und wenn sie dir die Niere herausnehmen müssen, ist das halb so schlimm, der Mensch kann auch mit einer Niere ganz vergnügt leben. Jetzt mach' ich dir die Wunden sauber. So. Das hätten wir schon. Und jetzt Penizillinpuder. Gut, aber teuer. Und nun noch einen Deckel drauf! Fertig fürs erste."

Er wandte sich an GG. „Wissen Sie, Schnitt– und Stichwunden sind relativ einfach zu versorgen. Messerstiche sind immer angenehm, weil sie die Wundränder glatt lassen. Wenn die Herren mit Stuhlbeinen oder Schlagringen aufeinander losgehen, wird das viel lästiger. Nur: wie tief ist das Messer gekommen? Das ist die Frage. Aber damit soll sich der Kollege im Krankenhaus befassen.“

GG hörte gar nicht auf das, was der biedere Landarzt sagte, für den blutige Ergebnisse von Messerstechereien nichts Besonderes mehr waren. GG starrte nur immer auf den Oberarm des Bewusstlosen. Er sah da eine Tätowierung. Er sah da eine Schlange.

Jetzt fiel dem Arzt auf, worauf GG blickte. „Ja, so eine Tätowierung gehört hierzulande in dieser Preislage dazu. Schöne Sachen kriegt man da zu sehen, kann ich Ihnen sagen. Die hier hat viel Geld gekostet. Chinesische Arbeit, ich kenne mich aus.“

„Na und du?“ Damit wandte sich der Arzt dem Hunde zu, der wieder leise winselte. „Mein Lieber, du musst einpacken. Stich in die Wirbelsäule! Da ist nichts mehr zu machen. Dem muss man eine Kugel geben“, sagte er zu GG. „Sonst quält der arme Kerl sich nur.“

GG nickte. Er war von seiner Entdeckung noch ganz benommen. Stimmen, Schritte. Die Männer des Krankenautos kamen mit einer Tragbahre, Tschandru-Singh ging neben ihnen. Ein Schwarm von Dorfkindern folgte ihnen.

„Schön, dass ihr da seid!“, sagte der Arzt. „Jetzt stellt euer Sofa mal hierher – und dann drehen wir den Lazarus ganz piano ‘rum, und dabei praktizieren wir ihn auf sein Provisorium.“

Alle traten dicht heran, auch Tschandru-Singh. Er fuhr zusammen. Jetzt hatte auch er das Zeichen der Schlange gesehen.

„Sahib!“

GG fasste ihn am Arm. „Ja. Er ist es“, sagte er mit unterdrückter Stimme. „Aber kein Wort darüber, Tschandru, kein Wort!“

Die Männer hatten den Verwundeten auf der Tragbahre. Da schlug er die Augen auf. Sein Blick irrte von einem zum andern. Lauter fremde Gesichter. Aber er hörte das Winseln des Hundes. „Marschall … Marschall …“, brachte er mühsam heraus.

„Jetzt einen Kognak!“, sagte der Arzt und ging rasch an seine Kiste. Doch als er mit dem Fläschchen kam, war Pataral schon wieder bewusstlos. Kur entschlossen nahm der Arzt selbst einen Schluck und befahl dann: „Nun dalli, dalli fort! Aber keinen Dauerlauf, versteht ihr? Das Tempo geb' ich an!“ Er ging mit ihnen.

Der Hund winselte lauter. Er sah, dass sie seinen Herrn forttrugen. Er wollte ihm nach. Er versuchte sich aufzurichten und konnte es nicht.

„Wo bekomme ich hier eine Pistole her?“, fragte GG den Fahrer.

„Von mir“, antwortete der junge Mann. „Den Marseiller Taxifahrer will ich sehen, der nicht 'ne Stärkung in der Tasche hat!“

Er holte die Waffe heraus. GG nahm die Pistole. Sie war geladen. Sein Schuss erlöste das Tier, das nicht mehr zu retten war.

Mit dem Fahrer und Tschandru-Singh ging GG den andern nach. Sie waren leicht einzuholen, denn sie gingen auf dem schlechten, steinigen Weg langsam. Bei dem Kinderhaufen blieb er stehen.

„Hört mal“, sagte er, „wollt ihr nicht den Hund begraben? Er hat's verdient. Irgendein Schuft hat seinen Herrn angefallen, und da hat er ihm beistehen wollen. Aber der Kerl hat ihn gestochen. Der Doktor hat gesagt, helfen könnte man ihm nicht mehr. Da musste ich ihn erschießen. Ihr habt's ja gesehen.“

Die Mädchen sagten nichts, aber die Jungen waren bereit. „Begrabt ihn in der Bucht, wo er mit dem Netzflicker gelebt hat“, sagte GG.

„Wir wälzen einen großen Stein drüber“, rief einer, „und schreiben drauf: Hier ruht ein Hund!“

„Nein“, sagte ein anderer, „das ist nichts. Das muss heißen: Hier liegt Marschall, Monsieur Pataráls treuer Hund.“

„Ja“, sagte GG, „das ist schön. So macht es!“

Als der Verwundete in das Auto geschafft wurde, verabschiedete sich GG von dem Arzt und dankte ihm. „Davon reden wir nicht weiter“, antwortete der Landdoktor, der sich seinen etwas ruppigen Ton angewöhnt hatte, um sich härter zu machen, als er von Natur war. „Sagen Sie mir lieber, wohin geht die Rechnung? Jeder muss sehen, wo er bleibt, nicht wahr?“

Aber als er die Londoner Adresse der Gesellschaft *Ubique Terrarum* bekam, staunte er. Er schüttelte den Kopf. „Was es alles auf der Welt gibt!", sagte er. „Hoffentlich verdienen Sie auch was bei dem Geschäft!" Damit stapfte er zu seinem Wagen, den schweren kleinen Koffer in der Hand.

Der Krankenwärter

GG und Tschandru-Singh saßen im Wartezimmer des Krankenhauses, das den Patienten aufgenommen hatte. Ein Anruf im Hotel hatte ergeben, dass der Chef aus Port-Vendres noch nicht zurück war. So konnten sie hier bleiben, um noch das Ergebnis der Untersuchung zu erfahren. Tschandru-Singh hätte gern geäußert, wie stolz er war, dass sein Sahib das Rätsel gelöst hatte – aber er sah ihm an, wie beschäftigt GG in Gedanken war, und so zwang er sich zu schweigen.

Ja, jetzt war Marcel Gormot entdeckt. Aber war es nicht vielleicht zu spät? Kam er denn mit dem Leben davon? Und wenn er am Leben blieb, was doch so zu wünschen war, dann, das sah GG klar, dann begannen erst die eigentlichen Schwierigkeiten, die größer waren als die Mühe, ihn zu entdecken …

Eine Krankenschwester kam – der Chefarzt ließ GG zu sich bitten. Sie brachte ihn zu dem Professor, und nun erfuhr GG den Befund. Der Patient hatte Glück gehabt. Vermutlich war die Klinge des Messers nicht sehr lang gewesen, denn obwohl die Stöße mit großer Kraft geführt sein mussten, war bei dem oberen Einstich die Lunge nicht erreicht worden und bei dem zweiten die Niere unverletzt geblieben. Muskeln beziehungsweise Sehnen waren durchschnitten worden. Da musste gründlich genäht werden; vielleicht war eine Bluttransfusion nötig. Aber das war alles, wie der Professor meinte, ohne Bedenken; immerhin war mit vier Wochen zu rechnen.

Während der Arzt das im einzelnen genau darlegte, suchte GG

sich auch darüber klarzuwerden, mit wem er es zu tun hatte, denn davon hing jetzt viel ab. Der Chefarzt hatte einen Gelehrtenkopf, aber er hätte vielleicht auch ein Musiker sein können, und tatsächlich sah GG an der Wand, vor welcher der Arzt an seinem Schreibtisch saß, die große Fotografie eines Männerkopfes hängen, in der er den Cellisten Pablo Casals erkannte. Der Professor sprach klar, aber nicht herrisch, nein, geradezu behutsam, als gehe er nicht nur mit dem Skalpell sorglich um, sondern auch mit dem Wort, als wisse er darum, dass der Mensch mit Worten seelische Verletzungen anrichten kann, die kein Chirurg wieder zu heilen vermag. Wer zu diesem Manne gebracht wurde, so empfand GG, war bei ihm wirklich gut aufgehoben – und ihm konnte man wohl auch Ungewöhnliches zumuten. So entschloss er sich, ihm zu vertrauen.

„Herr Professor", sagte er, „nach dem, was Sie mir auseinandersetzten, zweifle ich nicht daran, dass Sie den Patienten wieder auf die Beine bringen. Aber hier müsste noch mehr geschehen. Hier handelt es sich darum, dass dem Menschen, dem Sie das Leben retten, das Leben auch wieder lebenswert erscheint, und darum müsste man sich hier sofort bemühen, solange er im Krankenhaus ans Bett gefesselt ist und nicht davonlaufen kann."

„Wer ist der Patient?"

„Das weiß ich, aber ich habe leider kein Recht, es Ihnen zu sagen."

„Er wird von einem Gericht gesucht?"

„Nein. Er sucht nur, sich selbst zu entrinnen."

Der Professor sah ihn eine ganze Weile schweigend an. Dann fragte er, nicht mehr auf französisch, sondern in einem etwas langsamen und zu sorgfältig ausgesprochenen Deutsch: „Was 'aben Sie für eine Beruf, 'err Doktor Geist, eigentlich?"

„Ich arbeite für die Londoner *Company Ubique Terrarum*."

„Was Sie nicht sagen", antwortete der Professor nun wieder in seiner Muttersprache und lebhaft. „Kennen Sie vielleicht einen Kollegen von mir, den Grafen Montfort?"

„Er ist mein Freund. Wir arbeiten seit Jahren zusammen."

„Ein ausgezeichneter Mann. Er hat schauderhaftes Pech gehabt ..." Er machte eine resignierte Bewegung, als wolle er sagen: ‚man kann nicht alles ändern, was man ändern möchte', und fragte dann: „Was kann ich für Sie tun?"

„Müssen Sie den Patienten der Polizei melden?"

„Sie bürgen für ihn?"

„Unbedingt."

„Dann spreche ich mit dem Polizeipräfekten, und die Sache bleibt unter uns."

„Man kann ihm also seinen Namen Pataral lassen", sagte GG. „Aber mir wäre noch wichtig, dass er es sehr gut hätte. Einzelzimmer. Und er müsste wie ein Herr behandelt werden – sagen wir, um einen Anhalt zu haben, wie ein Millionär. Die Kosten werden übernommen."

„Ich werde ihn auf meine Privatstation nehmen", entschied der Professor. „Das lässt sich alles machen."

„Aber ich möchte auch gern, dass mein junger Freund, der Inder, mit dem ich hier bin, immer als sein Pfleger um ihn ist, als sein Gesellschafter, verstehen Sie?"

„Warum nicht? Sie werden ja dafür Ihre Gründe haben. Ich mache Sie mit der Oberschwester bekannt, und mit ihr können Sie alles verabreden."

Als das geschehen war, verabschiedete sich GG von Tschandru-Singh. „Denk immer", sagte er, „der Mann, um den du da bist, sei ich – und tue, was du ihm an den Augen absehen kannst."

„Oh Sahib", antwortete Tschandru, „ich wollte, du wärst es und ich könnte dich pflegen! Aber es ist noch besser, dass du gesund bist!"

Ein Telefongespräch

An diesem Freitag, an dem so viel geschah, traf Gustav zwischen zwei und drei Uhr nachmittags auf dem Bahnhof St. Charles in Marseille ein, und eine halbe Stunde später klopfte er bei Monsieur und Madame Maffet an, jenem Ehepaar, dessen Wohnung Monsieur Dalmas nur im Schutz nächtlicher Dunkelheit auf so ungewöhnlichem Wege erreichte. Wir wissen nun, dass auch sie zu dem Ring der Goldschmuggler gehörten. Wer aber meint, von dem romantischen Erwerb, dem sie sich zugewandt hatten, müsse in ihrer Behausung etwas zu spüren sein, der irrt sehr. Gustav betrat eine kleinbürgerliche Wohnung von vier Zimmern; in einem Glasschränkchen der Wohnstube paradierten Schäfer und Schäferinnen aus Porzellan, auf einem Vertiko lagen große Muscheln, deren Innenseiten mit Seelandschaften bemalt waren, die Sofakissen zeigten eine auf Stramin gestickte Ansicht des Versailler Schlosses und das Bildnis eines Pudels in rosa Wolle, an der Wand hing unter Glas und Rahmen eine auf vierzig mal sechzig vergrößerte Fotografie von Monsieur und Madame Maffet im Hochzeitsstaat und, ebenso unter Glas und Rahmen, ein Diplom, auf dem in Rundschrift zu lesen war, dass Alexandre Maffet sich auf der Schule von St. Charles eines lobenswerten Wohlverhaltens befleißigt habe, weshalb sie ihn mit vielen Segenswünschen ins Leben entließ. Er war auch ein korrekter, kleiner, bescheidener Postbeamter geworden, der seinen Dienst mit vorbildlicher Genauigkeit versah. Sein Gehalt freilich blieb auch in bescheidenen Grenzen, weshalb seine Frau Frédégonde auf Geldverdienst bedacht sein musste, was überdies ihrem Temperament entgegenkam. So hatte sie sich einen Versand von Knoblauchpillen und Entschlackungstee eingerichtet, von ‚Antisol' , einem Mittel gegen Sommersprossen; ferner vertrieb sie einen Muskelstärker ‚Herkules' und einen wunderwirkenden Geradehalter ‚Adonis' für Kinder und Jünglinge (bei Bestellung bitte Taillenweite angeben). In diesem Geschäft bombardierte sie Privathaushaltungen mit ihren verlockenden Angeboten und hatte daher einen gewaltigen Postverkehr, wodurch sie die geeignete Person war, die brieflichen Weisungen zu versenden, die Monsieur Dalmas in Sachen des Goldschmuggels ausgehen lassen musste, da diese wenigen Briefe in der Flut der anderen gar nicht auffielen. So war die Wohnung des Ehepaares zur Nachrichtenstelle des Schmugglerrings geworden, und wenn Monsieur Maffet dabei seinem korrekten Wesen entsprechend auch immer wieder Bedenken hatte, so schob seine Frau sie jedes Mal energisch beiseite: „Alexandre, davon verstehst du nichts, davon weißt du auch nichts, und was du nicht weißt, das macht dich nicht heiß!"

Gustav indessen hatte nicht geschrieben, sondern war selbst gekommen, weil ihm seine Erlebnisse so unverständlich waren, dass er sie für höchst gefährlich hielt. Unter diesen Umständen hing Madame Maffet gleich zwei Handtücher nebeneinander an den Bindfaden vor dem Fenster, das auf den Hof ging, als Zeichen, dass Wichtiges geschehen war und der Besuch nicht aufgeschoben werden dürfte.

So kam denn Monsieur Dalmas in der Nacht wieder den Eisenstangenweg von Balkon zu Balkon, und auch ihn machte der Bericht Gustavs besorgt. Allerdings konnte er sich so wenig wie Gustav erklären, was dieser angebliche Zeitungsschreiber bei dem Pinguinmann eigentlich hatte erreichen wollen. Aber jedenfalls stand nun fest, dass irgendwelche dunkle Machenschaften im Gange waren – erst hatten die Unbekannten versucht, an Santi heranzukommen, und als das missglückt war, wiederholte sich der Versuch bei Gustav. Lag eine andere Auslegung näher als die, dass man ihrem Schmugglerring auf der Spur war? Bis jetzt hatten sich die verdächtigen Leute nur an Mittelsmänner der Kette gewagt – aber immerhin war dabei deutlich geworden, dass sie den Lauf der Kette kannten. War es da unmöglich, dass sie auch die wichtigste Stelle erkundet hatten, das Golddepot in der Paradiesfarm? Keineswegs, und damit war für Monsieur Dalmas ganz klar, was jetzt zu geschehen hatte: Pasquale Mezza musste gewarnt werden. Damit aber noch nicht genug. Er musste fertigbringen, was weder Santi noch Gustav hatten leisten können. Er musste den Neugierigen, der sich etwa bei ihm einstellte, unschädlich machen, und Monsieur Dalmas hatte da keinen Zweifel, dass der Korse dafür der geeignete Mann war. Nicht umsonst hatte er ihn zum Wächter des kostbaren Goldes gemacht. Pasquale Mezza war ja auch nicht allein wie Gustav und Santi – ihm standen seine fünf ausgewachsenen Söhne zur Seite.

Gustav sollte, so bestimmte Monsieur Dalmas, mit dem nächsten Zuge nach Venay-La-Foire zurückkehren, damit die Kette ja nicht lange unterbrochen wäre, und er selbst hatte sofort ein Telefongespräch, nachdem er auf seinem halsbrecherischen Wege in seine Wohnung zurückgekehrt war. Selbstverständlich hätte jeder dieses dringende Gespräch mit anhören können. Auch der misstrauischste Überwachungsbeamte hätte aus seinen harmlosen Mitteilungen keinen Verdacht schöpfen können.

„Onkel, bist du selbst am Apparat?“, erkundigte er sich, als sich die Paradiesfarm meldete.

Pasquale Mezza bejahte die Frage.

„Ja, also Irene hat geschrieben, und heute war Adele hier. Es geht ihnen gut, und sie lassen vielmals grüßen. Sie wollten euch gern besuchen, aber sie haben doch zu wenig Zeit. Du weißt ja, wie das immer ist, und ihr möchtet es doch nicht übelnehmen, dass sie nicht kommen. Dafür kommt aber höchstwahrscheinlich Tante Ernestine!“

„Tante Ernestine?!“

„Ja, nicht wahr, das ist eine Überraschung! Aber sie wird es bei euch auch gut haben! Ich kenne euch ja, Onkel! Die lasst ihr überhaupt nicht wieder weg, was?“

„Wann kommt sie denn?“

„Das hat sie Adele nicht gesagt. Aber Adele meint, das kann jeden Tag sein. Du weißt doch, wie Tante Ernestine ist: mit einem Male, bums, ist sie da!“

„Na schön. Auf jeden Fall hängen wir gleich morgen früh unser Schild heraus: ‚Herzlich willkommen!‘“

Vorsicht mit Mutter Brodart

„Wo ist Neunauge?“, fragte der Graf, als er nur den Chef, GG und Plumpudding am Freitagabend im Hotel antraf.

„Habe ich in Arles weggeschickt“, antwortete der Chef.

„Warum?“

„Sollte auf die Paradiesfarm.“

„Aber da sollte doch GG –“

„Ja. Dachte, Neunauge käme besser noch dazu. Kennt sich hier aus. Wichtiger als Tschandru.“

„Ja, das ist richtig.“

„War ganz falsch“, knurrte der Chef, „GG brauchte überhaupt nicht hin.“

„Warum denn nicht?“ fragte der Graf erstaunt. Ehe GG darauf antworten konnte, sprach der Chef schon weiter: „Weil es zwecklos gewesen wäre. Völlig zwecklos.“

Der Graf, der eben aus Venay-La-Foire eingetroffen war, verstand das nicht. Aber er hatte den Eindruck, hier hätte sich etwas ereignet.

„Und wo ist Tschandru-Singh?“

„Im Krankenhaus.“

„Ist ihm etwas passiert?“

„Ihm nicht. Aber dem Mosjöh Marcel Gormot.“

„Wem?“

„Dem Mann mit der Schlange. Den wir suchen. Vielmehr: gesucht haben. Sie kennen ihn doch.“

„Ich?“

„Waren bei ihm. Haben mit ihm geredet. Haben ihn nur nicht erkannt.“

„Wo denn? Wann denn? Und wer hat ihn erkannt?“

„Wer? Natürlich GG! Dachten Sie vielleicht – ich?“

Seinen ganzen Groll über sich selbst hatte der Chef explodieren lassen, indem er den Grafen so zappeln ließ. Nun aber beschäftigte er sich nur noch mit seiner Pfeife, und GG konnte dem staunenden Grafen Punkt für Punkt berichten, was sich ereignet hatte.

Welch eine Entdeckung! So nahe war er dem Gesuchten gewesen – und so weit hatte der ihn und den Chef fortgeschickt!

„Aber was soll denn da Neunauge noch auf der Farm?“, rief der Graf aus.

„Wird zurückgepfiffen“, erwiderte der Chef. „Warten auf seinen Anruf. War verabredet, dass er heute Abend anruft. Kann nicht mehr lange dauern.“

„Eins bedaure ich nun doch“, sagte der Graf. „Ich wäre gern dabei gewesen, als sie diese unerwartete Wendung der Mutter Brodart beigebracht haben! Ihr Gesicht hätt’ ich zu gern gesehen.“

„Waren gar nicht dort“, erwiderte der Chef. „Weiß von nichts, die Frau. Soll auch nichts erfahren. Haben nur nach London an Miller telegrafiert.“

Der Graf sah hilfesuchend auf GG. Die abgehackten Angaben des Chefs gaben doch zu wenig her.

„Ich hoffe“, sagte GG, „Sie sind mit unseren Überlegungen einverstanden. Mir sind ernste Bedenken gekommen. Der Mann hat sich viele Jahre lang verborgen gehalten. Er hat mit seiner früheren Existenz gebrochen. Er hat ein Recht, sich sein Leben einzurichten, wie er will. Er ist niemandem etwas schuldig. Haben wir da ein Recht, uns in seine Art des Lebens einzumischen? Wir haben ihn gefunden, gut. Das war unsere Aufgabe. Aber ob er sein Geheimnis wahren oder die andere Existenz, die sich ihm nun bietet, annehmen will, darüber kann er nur selbst entscheiden.“

„Das ist“, sagte der Graf ernst, „eine echte Überlegung unseres GG.“

„Wenn wir bekanntgeben, wer er ist, dann riskieren wir, dass er auf und davon geht und sich so verbirgt, dass kein Mensch ihn wiederfindet.“

„Weiß er, dass er erkannt ist?“

„Nein. Er könnte darauf kommen, wenn er merkt, dass Sie, dem er das Kennzeichen der Schlange anvertraut hat, und ich zusammenhängen. Aber vorerst ist er nicht imstande, so weit zu denken. Und dann ist, meine ich, eine große Chance, dass er jetzt festliegen muss."

„Sie sagten, GG", meinte der Graf überlegend, „er habe mit seiner früheren Existenz gebrochen. Mein Kollege muss ihn von diesen uns so unbegreiflichen Messerstichen heilen – aber es handelt sich also auch darum, dass dieser alte seelische Bruch geheilt wird."

„Ja. Er hat sich in eine falsche Existenz verkrampft."

„Ein Krampf muss gelöst werden, soll er seine Kraft verlieren – aber wie wollen Sie ihn daraus lösen?"

„Ich weiß nicht, ob wir es können. Aber müssen wir es nicht versuchen? Ich meine, wenn er erst einmal dort gepflegt wird, wie er es nicht mehr kennt – wenn er sich in Lebensformen wiederfindet, die er einmal gekannt hat, von denen er sich losriss, die nun aber wieder da sind – und wenn ihm das alles in seinem geschwächten Zustand eingeht, in dem er sich nicht dagegen sträuben kann –"

„Atmosphäre als Medizin ... ", sagte der Graf.

„Und wenn er dann wieder bei Kräften ist, muss man mit ihm sprechen."

„Sie, GG, nicht *man*."

Der Chef knurrte. Das war seine dringende Zustimmung.

„Wenn Sie meinen. Ich denke, er müsste erfahren, dass wir wissen, wer er ist. Aber zugleich muss er hören, dass sein Inkognito von uns respektiert wird, dass er in seiner Entscheidung ganz frei ist – vielleicht findet er dann zurück. Vielleicht, sag' ich, vielleicht."

„Wenn es überhaupt geht", sagte der Graf, „dann geht es nur so! GG, Sie sind mein Mann. Aber das wissen Sie ja schon."

„GG!", sagte der Chef. Er wollte ihn dadurch ehren, dass er sein Glas hob. Aber sie saßen ohne Gläser um den runden Tisch. Daher hob er nur seine kurze Pfeife, als proste er ihm zu.

„Sagten Sie nicht", fragte der Graf, „Neunauge müsste anrufen?"

„Verstehe gar nicht, warum er das nicht längst getan hat“, war die Antwort des Chefs.

„Wollen doch mal hören“, sagte GG und nahm den Telefonhörer ab.

Eine Mädchenstimme ließ sich hören: „J'écoute.“

„Mademoiselle, wir erwarten ein Ferngespräch aus Arles. Vielleicht haben Sie uns nicht erreicht?“

Er erhielt einen längeren Bescheid und legte dann den Hörer wieder auf. „Keine Verbindung mit Arles“, sagte er. „Da streiken Telefon und Telegraf aus Sympathie mit andern Streikenden.“

„Dann wird er schon von selbst herkommen“, sagte der Chef.

„Wie finden Sie das eigentlich, Chef“, fragte der Graf, „dass Sie und ich uns so völlig vergeblich bemüht haben? Ebenso gut hätten wir die ganze Zeit hier im Bett zubringen können!“

„Stimme Ihnen da nicht zu. Hatte in dem Nest ein Gespräch. Interessantes Gespräch. Würde mir fehlen, wenn ich es nicht gehabt hätte.“

GG und der Graf sahen ihn erwartungsvoll an. Berichtete er ihnen jetzt von diesem Gespräch? Aber er rauchte schweigend weiter.

„Sie werden recht haben“, sagte der Graf schließlich. „Wenn einem unterwegs etwas aufgeht, dann war man nicht vergebens weg. Das kann ich bestätigen.“

Neunauge und der Präsident Pimpon

Dass der Chef in Arles auf den Gedanken kam, Neunauge zu der Paradiesfarm zu schicken, war dem immer unternehmungslustigen Manne sehr willkommen. Obwohl Neunauge von sich selbst behauptete, es wäre ganz unerheblich, dass er in Port-Vendres nicht zur Stelle war, wie es sich gehört hätte, so wurmte ihn sein Fehler doch, und er freute sich darauf, diese Scharte vielleicht auf der Farm wieder auswetzen zu können. Allerdings war er überzeugt, dass die Unternehmung GGs überflüssig war, weil die Lösung der ganzen Sache da lag, wo er sie suchte, bei dem Netzflicker. Da ihm aber schon so manches missglückt war, hatte er nichts dagegen, mit anzusehen, wenn der siebengescheite GG einmal eine falsche Fährte verfolgte – und zum Dritten war in Marseille für ihn jetzt nichts weiter zu tun – mit seinem Mann war er ja erst auf Montag verabredet, und heute war Freitag.

Aber der Streik in Arles machte ihm einen Strich durch seine Rechnung. Es gab einen Autobus, der nach seinen Erkundigungen auf der Fahrt von Arles nach Saintes-Maries-de-la-Mer die Camargue von Norden nach Süden durchquerte, und an einer Haltestelle dieser Linie sollte ein Fahrweg nach der Farm abzweigen. Doch Schaffner und Fahrer streikten, und der Busverkehr lag lahm. Neunauge wollte sich also ein Auto nehmen. Aber aus Sympathie für die Kollegen bei den Autobussen streikten alle Fahrer der Autovermietungen mit, und vergebens ersuchte Neunauge einen der Geschäftsinhaber, ihn doch zu fahren oder ihn selbst fahren zu lassen; der Mann fürchtete, dass die Streikenden seine Firma auf die Schwarze Liste setzen würden. Nun wandte sich Neunauge an einen Hotelbesitzer, aber der behauptete, sein Wagen sei leider in Reparatur – denn wenn der Herr aus Arles heute nicht fort kam, war damit zu rechnen, dass er bei ihm übernachtete. Ärgerlich, sehr ärgerlich – doch hörte Neunauge überall, länger als bis am andern Tag um zwölf werde der Streik nicht dauern, denn das Wochenendgeschäft könnte sich die Autobusgesellschaft nicht entgehen lassen und würde daher den Streikenden nachgeben. Also musste er bis morgen in Arles bleiben. Jedoch wollte er von dieser Verschiebung nach Marseille sofort Nachricht geben. Aber auch das war unmöglich – es ging kein Telefon, es wurde kein Telegramm angenommen, denn auch die Postbeamten unterstützten die Autochauffeure und Schaffner, indem sie die Arbeit auf 24 Stunden eingestellt hatten, bis Samstag 18 Uhr.

Am andern Tag um 12 Uhr ging noch kein Autobus, aber zwei

Stunden später wurde bekanntgemacht, der Streik werde beigelegt, und der erste Autobus nach Saintes-Maries gehe 16 Uhr 30 von Arles ab. Nun hätte Neunauge sich einen Wagen nehmen können, aber seitdem er damals mit dem Grafen durch Sardinien in einem Autobus gefahren war, hatte er in keinem wieder gesessen, und er freute sich darauf, das jetzt zu tun. Als er ein Junge war, war er von Arles nach Saintes-Maries gelaufen oder hatte sich von einem Bauernwagen mitnehmen lassen. Wenn es damals schon Autobusse gegeben hätte, dann hätte er bestimmt nicht soviel Geld in der Tasche gehabt, um die Fahrt bezahlen zu können. Jetzt machte es ihm ein diebisches Vergnügen, nachzuholen, was er sich als Junge nicht hatte leisten können, und so fuhr er gewissermaßen mit diesem Bus nicht nur in die Camargue, sondern es war eine Fahrt in das Land seiner Jugend. Dumm war nur, dass die Postbeamten an ihrem Termin von 18 Uhr festhielten. Da konnte er also vor der Abfahrt nicht in dem Marseiller Hotel anrufen. Aber vielleicht gab es auf der Farm ein Telefon.

Der Andrang zum Bus war ungeheuerlich. Alles, was durch den Streik nicht hatte fahren können, wollte jetzt offenbar mit. Mit Mühe bekam Neunauge noch einen Platz, leider nicht am Fenster, und daran hätte ihm gelegen, denn er hatte sich darauf gefreut, nun alles wiederzusehen, was er als Junge hier entdeckt und sich mit den Augen erobert hatte. Doch der Herr, der neben ihm den Fensterplatz innehatte, ein auffallend kleines, spitzbärtiges Männchen, redete ihn an, bat ihn, seinen Platz einzunehmen, und war darin so hartnäckig, dass Neunauge darauf einging. „Sie sind sicher hier fremd, Monsieur?“, fragte der Spitzbart. Neunauge sah in dieser Frage ein Stichwort, das ihm eine ausgezeichnete Idee eingab. Den ahnungslosen Fremden wollte er spielen, der sich hier nach einem Bauernhofe durchfragte, um sich dort den Reisanbau anzusehen, und er hatte gehört, dass die Reisfelder der Paradiesfarm besonders gut imstande wären … Geschickt brachte er das alles vor.

„Gut, dass Sie heute kommen, Monsieur“, antwortete der

kleine Herr in etwas umdüstertem Ton. „Wer weiß, wie es hier in wenigen Jahren aussehen wird?!" Er stellte sich ihm als Emil Pimpon vor, Präsident des Vereins zur Erhaltung der Flamingos in der Camargue. „Denn die Flamingos sind bedroht, ernstlich bedroht", sagte er bekümmert. „Es ist der Fortschritt, der sie bedroht! Ja, Monsieur, der Fortschritt der Menschheit muss teuer bezahlt werden!"

So schien der Präsident des Flamingo-Vereins von Sorgen erfüllt zu sein, aber es tat ihm wohl, einem ahnungslosen Fremden die Augen für dieses Land zu öffnen, für das er zu leben glaubte; dass sich dieser angebliche Fremde in dem wilden und eigenartigen Gebiet von Jugend an auskannte, entzog sich ja seiner Kenntnis. „Ich fahre dieselbe Strecke wie Sie, Monsieur", sagte er, „und mit dem letzten Bus komme ich wieder zurück. Ich habe in Saintes-Maries nur eine kurze, aber wichtige Unterredung mit dem Bürgermeister. Ich werde mir erlauben, Sie auf alle Schönheiten aufmerksam zu machen."

„Damit werden Sie mich zu größtem Dank verpflichten", erwiderte Neunauge verbindlich, um die angenommene Rolle gut zu spielen, aber zugleich wurde ihm klar, dass er sich damit einiges aufgeladen hatte. Denn schon eine genauere Betrachtung des überaus gepflegten Spitzbarts, den Monsieur Pimpon trug, vermittelte den richtigen Eindruck, dass er es hier mit einem eitlen Männchen zu tun hatte, und er sah im Geist dessen ganze Existenz vor sich: die Flamingos der Camargue waren ihm nur ein willkommener Anlass, sich als Vereinspräsident aufzuspielen, gleich nach der Musikkapelle mit einer Vereinsfahne zu marschieren, Reden zu halten, Phrasen zu schmettern, Tagungen einzuberufen, auf Kosten der Flamingos den Verein bei Sängerfesten und dergleichen zu vertreten, vom Präfekten empfangen zu werden und schließlich Regierungsgelder flüssig zu machen. Aber Neunauge hatte sich nun einmal mit ihm eingelassen und musste die redselige Bekanntschaft über sich ergehen lassen.

„Jaja", sagte Monsieur Pimpon, „der Reis – der ist das Glück und das Unglück der Camargue, dieser einzigartigen Landschaft, dieser Insel, die von den zwei Armen der Rhône und dem Mittelmeer gebildet wird. Das Glück – schon haben wir in dem früher wüsten und fast unbewohnbaren Land mehr als zweitausend Reisfarmen, schon sind die Reisbauern hier imstande, mehr als die Hälfte des Reises zu erzeugen, der in Frankreich jährlich verbraucht wird. Noch drei, vier Jahre weiter, und wir führen keinen Reis mehr ein – aber das heißt auch, dass der Zauber des Ödlands dahin ist, und dann haben die schönsten Vögel der Erde, die Flamingos, Frankreich für immer verlassen! Schutzinseln müssen wir ihnen schaffen. Haben Sie je von der geheimnisvollen Stadt der Flamingos gehört, Monsieur?"

Neunauge ließ das im Unklaren, und der eifrig redende Herr kam auch schon wieder auf den Reis zurück. „Wissen Sie denn, Monsieur, wie überhaupt der Reis hierher gekommen ist?"

Neunauge wusste es, aber er brachte es über sich, den Kopf zu schütteln.

„Ich dachte es mir. Es ist zu wenig bekannt. Ein französischer Ingenieur, der hier aus der Gegend stammt, hielt sich in Japan auf. Er besuchte die Insel Hokkaido. Er sah, dass dort Reis angebaut wird – und zugleich machte er die Beobachtung, dass auf der Insel ein ebenso raues Klima herrschte wie in seiner Heimat! Denn wir haben ein raues Klima, Monsieur: im Sommer brennt hier die erbarmungslose Sonne der Mittelmeerländer – aber im Winter heult der eisige, alles austrocknende Mistral über das Land, vor dem sich Mensch und Tier verstecken."

Damit der Vereinsredner ihm, dem gebürtigen Marseiller, nicht auch noch Geschichten über den Mistral erzählte, warf Neunauge rasch ein: „Also muss das eine Reissorte gewesen sein, die besonders wetterfest war?"

„Richtig, Monsieur, sehr richtig!" Präsident Pimpon war über das Interesse dieses Reisenden begeistert. „Diese Sorte heißt –" Er wollte den Namen dieser Reisart nennen, aber er unterließ es. Vielleicht war dieser Mann jemand, der die Kunst des Reisanbaus und das Geheimnis der Reissorten ausspionieren wollte? Gewiss, er wollte die Flamingos retten, aber die einheimischen Reisbauern durfte er dabei nicht ruinieren. Ohne jede Verlegenheit fuhr er fort: „Wie gesagt, es war eben eine besondere Sorte, ganz recht! Der Ingenieur wollte den Samen, den er mitbrachte, durchschmuggeln. Er wurde dabei erwischt. Er musste 120000 Francs Zoll und Strafe bezahlen! Und diese Reissorte, Monsieur, reift bei uns nun achtzig Tage eher als in Japan!"

Er sagte das so stolz, als sei diese überraschende Entwicklung ihm zu verdanken, und Neunauge bekam die größte Lust, ihm eins auf die Nase zu geben. Aber er bezwang sich. Sie waren schon wieder in Fahrt, jedoch war der Autobus nur noch mit ein paar Schulkindern und zwei Bauersfrauen besetzt; es wollten offenbar nur wenige Menschen in das einsame Land. Weit verstreut lagen die Häuser in der flachen Öde – einstöckig, zu den Feldern hin offen, dazu Scheune, Schuppen und Stall, die mit Schilf gedeckt waren. Weit und endlos der Horizont, wilde Steppe, und durch die offenen Fenster des Wagens fuhr die salzige Brise des Meeres herein.

Da – eine Herde wilder Stiere! Der Chauffeur hupte heftig, um sie zu erschrecken, und das gelang ihm: die schwarzen Tiere rasten mit gesenkten Köpfen davon.

„Welch herrlicher Anblick!", rief der Präsident aus. „Sie werden noch für die Stierkämpfe in der Provence gehalten. Fürwahr, ein unvergleichlicher Anblick!"

Neunauge fand die davonstiebende Herde auch großartig, aber dieser Monsieur Pimpon wurde von Mal zu Mal schwerer zu ertragen.

„Und jetzt", rief er aus, „jetzt sehen Sie die Guardians, die Hirten. Ich bezweifle, dass Ihnen in Europa ein solches Schauspiel noch einmal geboten werden kann!"

Auf kleinen weißen Pferden mit flatternden Mähnen und langen Schwänzen jagten Reiter den flüchtenden Stieren nach. Die Männer hatten Lederhosen an, über dem blauen Hemd eine falbe Weste, auf dem Kopf trugen sie einen flachen Hut, und in der Hand hielten sie eine dreizackige Lanze. Wie Gestalten aus einer andern, längst versunkenen Welt galoppierten sie dahin – und Neunauge konnte nicht ahnen, dass er sie noch aus nächster Nähe und höchst unangenehm kennenlernen sollte …

„Bitte sehr!“ Präsident Pimpon wies mit großartiger Gebärde nach links. Eine mächtige Herde dieser kleinen weißen Pferde zog über die Steppe – ein ergreifendes Bild der Freiheit und ursprünglichen Natur. „Sie sehen, Monsieur“, dozierte er feierlich, „in Jahrtausende zurück. Diese weißen Rosse sind die Nachkommen einer Pferderasse der Vorzeit. Sie wissen oder Sie wissen es nicht, Monsieur: seit mehr als fünftausend Jahren steht das Pferd im Dienst des Menschen. Zunächst wurden nur Rudel halbwilder Tiere gehalten, dann wurde das Pferd zum Reittier, und unsere Vorfahren, die Kelten, brachten es fertig, sie vor die Streitwagen zu spannen. Diese weißen Pferde, die Sie da sehen, lassen sich wohl reiten, aber nie und nimmer vor einen Wagen spannen – noch immer leben sie in der Urzeit! Bitte das zu beachten!“

‚Auch GG‘, dachte Neunauge, ‚weiß mehr als unsereiner, und wenn man ihn fragt, so erklärt er einem das Nötige. Aber wie kommt es, dass man ihm gern zuhört, während dieser lächerliche Präsident einen lammfrommen Menschen zum Rasen bringen kann? Das ist es: der hier spielt sich auf. Was er sagt, das hat er sich zusammengelesen, aber er gibt sich den Anschein, als seien das alles seine eigenen Entdeckungen. Der Ton macht die Musik. Nein, dem gebe ich doch noch eins auf die Nase, ehe ich aussteige!‘

Nun fuhren sie an den ersten Reisfeldern vorbei, und in deren Wasserrinnen standen kleine glänzend weiße Seidenreiher oder schritten auf ihren langen schwarzen Beinen sehr graziös durch das seichte Wasser. „Herodias alba“, erklärte der Präsident, „die kostbaren Schmuckfedern der Vögel können wir leider nicht erkennen, dafür sind die Tiere zu weit entfernt. Und da – rechter Hand sehen Sie einen Purpurreiher, ardea purpurea –“

Schon waren sie daran vorbei, und dann bot sich ihnen wirklich ein überwältigender Anblick. In einem weiten flachen Wasser, das vom Meer durch eine sandige Landzunge abgetrennt war, hielten sich Tausende von Vögeln auf, wilde Enten, Reiher, Schnepfen und dazu die Menge der fremdländischen Arten. „Beachten Sie dort", verkündete Monsieur Pimpon, „die ägyptischen Ibisse, ibis aethiopica religiosa – ein Stelzvogel wie der Storch, aber mit einem sichelförmig nach unten gebogenen schwarzen Schnabel. Den alten Ägyptern war der Ibis heilig, und nach seinem Tode wurde er einbalsamiert, denn er war ein Sinnbild göttlicher Weisheit. Und drüben die Flamingos, rosenrot, mit karminroten Oberflügeln und jetzt – oh Monsieur, welch ein Glück, dass Sie diesen Augenblick miterleben!"

Wahrhaftig, was Neunauge sah, war ein zauberhaftes Schauspiel. Die Flamingos erhoben sich zu Hunderten aus dem Wasser. Zu Keilen geordnet flogen sie davon, und im Schein der untergehenden Sonne glichen ihre Flügel, die sie auf- und niederschlugen, zarten Flammen. „Sehen Sie, Monsieur", sagte Emil Pimpon von Stolz geschwellt, „der Flamingo, oder wie er auch heißt, der Flammant, trägt seinen Namen zu Recht – ein Flammenvogel, so fliegt er unter dem Himmel dahin! Nunmehr begeben sich die herrlichen Tiere in die Flamingo–Stadt. Ein Geheimnis umgibt sie. Nur wenige Menschen wissen, wo sie sich befindet, und sie verraten es nicht. Ich gehöre zu den Wissenden, Monsieur. Ich habe die Flamingo–Stadt mit eigenen Augen gesehen – aber was ich dort an Wunderbarem erlebt habe, das wird nie über meine Lippen treten!"

Der Schaffner kam und tippte Neunauge auf die Schulter.

„Nächste Station müssen Sie aussteigen!"

Neunauge machte sich dazu bereit, und Präsident Pimpon setzte zu einer Abschiedsrede an. Jedoch Neunauge unterbrach ihn erbarmungslos. „An Ihre Flamingo–Stadt", sagte er, „habe ich mich als Junge herangepirscht. Es ist gar keine Stadt. Es ist eine matschige Insel aus Salzschlamm und Vogeldreck. Es stinkt dort ekelhaft. Und der Name der Reissorte, die Sie mir verschweigen wollten, ist Ishikare Thiroku! Empfehle mich Ihnen, Herr Präsident!“

Die Tür des Autobusses schloss sich, Neunauge stand draußen mit seiner Reisetasche und winkte dem davonfahrenden Wagen nach.

Aber Emil Pimpon erwiderte seine Abschiedsgrüße nicht.

Neunauge wurde erwartet

Ein Wegweiser zeigte eine Fahrstraße nach der Paradiesfarm an, aber Neunauge sah auch einen Pfad, der abzukürzen schien, und ihn schlug er ein. Er kam über eine dünenartige Erhebung, auf der magere Tamarisken wuchsen, und da er von hier aus einen guten Überblick hatte, blieb er stehen, um sich zu orientieren. Diese Düne lag anscheinend an der südlichen Grenze eines Sumpfgebiets, das, so weit er sehen konnte, in Reisfelder umgewandelt worden war. Schnurgerade zogen sich deren Wassergräben, aus denen die Reispflanzen wuchsen, und an ihrem Gedeihen hing nun das Schicksal des Reisbauern. Das kunstvoll bebaute Gebiet grenzte gegen Westen an eine Steppe, wie er sie vorhin auch gesehen hatte, als er den Herden der Stiere und weißen Pferde begegnet war, und auf deren festem Boden, aber nahe dem Reisfeld, lag ein Gehöft. Es musste die Farm sein, zu der er wollte, denn weit und breit war kein anderes Haus zu entdecken. Neunauge stellte bei sich fest, dass sie zwar *Mon Paradis* hieß, jedoch keineswegs paradiesisch anmutete – wie das Gehöft jetzt in dem matter werdenden Licht des langsam sinkenden Abends stumm, ohne ein Zeichen menschlichen Lebens dalag, machte es einen düsteren, ja beinahe feindseligen Eindruck. ‚Der Mann', dachte Neunauge, ‚hat ja hier auch kein leichtes Leben: eine Woche lang Mistral kann ihn ein Vermögen kosten, und acht Tage Regen während der Erntezeit machen ihn bankrott!' Dass sich Pasquale Mezza gegen solche Wechselfälle durch gewinnbringende Beteiligung an einem anderem Unternehmen gesichert hatte, das von der Gunst des Wetters nicht abhängig war, konnte Neunauge nicht wissen.

Indem er nun entschlossen auf das unparadiesische Paradies zuschritt, fragte er sich, ob denn GG und Tschandru-Singh diesen Weg auch schon gegangen wären, aber er neigte dazu, das nicht anzunehmen. Vielleicht hatte der Graf etwas erfahren, das GG in Anspruch nahm – jedenfalls freute sich Neunauge darüber, dass er diese Sache hier selbständig in die Hände nehmen konnte.

Er stand vor dem Gehöft, das in einem Viereck angelegt war. Dessen offene Seite ging auf die Steppe hinaus. Das Wohnhaus lag an der Schmalseite, Schuppen und Ställe standen an den beiden Längsseiten rechtwinklig zu ihm. Alles war gut zu erkennen, denn obgleich es schon Abend war, hielt die sommerliche Helle noch gut ein, zwei Stunden an. Das Ganze machte einen altertümlichen Eindruck, als läge hier alles jenseits der Zeit. Aber ganz verlassen war man hier nicht, denn Neunauge sah Leitungen für Telefon und Licht, ja in dem Hof hing an einer mastartigen Stange eine elektrische Lampe mit einem Scheinwerfer, ähnlich wie man sie auf Fußballplätzen antrifft, wo auch bei künstlichem Licht gespielt werden soll. In der Zeit der Reisernte musste hier wohl noch nachts gearbeitet werden.

Jetzt aber rührte sich nichts. Kein Hund schlug an, keine Magd klapperte mit einem Wassereimer. Neunauge ging näher an das Wohnhaus heran. Er klopfte an eine auffallend große Doppeltür, die an ein Scheunentor erinnerte. Eine Stimme rief: „Herein!“ Sie klang voll und schwer; sie musste aus einem mächtigen Brustkasten kommen.

Neunauge öffnete und trat ein. Er stand nicht, wie er erwartet hatte, in einem Flur, sondern in dem großen und einzigen Wohnraum des Hauses. Er überflog ihn mit einem Blick, denn viel war da nicht zu sehen: an den weißgekalkten Wänden Holzbänke, in der Mitte ein großer Tisch mit Stühlen, deren Sitze und Lehnen aus Binsen geflochten waren, gleich neben der Tür (was sich wunderlich genug ausnahm) ein Telefon, ein altmodischer Apparat, bei dem man sich zwei lächerlich große Hörer ans Ohr pressen musste. Neunauge war befriedigt, dass er richtig gerechnet hatte. Von hier aus konnte er also den Chef nachher anrufen, wobei er freilich übersah, dass ein Telefon nicht von Nutzen ist, wenn man daran gehindert wird, es zu gebrauchen.

Den altväterisch wirkenden Raum beherrschte ein gewaltiger Kamin, vor dessen Feuerstätte keine Holzscheite lagen, sondern Bündel irgendeines getrockneten Krauts, und neben ihnen saß in einem alten Korblehnstuhl ein Mann zwischen sechzig und siebzig, an dem zuerst sein buschiges weißes Haar auffiel. Er schien dem Besucher kräftig gebaut, und das bartlose, von der Sonne verbrannte Bauerngesicht wirkte wie aus Stein gemeißelt. Kleine, aber funkelnde schwarze Augen.

„Habe ich die Ehre“, fragte Neunauge, „mit Monsieur Pasquale Mezza zu tun zu haben?“

„Der bin ich“, antwortete der Korse mit der Würde eines Patriarchen. „Und wer sind Sie?“

„Mein Name ist Cyprian Bombardon“, sagte Neunauge. „Das sagt Ihnen nichts, aber ich hoffe –“

„Was wollen Sie hier?“ Offenbar legte der Mann am Kamin keinen Wert darauf, über Neunauges Hoffnungen in Kenntnis gesetzt zu werden.

„Ich komme nicht in Geschäften, Monsieur Mezza“, sagte Neunauge. Er hatte nicht den Eindruck, dass der Alte am Kamin ihn zum Sitzen auffordern würde. Deshalb nahm er sich einen der Stühle, die am Tisch standen drehte ihn um und setzte sich dem Manne gegenüber. „Ich komme privat, ganz privat. Ich möchte mich bei Ihnen nur nach etwas erkundigen.“

„Ich wusste, dass Sie kamen. Ich habe Sie erwartet!“

Neunauge war so verblüfft, dass er nichts darauf sagte. Wie in aller Welt konnte der Korse wissen, dass er kam? An der Tür das Telefon – aber wer hatte denn da telefoniert?! Noch ehe er damit zurecht gekommen war, hatte er schon einen neuen Grund, sich zu verwundern, denn was der Alte nun vornahm, war auch unverständlich. Er warf eins der Bündel in die Feuerstelle, holte Streichhölzer aus der Hosentasche und zündete es an. Wieso machte sich der Mann an diesem warmen Sommerabend daran, zu heizen? Gelber Qualm entstieg dem angezündeten trockenen Zeug und wurde sofort von dem Luftzug des Kamins angezogen und mitgenommen.

„Sie waren schon in Port-Vendres?“, fragte der Alte scharf. „Und in Venay-La-Foire?“

Neunauge geriet in eine immer größer werdende Verwirrung. Wodurch wusste dieser bärbeißige Kerl in seinem weltabgeschiedenen Reisparadies von dem, was da im Gange war?! Plötzlich wurde ihm das aber ganz klar – das war ja das natürlichste von der Welt! GG und Tschandru-Singh waren also doch schon hier gewesen, und GG hatte es für richtig gehalten, den Mann über ihre Bemühungen ins Bild zu setzen. „Dann war der Doktor schon bei Ihnen, nicht wahr? Ein Deutscher, spricht aber gut Französisch, und ihn begleitete ein Inder?“

Der Korse antwortete nicht, aber er sah Neunauge so durchdringend an, dass dem unbehaglich wurde. Wenn er erst Pasquale Mezzas Gedanken hätte lesen können! ‚Also sind da eine Menge Kerle auf den Beinen’, dachte der Alte. ‚Keine Polizei. Eine internationale Bande. Klar: Dreifinger-Joe will ins Geschäft.’

Neunauge musste weiterkommen. „Was haben Sie denn mit dem Deutschen ausgemacht?“

Der Alte wandte den Kopf zum Fenster. Draußen wieherte ein Pferd. Dann waren Schritte zu hören. Die Tür ging auf. Ein baumlanger junger Mensch trat ein, der genauso gekleidet war wie die berittenen Hirten, die Neunauge auf der Herfahrt gesehen hatte. Nur hatte er keine dreizackige Lanze in der Hand. Er sprach kein Wort, sah nur kurz zu Neunauge hinüber und setzte sich dann in der Nähe der Tür auf eine Bank.

„Mein Sohn“, sagte der Alte.

„Angenehm“, erwiderte Neunauge.

Der Weißkopf warf ein neues Bündel in den Kamin, da das erste schon am Verglimmen war. Das zweite fing Feuer, und wieder stieg gelber dicker Qualm aus dem Schornstein in den Abendhimmel auf.

„Tja", sagte Neunauge, „da wissen Sie also Bescheid. Und was konnten Sie dem Deutschen für eine Auskunft geben? Sie können es mir ruhig sagen. Wir sind unser sechs und haben voreinander keine Geheimnisse. Da kann sich einer auf den andern verlassen."

‚Sechs Mann', dachte der Alte, ‚und zu dir haben sie anscheinend den Dümmsten geschickt!' Nun redete er laut, jedoch über Neunauge hinweg zu dem jungen Mann auf der Bank: „Der Herr war schon in Port-Vendres. In Venay-La-Foire war er auch, und jetzt ist er hier."

Der Sohn schwieg, aber Neunauge stellte die Sache richtig. „Das heißt", sagte er, „in Venay-La-Foire war ich nicht. Da ist unser Graf hingegangen –"

‚Aha', dachte der Alte, ‚da ist ein Eleganter dabei, dem sie den Spitznamen ‚Graf' gegeben haben. So einen brauchen sie auch, denn Dreifinger-Joe kann sich ja nirgends mehr sehen lassen, der wird sofort erkannt. Und diesen Schwätzer hier brauchen wir nur noch weiterreden zu lassen, dann erfahren wir genug!'

Neunauge wurde ungeduldig. Zum Kuckuck, jetzt hatte er schon drei Fragen an den Alten gerichtet, aber der hatte nicht eine beantwortet! „Also wie ist es?" fragte er energisch. „Wie steht die Sache?"

Der Mann im Lehnstuhl antwortete nicht. Er wandte nur wieder den Kopf zum Fenster. Ein Pferd war zu hören. Es musste heranjagen, denn der Aufschlag der Hufe trommelte dumpf auf den Boden. Ein Ruf draußen. Schritte. Die Tür ging auf. Wieder trat ein baumlanger junger Mann herein, der dem ersten zum Verwechseln ähnlich sah. Er blickte zu den beiden Männern am Kamin hinüber und setzte sich dann stumm auch in der Nähe der Tür auf eine Bank, aber nicht etwa neben den ersten, sondern so, dass jetzt der eine links, der andere rechts von der Tür saß.

„Mein Sohn“, sagte der Alte.

„Angenehm“, erwiderte Neunauge, wieder flog ein trockenes Bündel in den Kamin, und Neunauge setzte von neuem an, um hier endlich klarzusehen. „Monsieur Mezza“ , sagte er, „wenn der Deutsche schon hier war, hat es ja keinen Zweck, dass ich noch lange bleibe. Ich habe allerdings noch etwas Zeit, denn wenn mich einer Ihrer Söhne an die Haltestelle bringt, bekomme ich den letzten Bus nach Arles. Aber ich möchte doch wissen, woran wir sind. Also bitte: was haben Sie mit dem deutschen Doktor ausgemacht?“

„Hier war kein deutscher Doktor“, erwiderte der Alte langsam.

Das war bestürzend, und Neunauge wurde sehr unruhig. Was hatte denn das alles nur zu bedeuten? GG war nicht hier gewesen, und trotzdem wusste der Alte merkwürdig genau Bescheid! „Es war niemand hier?“, fragte er hastig.

„Sie sind ja jetzt da“, antwortete der Alte. „Wir haben Sie erwartet. Das sagte ich Ihnen schon.“

„Aber woher wissen Sie denn –“

Pferdegetrappel. Menschenstimmen. Die Tür ging auf. Ein Mann trat ein, älter als die andern, aber auch sehr groß und in der Tracht der Hirten.

„Mein Sohn“, sagte der Alte.

„Angenehm“, erwiderte Neunauge. Doch ihm war das Ganze alles andere als angenehm. Er fand sich hier nicht zurecht. Er spürte, dass sich um ihn etwas abspielte, das er nicht durchschaute, aber es war nichts zu greifen – der Alte sprach wohl, doch das wenige, was er sagte, verwirrte nur noch mehr. Es war, als wenn Neunauge durch die gefährlichen Salzsümpfe der Camargue im Nebel tappen müsste …

Die Tür ging. Noch so ein großer Kerl trat ein und setzte sich stumm zu den andern.

„Mein Sohn“, sagte der Alte.

„Angenehm“, erwiderte Neunauge, machte aber dann einen Versuch zu spaßen: „Wie viel solcher Riesen kommen denn noch?“

„Noch einer", antwortete der Mann am Kamin. „Dann sind wir soweit."

Er war auf den etwas krampfhaft scherzenden Ton Neunauges nicht eingegangen. Im Gegenteil, seine Antwort hatte unverkennbar einen drohenden Klang. Für einen Augenblick war es Neunauge, als sei er in seine Kindheit zurückverwandelt und empfände wieder das Grauen, als er erfuhr, dass sich der kleine Däumling in das Haus der menschenfresserischen Riesen verirrt hatte. Aber Wetter nicht noch einmal, hier musste er doch klar Schiff machen können! Jetzt trat der fünfte ein, der letzte, der durch die Rauchzeichen herbeigerufen worden war. Mittlerweile war es dunkel geworden, und der eben Gekommene, war auch von gewaltigem Wuchs, trat an den Tisch, über dem eine elektrische Birne ohne einen Schirm an einem Bindfaden von der Decke herabhing. Er drehte die Birne fest, und es wurde hell. Anscheinend besaß die Leitung keinen Schalter.

„Monsieur Mezza", sagte Neunauge, „ich bitte Sie, jetzt klar und deutlich sich darüber zu äußern, wer Sie auf mein Kommen aufmerksam gemacht hat und was Sie von der Angelegenheit wissen, in der ich hier bin. Wenn Sie das nicht wollen, dann haben Sie die Güte, mich an die Haltestelle bringen zu lassen, denn im Dunkeln finde ich den abkürzenden schmalen Weg nicht."

„Du glaubst doch nicht, mein Junge", antwortete der Korse, „dass wir dich hier wieder weglassen!"

Neunauge fuhr auf. Der veränderte Ton, in dem der Alte sprach, war erschreckend. Neunauge sah sich um – auch die vier Riesen hatten sich erhoben, der fünfte stand noch am Tisch. Jäh wurde dem bedrängten Mann wieder bewusst, was er von den Fahrten in den Urwäldern Brasiliens noch in Erinnerung hatte: wenn von einem wilden Stamm sich nur Männer sehen ließen, dann war das ein böses Zeichen – dann hielten sich Frauen und Kinder versteckt, weil es zu einem Kampf kommen sollte … Aber du liebe Zeit, er war doch in einem zivilisierten Lande, mit Autobusverbindung zur nächsten Stadt! Er setzte sich wieder und sagte mit erzwungener Ruhe: „Daraus, dass Sie mich jetzt duzen, sehe ich mit Vergnügen, dass Sie mich zu Ihren Freunden rechnen, aber ich möchte Sie darauf hinweisen –"

Weiter kam er nicht. „Du bist unser Freund nicht", sagte der Alte, und das klang nun wirklich gefährlich. „Du hast in Port-Vendres spioniert, in Venay hat euer ‚Graf' spioniert – und jetzt willst du hier spionieren –!"

Neunauge saß dem Korsen gegenüber und sah ihm ins Gesicht. Die fünf Enakssöhne hatte er im Rücken, und er hörte, dass sie ihm langsam näher kamen. Aber er blickte sich nicht nach ihnen um. Das hätte ausgesehen, als habe er vor ihnen Angst!

„Jetzt ist es klar", sagte er, „hier liegen Missverständnisse vor. Niemand von uns gibt sich dazu her, etwas auszuspionieren."

„Und weshalb bist du hergekommen?", fragte der Alte.

Es war fatal, die fünf Kerle hinter sich zu wissen, aber Neunauge war sich ja keinerlei Schuld gegen diese ungewöhnlichen Menschen hier bewusst, und es musste doch möglich sein, diesen alten Mann und die fünf Rinder- und Pferdehirten davon zu überzeugen, dass sie sich von ganz unsinnigen Vermutungen leiten ließen.

„Leider bin ich noch nicht dazu gekommen, Ihnen das auseinanderzusetzen", erwiderte Neunauge, „und daher das ganze Missverständnis. Aber wir wären wahrscheinlich schon weiter, wenn Sie mir gesagt hätten, wer Sie vor mir gewarnt und damit bei Ihnen völlig falsche Vorstellungen erweckt hat. Wir sind auf der Suche nach einem gewissen Marcel Gormot, der vor Jahren Lyon verlassen hat und seitdem als unauffindbar gilt. Es wurde uns gesagt, dass Sie, Monsieur Mezza, ihm begegnet sein könnten. Wahrscheinlich unter einem andern Namen. Aber er hat ein untrügliches Kennzeichen: in seinen rechten Oberarm ist eine Schlange tätowiert! Und um Sie danach zu fragen, bin ich hier."

Der Alte äußerte sich nicht. Auch bei den Söhnen rührte sich nichts. ‚Aha', dachte Neunauge, ‚die Wahrheit wirkt schon. Aber bei diesen einsamen Sumpf- und Steppenmenschen braucht es Zeit, bis sie so etwas ganz aufgenommen haben.'

Jetzt brach der Vater der Riesen das Schweigen. „Und wer hat dir das gesagt, dass ich den Mann mit der Schlange kenne?"

Am liebsten hätte Neunauge klipp und klar geantwortet. Unzweifelhaft war er auf dem Wege, gewisse Bedenken gegen seine Person zu zerstreuen. Weiß der Himmel, wie sie hatten wach werden können, aber sie waren eben da. Und wenn er sich jetzt auf Pataral berief, dann war er sicher in den Augen des Korsen gut ausgewiesen – wenn er dagegen die Antwort verweigerte, machte das auf diese einfachen Leute wieder einen schlechten Eindruck. Aber nein – er wollte vorsichtig sein. Er wollte keinen Fehler machen, und er machte so leicht einen Fehler. So antwortete er hinhaltend: „Da müsste ich erst mit meinen Freunden sprechen, ob sie damit einverstanden sind, dass wir unsere Quelle bekanntgeben."

Wieder brauchte der Alte einige Zeit, seine Sätze zu verdauen. Dann fragte er langsam: „Und wer sind deine Freunde?"

Jetzt war Neunauge beruhigt. Nun war er auf sicherem Boden. „Ich bemerkte schon", so fing er selbstsicher an, „wir sind sechs. Außer mir ein Inder, den ich schon erwähnte, und dann ein Ire, namens Patrick Cromby. Uns steht mein Freund, der Graf von Montfort-Darifant-Croy, zur Seite, ein bedeutender Mediziner, außerdem der deutsche Doktor, von dem ich schon sprach, und schließlich ein Engländer, den man ohne Übertreibung als einen Mann von Eisen bezeichnen kann. Und wir sechs arbeiten nicht etwa auf eigene Faust, sondern stehen im Dienst der Londoner Gesellschaft *Ubique Terrarum*. Das ist lateinisch und heißt *Überall in der Welt*. Denn das Ziel dieser Gesellschaft ist, überall in der Welt da zu helfen, wo ein Mensch in Not oder Bedrängnis geraten ist –"

Er kam nicht weiter. Der große Raum erdröhnte von Gelächter. Die Riesensöhne waren es, die sich nicht länger hatten beherrschen können, und dann lachte auch der Alte schallend. „Ein Inder", rief er, „ein Engländer, ein Ire, ein hochgeborener Graf, ein Deutscher – und du bist ein echter Marseiller Aufschneider, was?"

Neunauge war empört. „Dass man von uns oder der Gesellschaft in der Camargue noch nichts gehört hat, kann mich nicht in Erstaunen versetzen. Aber draußen in der Welt – da kennt man uns! Da weiß man uns zu schätzen! Gehen Sie in den Maghreb, fragen Sie, wer dort dem Pascha Sidi Mohammed Abdullah, dem Herrn der Berge, zum Sultansthron verholfen hat – fragen Sie in Malaya den jungen Radscha Muda, wer ihn bei der Palastrevolution rettete! Überall werden Sie als Antwort erhalten: die sechs von *Ubique Terrarum*!"

Jetzt brach kein Gelächter los. Jetzt hatte er sie geschlagen.

Neunauge war befriedigt. Was sie zustande gebracht hatten, sprach eben doch für sich selbst. Aber der Alte riss ihn aus seiner Selbsttäuschung. „Und wann", fragte er, „wart ihr sechs auf dem Mond?"

Die Söhne wieherten geradezu vor Vergnügen. Um nicht vor Heiterkeit zu platzen, schlugen sie sich auf die Schenkel, dass es knallte.

Nun hatte Neunauge aber genug. Er stand auf und sagte: „Wer von Geburt dumm ist, der kann sich auch in Paris keinen Verstand kaufen. Ich habe darum gebeten, dass man mich zur Haltestelle begleite. Ich verzichte darauf. Lieber will ich im Salzschlamm ersticken, als dass ich Ihre Hilfe in Anspruch nehme!"

Damit wandte er sich zur Tür, und im Nu war es aus mit dem Gelächter.

Der Alte war aufgesprungen. „Hast du noch nicht kapiert", rief er, „dass du hier nicht davonkommst?"

Zwischen Neunauge und der Tür standen die fünf riesigen Gestalten. Jetzt wurde es ernst. Warum sie ihn nicht fortlassen wollten, verstand er nicht – aber dass sie drauf und dran waren, ihn zu überwältigen, daran konnte er nicht mehr zweifeln. Er begriff, dass er wehrlos war. Wenn er seine Pistole in der Tasche gehabt hätte! Aber wer rechnete damit, hier in der Heimat eine Waffe einstecken zu müssen!

„Ich mache Sie drauf aufmerksam", sagte Neunauge fest, „dass es strafbar ist, einen Menschen der Freiheit zu berauben, und ich verlange von Ihnen – geben Sie mir den Weg frei!"

Ein Kampf war aussichtslos. Für Neunauge konnte es nur noch darum gehen, sich in der verzweifelten Situation würdig zu benehmen. Er sah, dass alles wohl vorbereitet war. Mit einem Male hatten die wilden Hirten Stricke zur Hand. Die Männer stürzten sich auf ihn. Sie banden ihm die Hände auf dem Rücken zusammen und dann auch noch die Füße.

„So, mein Junge", sagte der Alte, „und nun will ich dir genau sagen, was dir blüht. Du hast gesagt, wir wären dumm geboren. Das kann ja sein. Aber so dumm sind wir nicht, dass wir deine Schwindelgeschichten glauben. Wenn du uns jetzt sagst, wer dich hierher geschickt hat und was du hier gewollt hast, dann lassen wir dich los und bringen dich auch noch an die Haltestelle. Aber komm uns nicht wieder mit dem Schlangenmann! Sag die Wahrheit oder es wird dir leid tun!"

„Ich habe nichts anderes zu sagen, als was ich gesagt habe, denn das ist die lautere Wahrheit!"

„Schön. Aber vielleicht besinnst du dich, bis dir die wirkliche Wahrheit einfällt. Und da helfen wir ein bisschen nach. Draußen im Schuppen schmeißen wir dich in eine Ecke, und da bleibst du liegen, bis dir die richtige Wahrheit eingefallen ist. Dass du schreist, hat keinen Zweck. Da hört dich niemand. Davon wirst du nur heiser. Und dann vergiss eins nicht, du Lügenerzähler: in der Camargue kann einer verschwinden, ohne dass irgendeine Spur von ihm aufzufinden ist!

Also – wie ist es?"

Neunauge sah den Alten fest an und schwieg.

„Alsdann!" sagte der Alte.

Zwei packten ihn am Kopf und den Füßen und schleppten ihn aus dem Haus. Er spürte frische Luft. Dann die dumpfe eines dunklen Raums. Sie warfen ihn nicht eben sanft in eine Ecke. Er fiel weich. Hier schienen Säcke zu liegen, und wie einen schweren Sack hatten sie ihn dazugetan.

Sie gingen. Tür zu. Der hölzerne Riegel klappte herunter. Jetzt schlug die Haustür zu. Nun alles still.

Neunauge konnte sich nicht rühren. In kläglichem Zustand lag er da. Was er sich gewünscht und erhofft, was er sich erträumt hatte, war elend zusammengefallen. Aber er wusste, woran er sich immer noch halten konnte.

‚Der Graf denkt an mich', dachte er. ‚GG findet mich', dachte er. ‚Der Chef holt mich hier 'raus', dachte er, und sooft seine Spekulationen schon fehlgeschlagen waren – hierin irrte er nicht.

Zwar hatte die Männer in Marseille an diesem Samstag erst etwas ganz anderes beschäftigt. Aus London war auf ihre Nachricht das Antworttelegramm eingetroffen. Ach, sie kannten das ja. War es nicht immer so gewesen, dass Arthur Miller, der Generaldirektor der *Company Ubique Terrarum*, ungeduldig auf ihre Erfolgsmeldung wartete, weil er darauf brannte, sie an einen andern Fleck der Welt zu schicken, wo ihre Hilfe höchst nötig war? Aber sie wurden überrascht. Diesmal hatte sein Telegramm einen andern Inhalt: „Sehr erfreut über rasche Erledigung. Herzlichen Glückwunsch. Eintreffe Marseille Montag 16 Uhr. Bitte sich ab 17 Uhr und Abend freihalten für Besprechungen. Miller."

Das war ungewöhnlich. Bis jetzt war Miller, dessen Ideen die Gesellschaft ihre Existenz verdankte, nur ein einziges Mal zu ihnen gekommen, damals in Tombstone, als Figur noch lebte, als ihr Team auseinanderzufallen schien. Was war jetzt geschehen, dass er, der nicht mehr der Jüngste war und überdies mit seinen Kräften haushälterisch umgehen musste, die Strapazen dieser Reise auf sich nehmen musste? Aber alles Herumraten hatte keinen rechten Sinn. Am Montag also, in zwei Tagen, würden sie es erfahren.

„Es geht auf keinen Fall", sagte GG, „dass wir sofort woandershin aufbrechen. Wir sind noch nicht fertig. Ehe ich nicht mit Marcel Gormot ins reine gekommen bin, gehe ich hier nicht fort."

Chef und Graf stimmten ihm zu. Aber jeder der beiden dachte an das, was sie so beschäftigt hatte, als sie unterwegs gewesen waren: sollte es denn überhaupt immer wieder so weitergehen?

Doch der Graf schob diese bedrückende Überlegung von sich weg. Das musste eben mit Miller ausgefochten werden. Also noch zwei Tage Zeit. Jetzt war etwas anderes dringlicher: Wo blieb denn Neunauge?

Die Telefonzentrale des Hotels hatte sie auf ihre Anfrage hin darüber unterrichtet, dass der Streik des Telefonamtes in Arles am Nachmittag um 18 Uhr beendet sein würde. Aber auch dann hörten sie von Neunauge nichts. Nun war er schon 31 Stunden unterwegs, ohne sich zu melden! Immerhin konnte man bei ihm mit ungewöhnlichen Vorkommnissen rechnen, und vielleicht hätten sie nichts weiter unternommen, wenn nicht Tschandru-Singh aus dem Krankenhaus mit einer beunruhigenden Nachricht gekommen wäre. Das heißt, dem Patienten ging es den Umständen entsprechend, die Operation war gut verlaufen, er schlief jetzt und würde dank dem Schlafmittel, das er bekommen hatte, lange schlafen, weshalb Tschandru-Singh es sich erlaubt hatte, ins Hotel zu kommen. Bei der Operation nämlich –

„Ist doch etwas passiert?"

Nein, nein, Tschandru-Singh bat sehr um Entschuldigung, er hatte sich falsch ausgedrückt, vor der Operation, ehe sie den Patienten narkotisierten, damit er von der Operation nichts spürte, hatte Marcel Gormot noch etwas gesprochen – unzusammenhängende Worte, sinnlose Worte, sagte die Operationsschwester, die das Tschandru-Singh erzählt hatte, erfreut darüber, dass sie im Gespräch mit dem Inder ihr Schulenglisch wieder auffrischen konnte –

„Was hat er gesagt?"

Die Operationsschwester hatte lachen müssen, als sie es erzählte, aber vielleicht war es gar nicht zum Lachen – „Vorsicht … ", hatte er gemurmelt, „Vorsicht im Paradies …"

Vorsicht im Paradies, wo Neunauge war?! Hörten sie etwa nichts von ihm, weil er unvorsichtig gewesen war? Rief er bei ihnen nicht an, weil ihn jemand daran hinderte?

„Hin!", sagte der Chef, und Plumpudding holte sofort die Karte, nach der sie die Strecke auf dem Wege nach Port-Vendres gefahren waren.

„Aber es ist ja keineswegs sicher", sagte der Graf überlegend, „dass Neunauge in der Paradiesfarm steckt. Es kann ihm etwas passiert sein, bevor er dort war –"

„Möglich ist natürlich auch, dass er dort sitzt", meinte GG.

Der Graf nickte. „Ebenso möglich", sagte er, „dass er dort war, und dann ist mit ihm auf dem Wege zu uns etwas geschehen."

„Steht fest", äußerte der Chef bestimmt, „er war in Arles. Habe ihn selbst hingebracht. Muss dort gesehen worden sein. Da fängt seine Spur an."

„Wie spät? Zwanzig Uhr. Bis Arles 84 Kilometer. Um 22 Uhr könnten wir dort sein."

„Wie weit die Strecke bis Saintes-Maries?"

„Höchstens vierzig Kilometer", sagte der Graf.

„Brauchen gar nicht so weit", entschied der Chef. „Die Farm liegt zwischen den beiden Städten."

„Chef", sagte der Graf bedenklich, „mitten in der Nacht quer durch die Camargue? Wie wollen Sie da die Farm finden?"

„Muss gehen!" Der Chef war von wilder Entschlossenheit. Etwas tun! Nicht herumraten und herumtifteln! Handeln!

„Vielleicht können wir in Arles einen Führer bekommen", sagte GG.

„Selbstverständlich. Schlimmstenfalls Polizei. Plumpudding, Auto! Fahre selbst. Meine Herren, in zehn Minuten Aufbruch. Bitte die Pistolen!"

„Sahib ...", flüsterte Tschandru-Singh flehend, „Sahib ..."

„Nein, Tschandru", antworte GG freundlich, aber bestimmt, „dein Platz ist im Krankenhaus – bei mir!"

Wo ist Neunauge geblieben?

Indem sie die Hotelhalle durchschritten, um sich zu dem vorgefahrenen Wagen zu begeben, blieb GG an dem Verkaufsstand der Zeitungen stehen.

„Wollen doch nicht etwa jetzt Zeitung lesen?“, fragte der Chef unwirsch.

Trotzdem kaufte GG die letzte Ausgabe der Marseiller Zeitung und überflog sie stehend. Als er dann an das Auto kam, saßen die anderen schon darin. Der Motor lief. GG hatte die Tür noch nicht geschlossen, als der Chef bereits losfuhr. Er sagte kein Wort, aber es war ihm deutlich anzumerken, dass er diese Verzögerung missbilligte.

„In Arles“, sagte GG, als sie durch die Stadt fuhren, „haben nicht nur die Postbeamten gestreikt, sondern auch die Angestellten der Buslinien und die Chauffeure.“

„Tja“, meinte der Graf hinterhältig, „was man nicht so alles durch die Zeitung erfährt! Da ist unser guter Neunauge vielleicht von Arles gar nicht fortgekommen!“

„Seit heute Nachmittag ist der Streik zu Ende“, berichtete GG weiter. „Das Telefon ging seit 18 Uhr wieder.“

„Neunauge hat aber nicht angerufen“, knurrte der Chef.

„Wir können wohl als sicher annehmen, dass er von gestern auf heute in Arles übernachtet hat“, sagte der Graf – und damit hatten sie die erste Spur, der sie folgen konnten.

Zwanzig Minuten vor zehn war es, als sie, von Salon-de-Provence kommend, Arles in der Avenue Victor Hugo durchfuhren, und jetzt verlangsamte der Chef das schneidige Tempo, das er während der ganzen Fahrt durchgehalten hatte.

„Welches Hotel?“, fragte er, als ob das auch in der Zeitung gestanden hätte.

„Wie ich meinen Neunauge kenne“, antwortete der Graf, „geht er grundsätzlich in das angesehenste, in diesem Falle also in den

Julius Cäsar. Es ist übrigens auch interessant, liegt in einem ehemaligen alten Kloster und hat eine bemerkenswerte Kapelle."

„Bitte!", sagte der Chef, und der Graf wies ihn an, nur geradeaus weiterzufahren. Stopp! Sie waren da. Der Chef blieb am Steuer sitzen, Plumpudding neben ihm; der Graf und GG begaben sich in das Hotel und verhandelten mit dem Herrn vom Empfang. Gewiss, Monsieur Bombardon hatte hier übernachtet, Zimmer 125, nachdem er trotz allen seinen Bemühungen gestern keinen Wagen hatte auftreiben können, und heute Nachmittag 16 Uhr 30 war er mit dem Autobus Richtung Saintes-Maries abgefahren.

„Mit Gepäck?"

„Jawohl. Allerdings hat er bemerkt, vielleicht kehre er mit dem letzten Autobus zurück, und mich gebeten, ihm für den Fall Zimmer 125 bis 23 Uhr zu reservieren."

„Wann kommt der letzte Autobus hier an?"

„In 45 Minuten, 22 Uhr 30, auf dem Platz der Republik, unmittelbar vor dem Postamt. Darf ich für die Herren Zimmer notieren?"

Nein; sie antworteten, es würde wohl elf Uhr werden, bis sie sich entschieden hätten.

Zum Platz der Republik waren es nur ein paar Schritte, aber der Chef fuhr sie hin und hielt dort an dem Obelisken, der einmal in dem römischen Zirkus der Stadt gestanden hatte. Jemand riss von außen die Wagentür auf, und den Aussteigenden hielt ein schmaler, aufgeschossener Siebzehnjähriger die hohle Hand hin. Aber ehe der Graf etwas hineingelegt hatte, war der junge Bursch schon im Schatten des Rathauses verschwunden. Er hatte nämlich zwei Polizisten erspäht, die langsamen Schritts von der Straße der Republik her den lampenerhellten Platz überqueren wollten.

Die Herren hatten ihn nicht beachtet. Auch die berühmte Kirche *Saint Trophime* interessierte sie nicht, deren weitberühmtes Portal Tag für Tag Reisende anzieht. Sie gingen vor dem reizlosen Postgebäude auf und ab und überlegten die Lage.

Neunauge war also heute abgefahren, ehe er hatte telefonieren können. Ohne allen Zweifel hatte er sich von hier auf die Farm begeben – warum aber hatte er dann nicht von der Farm aus angerufen?

„Hat die Farm Telefon?“, fragte der Graf.

Eine Reisfarm hat doch Telefon! Ein Telefonbuch! – Aber die Post war geschlossen, keine Telefonzelle auf dem Platz. „Nachher im Hotel“, sagte der Chef.

„Wenn Neunauge damit rechnete, dass er heute noch wieder hierherkam, hatte er sicher vor, von hier aus zu sprechen“, meinte der Graf.

Es kamen Leute und blieben an der Post stehen. Entweder wollten sie Fahrgäste des Autobusses abholen, oder es gehörte in der kleinen Stadt zur Abendunterhaltung, dessen Ankunft beizuwohnen. Die beiden Polizisten standen im Schein einer großen Straßenlaterne, und aus dem Dunkel tauchte der Halbwüchsige wieder auf. Die Hände in den Taschen, schob er an den Polizisten vorüber, als genieße er es, dass sie ihm nichts vorwerfen konnten.

Jetzt donnerte der hell erleuchtete große Autobus heran und hielt. Ein einziger Passagier entstieg ihm, ein auffallend kleiner Herr mit einem Spitzbart. Von Neunauge war nichts zu sehen. Der Graf zog seinen Hut: „Entschuldigen Sie, Monsieur, wir erwarten hier jemand, leider vergebens. Kommt der Bus an der Paradiesfarm vorbei?“

Präsident Pimpon gab einen ausführlichen Bescheid, wo man aussteigen musste, wenn man zur Farm wollte, und wo man selbstverständlich auch wieder einsteigen konnte, wenn man zurück nach Arles wollte. Aber es hätte dort niemand gewartet. „Die Herren sind hier fremd?“ Der Graf nickte. „Jaja“, wiederholte Monsieur Pimpon, „wie gesagt, außer mir war keine einzige Person bei der Rückfahrt, und nachmittags war es voll wie in einer Sardinenbüchse!“

Wie interessant – der Herr war heute 16 Uhr 30 weggefahren?

Hatte er da vielleicht, obwohl der Wagen anscheinend überfüllt gewesen war, einen Herrn gesehen, der – und der Graf beschrieb Neunauges Äußere so haargenau, dass Monsieur Pimpon nicht im Zweifel sein konnte, nach wem er da gefragt wurde.

„Allerdings“, sagte er, war jedoch auf einmal wie von Eis, „dieser Herr war mit im Autobus. Er hat neben mir gesessen. Ich habe ihm, um ihm gefällig zu sein, meinen Fensterplatz eingeräumt. Er ist an der Haltestelle zur Paradiesfarm ausgestiegen. Und wenn Sie ihm begegnen sollten, dann richten Sie ihm bitte aus, dass es ihm an jeder Erziehung fehle! Gute Nacht, meine Herren!“

Damit zog nun er seinen Hut und ging in dem stolzen Gefühl davon, sich auf eine würdige Art mit einem Unwürdigen auseinandergesetzt zu haben. Aber der Halbwüchsige sang laut über den Platz: „Pim-pim-pim, pom-pom-pom!“, und machte dabei Handbewegungen, als schlüge er eine große Pauke. Alle Leute aus Arles lachten, die Polizisten lächelten, aber der kleine Präsident schrie wütend über den stillen Platz: „Keine Ehrfurcht mehr bei Jung und Alt! Kein Respekt! Keine Autorität! In Anarchie geht alles unter, in Anarchie!“

Da schien Neunauge ja mit dem Männchen einen schönen Auftritt gehabt zu haben – aber nun war wenigstens sicher, dass er zur Farm gefahren war. Und höchstwahrscheinlich war er noch dort! GG hatte den Fahrer des Autobusses aufgesucht, der den Wagen ins Depot fahren wollte. Konnte man jetzt nach der Paradiesfarm gelangen? Der Mann schüttelte den Kopf. Jetzt in der Nacht? Freilich, es ging eine Straße hin – aber wie wollten sie sich da zurechtfinden, wenn sie fremd waren? „Ehe Sie es sich versehen, sitzen Sie da mit Ihrem Wagen im Salzschlamm, und dann gute Nachricht, Mariechen!“

Ob er nicht vielleicht mit ihnen führe, fragte GG. Es käme da auf einige tausend Francs nicht an. Der Mann lehnte energisch ab. Morgen früh um sechs müsse er wieder aus den Federn. Nein, das wäre nichts für seiner Mutter Sohn. Mit seinen Knochen muss man schonend umgehen, dann halten sie um so länger.

Die Leute hatten sich wieder verlaufen, die Polizisten waren weitergegangen. Der Platz war leer. Der Fahrer kletterte in seinen Wagen und schloss die Tür. Aber dann beugte er sich noch einmal aus dem offenstehenden Fenster: „Nehmen Sie da den Oustalou!“, sagte er lachend. „Der kennt sich aus! Wenn der nicht schon mal auf der Farm den Hühnerstall nach Eiern revidiert hat, will ich Mops heißen!“ Damit ratterte er davon.

Das Team sah in die Richtung, in die er sie gewiesen hatte. Da hockte unter der Laterne, in deren Schein die Polizisten gestanden hatten, der Halbwüchsige und zog mit ausgehöhlten Backen an einem Zigarettenstummel, den jemand weggeworfen hatte.

Bekanntschaft mit Oustalou

GG ging zu ihm hinüber. „Sie sind Monsieur Oustalou?“, fragte er ihn.

„Und Sie sind der erste, der ‚Sie‘ zu mir sagt und mich ‚Monsieur‘ nennt“, antwortete der junge Mensch. „Gewöhnen Sie sich das ab. Einen getretenen Hund müssen Sie nicht kraulen, sonst hält der es nicht mehr für normal, dass er getreten wird.“

„Wie Sie wollen, Oustalou.“

„Macht sich schon besser. Komisch mit ihrem ‚Sie‘ wie ‘ne Vorgabe, mindestens fünfhundert Meter.“

„Der Autobusfahrer hat Sie uns empfohlen –“

„Wie bitte? Sagen Sie das noch mal! Das ist mir nämlich neu, dass mich einer empfiehlt. Sonst wird immer nur vor mir gewarnt. Aber vielleicht ist das ‘n bisschen schräg, was Sie von mir wollen.“

„Keineswegs. Könnten Sie bei uns mitfahren und zeigen, wie wir zur Paradiesfarm kommen?“

„Jetzt in der Nacht?“

„Ja.“

„Menschenskind, was wollen Sie denn da?! Entschuldigen Sie

– das geht mich natürlich nichts an, was Sie da vorhaben. Es gibt eben Sachen, die kann man nicht bei Tage machen. Dazu muss es stockdunkel sein. Aber wenn da was bei 'rausspringt, bring ich Sie hin. Warum denn nicht?!"

„Sie waren schon einmal dort?"

„Und ob. Ich kenne mich da aus. Ich sollte da 'mal Reis pflanzen lernen. Aber da müssen Sie den ganzen Tag im kalten Wasser stehen. Da hab' ich diese Verbindung zur Landwirtschaft wieder abgebrochen."

„Gut, dann kommen Sie bitte."

Oustalou zögerte. „Und wie ist es mit der Pinke?"

„Was verlangen Sie?"

Oustalou überlegte heftig. Eine unverhoffte Möglichkeit – die musste genutzt werden! Aber wenn er zuviel verlangte, wurde am Ende nichts daraus.

„Tausend?"

„Zweitausend", antwortete GG, „wenn Sie uns richtig hinbringen und wieder zurück bis auf die Chaussee."

‚Junge, Junge', dachte Oustalou erschrocken, ‚die Sache ist nicht ein bisschen schräg, sondern sehr schräg! Da musst du auf Draht sein, dass du dich dünne machst, wenn's mulmig wird!' Aber wenn er sich dann heimlich drückte, sah es mit der Bezahlung schlecht aus. „Sind Sie seelisch verletzt", fragte er, „wenn ich auf eine kleine Anzahlung Wert lege?"

„Hier", antwortete GG und holte einen Tausendfrancschein aus der Brieftasche.

„Danke ergebenst." Betriebskapital hatte die Firma! Aber nun fühlte er sich bewogen, für sie auch etwas zu tun. „Sagen Sie mal", fragte er, „kennen Sie den alten Mezza?"

GG verneinte.

„Und seine fünf Söhne auch nicht?!" GG schüttelte den Kopf.

„Na, da muss ich Sie anständigerweise auf eins aufmerksam machen – so, wie Sie gebaut sind, kommen Sie gegen die nicht an. David ist ja mit dem Riesen Goliath fertiggeworden, aber glauben Sie mir, das mit dem Kiesel, das war ein Zufallstreffer. Haben Sie denn was in der Tasche?“

GG nickte. ‚Vorsichtig ist der Mann’, dachte Oustalou. ‚Flüstert nichts, damit ich nachher sagen kann, dass es knallen sollte, hätte mir keiner angekündigt.’ „Dann können wir, von mir aus!“

Sie gingen zu den andern. Den vorzüglichen DS 19 mit der Marseiller Nummer hatte er vorhin schon hoch eingeschätzt. Jetzt betrachtete er die Männer. Alle piekfein in Schale. Nobel. So sahen eben Großstadtgangster aus … Dass sie zur Paradiesfarm wollten, fand er nicht verwunderlich. Wurde damals, als er unter den Tagelöhnern mit dabei war, nicht immer gemunkelt, bei dem alten Korsen wäre mehr zu holen als nur Reis?

„Der junge Mann“, erklärte GG, „kennt sich mit der Farm aus. Er hat dort gearbeitet.“

„Fragen Sie ihn, ob die Leute Telefon haben!“, sagte der Chef. Oustalou bejahte GGs Frage und dachte dabei: ‚Natürlich – als erstes müssen sie die Telefonleitung durchschneiden!’

Da er dürr war wie eine Zaunlatte, hatte er zwischen dem Chef und Plumpudding noch Platz. „Hören Sie mal“, sagte GG, „müssen wir nicht erst bei Ihnen zu Haus vorbeifahren, damit Sie Bescheid sagen können?“

„Lieber nicht“, war die Antwort.

„Na, und Ihr Vater?“

„Der Herr Papa ist augenblicklich nicht momentan“, sagte Oustalou, worauf sich wohl weiteres Fragen nicht empfahl, denn GG hielt es nicht für ausgeschlossen, dass sich der Mann hinter vergitterten Fenstern aufhielt. „Aber Ihre Mutter?“

„Hab’ ich leider nicht kennengelernt“, sagte Oustalou. „Ich kam zu Welt, und sie machte die Augen zu. Mich versucht die Großmutter aufzuziehen. Aber wenn ich jetzt hingehe und ihr sage, ich machte eine Spazierfahrt zur Paradiesfarm, dann glaubt sie mir das nicht. Die schließt einfach ab oder nimmt mir die Hose weg, und ich hab’ nur die eine. Möchten Sie vielleicht ‘ner alten Dame gegenüber tätlich werden? Ich jedenfalls möchte das nicht.“

Der Motor sprang an. „Immer geradeaus“, sagte Oustalou, „und dann auf der großen Brücke über die Rhône!“

Der Chef fuhr nicht schnell. „Mach dich nicht so breit!“, sagte er zu Oustalou auf englisch. Der rührte sich nicht. „Du sollst dich nicht so breit machen!“, wiederholte der Chef, und auch das hatte keinen Erfolg. „Wenn du nicht sofort abrückst, stoß ich dir den Ellenbogen in die Rippen!“

„Jetzt links ab!“, sagte Oustalou.

Der Chef war befriedigt. Der Junge verstand bestimmt kein Englisch, und jetzt konnte der Chef seine Gedanken entwickeln.

„Sache ist mir klar“, sagte er. „Neunauge hätte von der Farm aus anrufen können. Nach Arles ist er nicht zurückgekommen. Ist noch auf der Farm. Wurde verhindert zu telefonieren.“

„Aber wenn nun dort am Telefon etwas entzwei ist?“ meinte Plumpudding.

„Kann natürlich sein“, knurrte der Chef.

„Aber diese merkwürdige Warnung Pataralss!“, warf der Graf ein. „Er muss doch irgend etwas befürchten.“

„Womit wir rechnen müssen“, sagte der Chef entschieden.

„Rechnen vielleicht falsch. Hat vergessen zu telefonieren, ist auf der Farm geblieben, schläft da gemütlich. Kann sein. Um so besser, wenn es so ist. Aber stellen uns zur Sicherheit darauf ein, dass sie ihn in die falsche Kehle bekommen haben. Müssen da zupacken. Wird nicht ganz einfach sein. Haben ja von GG gehört: sind mindestens sechs Mann, davon fünf leibhaftige Riesen!“

Die Hochachtung Oustalous wuchs, als er die Männer in der ihm unverständlichen fremden Sprache sprechen hörte. ‚Internationale Gangster‘, dachte er, ‚ganz groß! Aber Junge, Junge, sieh dich vor! Sicher Amerikaner. Da geht es hart auf hart.‘

„Rechne weiter so“, fuhr der Chef fort: „Wenn da etwas mit Neunauge passiert ist, müssen die Kerle auf der Hut sein, ob nicht nach ihm gefragt wird. Stellen vielleicht Wachen auf. Können also nicht einfach vorfahren. Müssen versteckt halten. Müssen uns zu Fuß heranpirschen.“

Das leuchtete ein, und nun handelte es sich darum, diese Absicht ihrem Führer klarzumachen. „Mein lieber Oustalou“, sagte der Graf, sich im Fahren vorbeugend, damit er besser gehört würde, und der Angeredete dachte bei sich: ‚Schon faul, wenn sie so anfangen. Jetzt kommt's!’

"Mein lieber Oustalou, nun sagen Sie uns einmal genau den Weg zur Farm!“

Oustalou beschrieb, wie von der Stelle, wo die Autobusse hielten, nach rechts zwei Wege abgingen, eine Fahrstraße, na, mehr ein besserer Feldweg, auf dem man eben fahren konnte und der einen Umweg machte, eine Schleife – und dann ein Fußweg, na, mehr ein Pfad, eine Abkürzung über eine Düne weg. „Ach“, sagte der Graf, „so ein Feldweg, nachts – das ist doch nichts für einen Wagen wie den hier. Am besten, wir halten irgendwo auf der Chaussee und gehen dann zu Fuß.“

‚Aha’, dachte Oustalou. Der Fall wurde immer klarer. „Na“, sagte er, „dafür wäre ja dann der Pfad über die Düne da! Soll der Wagen an der Haltestelle bleiben?“

Rückfrage beim Chef. Nein. Auch nicht vorher halten, sondern ein ganzes Stück hinterher – wenn da vielleicht einer auf Posten war, dann hörte er den Wagen kommen und musste argwöhnisch werden, wenn das Auto hielt. Vorüberfahren und erst nach einer Weile halten. Gut. Der Graf instruierte Oustalou, und der begriff jetzt: der Mann am Steuer neben ihm war der Boss ... Ihm wurde heiß und kalt. Er schnaufte vor Aufregung.

„Hat der Korse Hunde?“, fragte der Graf.

Nein, wenigstens zu der Zeit nicht, in der Oustalou dort gewesen war, in diesem Frühjahr.

Sie kamen der Entscheidung immer näher. „Hier ist die Haltestelle“, sagte Oustalou. Gut. Sie fuhren vorüber. Erst nach einigen Minuten Fahrt hielt der Chef an. Sie stiegen aus, ließen den Wagen stehen und gingen auf der Chaussee wieder bis zu der Haltestelle zurück. Oustalou zeigte, wo der Pfad abging.

„Jetzt einer hinter dem andern!“, flüsterte der Chef. Oustalou verstand seine Worte nicht, aber er begriff, was gemeint war – Gänsemarsch! Als erster der Boss, hinter ihm der Mann mit dem Vollmondgesicht, der neben ihm gesessen hatte. Dann der Franzose, der im Wagen mit ihm gesprochen hatte, und als letzter der Mann, der ihm das Geld gegeben hatte. Wie selbstverständlich wollte Oustalou hinter diesem Letzten als Allerletzter gehen – hatte er den Kerlen nicht den Weg gezeigt und damit seine Pflicht getan?

Aber was jetzt? Der Boss war umgedreht, kam heran, und weil er sich anders nicht verständlich machen konnte, packte er den Burschen bei der Schulter und schob ihn nach vorn. Herrschaft nochmal, der Teufelskerl hatte schon gewittert, dass er sich verkrümeln wollte ... Unmittelbar vor dem Boss musste er gehen ...

Wie verwünschte er den Augenblick, in dem er unter der Laterne das Geld genommen hatte. Er hatte nämlich jetzt ganz deutlich gesehen – der Boss hatte eine Pistole in der Hand ...

So stapften sie langsam und vorsichtig den schmalen Pfad entlang der Düne zu, und über ihnen zogen in der Stille der Nacht die vielen Millionen Sterne.

Stopp! Aber der Boss tippte Oustalou an, er solle weitergehen.

Das war doch nur ein Volk Rebhühner gewesen, das, von ihnen gestört, plötzlich aufgeflogen war. Also weiter.

Sie kamen auf die Düne.

„Hier geht's hinunter!", sagte Oustalou.

Aber jetzt blieb auch der Boss stehen. Himmel, was war das da unten? Ü–romm, ü–romm – ein Gebrüll wie von einem Ochsen!

„Was ist das?", fragte der Chef.

„Ich glaube", sagte der Graf, „das ist ein *butor*. Ich habe ihn noch nie gehört, aber nach dem, was ich gelesen habe, muss es einer sein."

„Was ist ein *butor*?"

„Auf Englisch sagen sie, glaube ich, *bittern*", bemerkte GG, „botaurus stellaris."

„Oh“, äußerte der Chef erfreut, „*the bittern booms*!“ Endlich hatte er, der leidenschaftliche Jäger, einmal das Gebrüll einer Rohrdommel vernommen, über das soviel geredet wurde.

Sie horchten. Wieder klang das phantastische Gebrüll zu ihnen herauf: ü–romm, ü–romm, ü–romm. „Drei Kilometer weit soll man das Kerlchen hören“, sagte der Graf.

Weiter! Aber jetzt streikte Oustalou. Er hatte die Zeit, in der die Männer sich mit dem unsichtbaren Vogel abgaben, dazu benutzt, noch einmal über seine Lage scharf nachzudenken. Der Griff, mit dem ihn der Chef gepackt hatte, war doch zu wenig nach seinem Geschmack gewesen, und konnte es nun nicht noch schlimmer kommen? Lieber zurück nach Arles laufen, als die Haut zu Markte tragen …

„Meine Herren“, sagte er, „ich habe das dringende Verlangen, mich für meine Großmutter am Leben zu erhalten. Ich schlage deshalb vor, von nun an gehen Sie allein weiter. Den Weg habe ich Ihnen gezeigt, Sie können die Farm nicht verfehlen, und außerdem sparen Sie noch an den Unkosten der Unternehmung!“

„Abgemacht ist abgemacht!“, sagte der Chef, als er verstanden hatte, was der Junge wollte, und der Graf sagte ihm das auf französisch.

„Dann war die Abmachung lückenhaft“, sagte Oustalou, „denn mir wurde nichts davon eröffnet, dass ich bei der Geschichte in eine Schießerei kommen könnte!“

„Das ist richtig“, sagte GG, und der Chef musste auch zustimmen. Denn schon wenn die Leute der Farm Posten aufgestellt hatten, womit er rechnete, war ein Zusammenstoß nicht unmöglich. „Der Bengel soll am Auto warten oder sich davon scheren!“, entschied er. „Wollen keine Zeit verlieren!“

„An deiner Stelle würde ich am Auto auf uns warten“, sagte GG zu Oustalou, und dann gingen die Männer vorsichtig den Pfad hinunter, den der Junge gewiesen hatte.

Das Dunkel hatte sie schon verschluckt, als Oustalou noch immer auf der Düne stand. Er konnte zufrieden sein, dass er sich rechtzeitig von den Gangstern abgesetzt und dass ihn keiner der Kerle niedergeschlagen hatte, als er nicht weiter mitgehen wollte – aber was wurde jetzt aus den Farmleuten, wenn die Bande über sie herfiel? Er hatte mit dem alten Mezza seinerzeit Krach bekommen, das war richtig – aber deswegen wollte er doch keine Gangster auf ihn hetzen! Wenn da etwas Schlimmes geschah, so hatte er daran Schuld, denn er hatte ihnen ja den Weg gezeigt!

Nein, er wartete nicht am Auto. Er rannte los. Er musste einen großen Bogen schlagen, aber er war gewiss, eher anzukommen als die Kerle, die mühsam durchs Dunkel tappten.

Der Chef

In seiner Vorsicht hatte der Chef Pasquale Mezzas Weitblick überschätzt – es waren keinerlei Posten aufgestellt oder Wachen eingerichtet worden. Aber da der Korse der Meinung war, sie hätten in seinem Haus einen Kerl von der Bande des berüchtigten Dreifinger-Joe überwältigt, war er darauf gefasst, dass sich in den nächsten Tagen noch manches ereignen könnte. So war er sofort aus dem Bett, als es am Fenster seiner Schlafkammer klopfte, und was ihm da eine von schnellem Laufen keuchende Stimme aufgeregt zuflüsterte, machte ihn sofort zu einem überlegenen Strategen. Erst freilich noch eine Frage: „Wer bist du denn?“ – "Oustalou“, hieß es. Aha, der faule Lümmel, der hier nicht hatte arbeiten wollen und den er damals am liebsten mit einem Tritt ins Gesäß verabschiedet hätte, wenn so etwas heutzutage nicht zu unangenehmen Weiterungen führen könnte. Immerhin hatte sich seine Zurückhaltung bezahlt gemacht – vielleicht hätte der Bursche ihn sonst nicht gewarnt.

„Komm ‘rein!“, sagte er zu ihm, „aber leise!“ Und das war auch die Parole, mit der er seine Söhne weckte: Leise! Kein Licht machen! Vier Kerle der Joe-Bande waren im Anrücken, aber sie sollten nicht etwa vorzeitig verscheucht, sondern wohl empfangen werden. Sie kamen von der Düne her. In zehn Minuten konnten sie hier sein – also rasch, rasch und leise! Die Befehle des Alten wurden prompt ausgeführt. Einer der Söhne bezog, durch einen Holzstapel gedeckt, einen Horchposten, von dem aus er vernehmen musste, wenn jemand über den Pfad herankam. Zwei andere öffneten die Tür zum Hof, ohne dass etwas zu hören war, ebenso geräuschlos den Schuppen, in dem der unglückliche Neunauge lag, und ihn schleppten sie, ohne einen Laut zu äußern, heraus und quer über den Hof in die große Stube. Dann rührte sich nichts mehr, und das Gehöft lag schwarz und schweigend in der Nacht.

Den immer noch wohlverschnürten Neunauge hatten seine beiden Träger auf den Fußboden gelegt und sich dann in dem großen Raum zu schaffen gemacht, worauf es wieder ganz still wurde.

Jemand stieß Neunauge mit dem Fuß an. Da gleich darauf der Alte leise zu reden anfing, nahm Neunauge an, dass der Weißkopf sich auf diese unschöne Art mit ihm in Verbindung gesetzt hatte. „Du“, flüsterte der Alte, „deine Kerle kommen!“

‚Schon!‘, dachte Neunauge erfreut. Aber stolz schwieg er. „Jetzt werden wir sie wohl alle erleben“, fuhr der Kerl höhnend fort, „den deutschen Doktor und deinen hochgeborenen Grafen und den eisernen Engländer!“

Neunauge hörte den höhnischen Ton wohl, in dem das ausgesprochen wurde, aber er antwortete in überlegenem Gleichmut: „Ich wusste, dass sie mich nicht im Stich lassen. Die Freiheitsberaubung und die unwürdige Behandlung werden Sie noch bereuen!“

Darauf konnte der Alte nichts mehr erwidern. Denn der Horchposten kam eilig heran. Er hatte Schritte gehört.

Nun war es soweit. Alle lauschten. Wahrhaftig, sie waren auf dem Hof!

„Jetzt!“, kommandierte der Alte. In dem Raum ging das Licht an, die Doppeltür flog nach beiden Seiten auf, und zu gleicher Zeit flammte draußen die Lampe mit dem Reflektor auf und übergoss den Hof und die vier Männer mit hellem Schein – und ihnen bot sich ein erstaunlicher Anblick.

Tisch und Stühle, die in der Mitte des Raumes gestanden hatten, waren weggeräumt worden. Dadurch war der Blick durch den ganzen Raum bis zum Kamin hin frei. Vor ihm lag auf dem Boden neben den Bündeln mit dem getrockneten Kraut Neunauge, an Händen und Füßen gefesselt. Neben ihm stand der Alte hochaufgerichtet, eine Pistole in der Hand, zu beiden Seiten der geöffneten Tür hatten sich die fünf Riesensöhne aufgebaut, hielten ihre dreizackigen Lanzen in den Händen, wahren Höllenwächtern gleich, und über die Lehne des alten Korbstuhls, der als fragwürdige Deckung zu dienen hatte, schaute Oustalous sorgenvoll gespanntes Gesicht.

Der Graf war der erste, der sich rührte. „Was soll das heißen!", rief er empört. „Wie kommen Sie dazu, Monsieur Bombardon zu fesseln! Sofort machen Sie ihn los!" Er wollte ins Haus zu Neunauge hin, aber GG hielt ihn auf. Der Alte nämlich hatte die Hand mit der Pistole gehoben, und jetzt schrie er den Männern, die draußen standen, mit seiner mächtigen Stimme zu: „Ein Schritt hierher, und der Kerl ist eine Leiche!"

„Vorsicht, Graf!", stieß der Chef zwischen den Zähnen hervor, „der Mann ist rabiat!"

„Aber das ist doch verrückt!", rief der Graf aus. „Neunauge, was ist denn hier los?!"

„Lassen Sie ihn doch!", schrie Neunauge, kam aber nicht weiter, weil ihn der Alte überbrüllte: „Du hältst die Schnauze!"

„Meine Herren", rief GG hinüber, „hier muss ein Irrtum vorliegen –"

„Noch ein Wort", schrie der Alte, „und ich schieße dem Kerl zwei Löcher mehr in den Leib, als er nötig hat! Ihr geht deswegen nicht zur Polizei, denn ihr wisst genau , dass sie euch dann gleich hochnimmt!"

Plumpudding sah aufgeregt zum Chef. Das war jetzt dessen Augenblick. Die Riesen links und rechts zur Seite zu stoßen, dass sie wegtaumelten, dem Alten einen Kinnhaken geben – so wurde der Chef mit den Räubern fertig – aber damit war ja dem bedauernswerten Neunauge nicht geholfen! Ehe der Chef bis zu dem Alten gedrungen war, hatte der ja den Wehrlosen erschossen –

„Ihr seht, ihr Brüder“, schrie der Alte, „hier werdet ihr geleimt. Und ich sag's euch im Guten: macht kehrt! Haut ab und kommt nie wieder! Ich weiß, wer euch schickt. Ich nenne den Lumpen nicht, denn ich nehme keinen Dreck in den Mund. Sagt ihm, hier kommt er nicht 'ran! Hier wird ihm der Marsch geblasen!“

Die Vier sahen einander an – war der Mann wahnsinnig? "Wird's bald?!“, schrie der wieder. „Wenn ihr abhaut, lasse ich euern Spion morgen früh laufen – denn das weiß ich – das Großmaul kommt nicht wieder her!“

Aber von den Männern rührte sich keiner, und Neunauge rief: „Gehen Sie doch! Der Kerl ist imstande und schießt auf Sie! Holen Sie die Polizei!“

Den Alten packte ein Anfall wilder Wut. „Was?“, schrie er. „Frech werden? Polizei holen? Ich sag' euch, ihr haut jetzt ab! Ich zähle bis drei – wenn ihr dann nicht lauft, soll der Kerl hier dran glauben! Mit dem hab' ich euch in der Hand! Eins –“

GG war aufs höchste angespannt: ‚Wenn der Chef jetzt nicht handelt, dann tu ich's!'

„Zwei!“

Da geschah es. Der Chef warf die Pistole, die er die ganze Zeit über in der Hand gehalten hatte, auf die Erde und schritt auf das Haus zu – nein, er schlenderte behaglich wie einer, der am Sonntagvormittag einen erholsamen Spaziergang unternimmt. Jetzt war er bei den Höllenwächtern. Er nickte ihnen freundlich zu: „How do you do, boys?“

Es war, als seien die Worte, die sie nicht verstanden, eine Zauberformel gewesen, welche die Riesen bannte. Sie starrten den Chef an, und er ging an ihnen vorüber, ohne dass ihm das einer verwehrte.

Der Alte wusste nicht mehr, was er denken sollte. Er war ein korsischer Hitzkopf, und aus seiner Vorstellung heraus, in Notwehr gegen eine Bande von berüchtigten Gangstern zu sein, hätte er auch schlimmstenfalls den gefesselten Mann erschossen, von dem er sowieso nicht viel hielt. Aber einen Spaziergänger, der sich waffenlos in die Gewalt von Bewaffneten begibt, schießt man doch nicht über den Haufen!

Der Chef stand vor ihm. Der Chef kratzte die kümmerlichen Reste seiner französischen Sprachkenntnisse mit größter Energie zusammen. „Moßjöh", sagte er, „Kämeräd! Bon, bon!" Er klopfte dem Alten auf die Schulter. Jetzt nahm er die Hand des Alten hoch, welche die Pistole hielt und besah sich die Waffe, die er jedoch dabei in der Hand des andern ließ. „Oh", sagte er, „interessänt! Interessänt! Nägänt! Old, very old? Nix bon. Smith änd Wesson – prima prima! Moa aller chercher! For Kämeräd! For you, old chap!"

Tatsächlich machte er gelassen kehrt, ging wieder auf den Hof hinaus, hob seine Pistole auf, schritt damit zu dem Alten zurück und drückte ihm die Waffe in die Linke. „Smith änd Wesson!", erklärte er, und seelenruhig, als sei er allein deshalb mitten in der Nacht hergekommen, setzte er dem Alten auf englisch die Vorzüge dieser kurzläufigen Waffe auseinander: die Patrone S & W 357 Magnum, die dazu gehörte, überträfe die *stopping power* jeder andern Patrone. Der Alte verstand davon kein Wort, aber er begriff, als der Engländer seine lange Rede mit den Worten schloss: „For toa, Kämeräd", dass er diese Waffe als Geschenk erhalten hatte. Verblüfft hielt er in jeder Hand ein Schießeisen.

Von Oustalou war nichts mehr zu sehen. Je mehr sich der Chef dem Kamin genähert hatte, desto kleiner hatte der Bursche sich gemacht und war jetzt völlig hinter dem Lehnstuhl verschwunden. Der Chef hatte sein Taschenmesser hervorgeholt und Neunauges Fesseln durchschnitten. Er half ihm auf die Beine.

„Ich wusste, dass Sie mich 'rausholten, Chef", sagte Neunauge.

Dann stampfte er mit den Beinen, um das Blut wieder in Gang zu bringen, und rieb sich die mitgenommenen Handgelenke.

„Bitte, meine Herren", rief der Chef hinaus, „kommen Sie doch herein, damit wir uns miteinander bekannt machen!"

Der Graf, GG und Plumpudding folgten der Aufforderung, aber sofort war auch Neunauge zur Hand. Diesen Triumph konnte er sich nicht entgehen lassen. „Ich gestatte mir, Monsieur Mezza, Ihnen die Herren vorzustellen. Dies ist Monsieur Slanton, der Herr mit den eisernen Nerven. Dies ist Graf von Montfort-Darifant-Croy, von dem ich Ihnen erzählte. Hier bitte der deutsche Doktor Geist, und hier unser guter Freund, Monsieur Patrick Cromby, ein Ire, wie Sie schon dem Namen entnehmen können. Der indische Herr ist leider nicht mitgekommen, wie ich sehe."

Pasquale Mezza blickte von einem zum andern. Dann gab er jedem die Hand. Diese Männer, das sah er, waren in Ordnung. Die kamen nicht vom Dreifinger-Joe. Das waren keine halben Kavaliere. Das waren noble Herren, und was er jetzt hörte, machte ihm vollends deutlich, wie sehr er geirrt hatte. „Wir hatten erfahren", sagte der Graf, „dass Sie uns vielleicht eine gewisse Auskunft geben könnten –"

„Über den Mann mit der Schlange?"

„Ganz recht –"

„Tut mir leid", antwortete der Korse. „Nie gesehen!"

„Das macht nichts", sagte der Graf.

„Er wurde schon gefunden."

„Gefunden?", rief Neunauge.

„Denke dir", sagte der Graf, „es ist Pataral!"

„Was!", schrie Neunauge auf. Seine Idee! Er hatte recht gehabt! Worauf keiner gekommen war, das hatte er richtig vermutet!

„Meine Herren", sagte der Alte stolz, „dies sind meine Söhne!" Die Riesen hatten ihre Hirtenlanzen in eine Ecke gestellt und begrüßten die Fremden mit verlegenem Lächeln.

„Nun sagen Sie uns doch nur", fragte GG, „wofür haben Sie denn Monsieur Bombardon gehalten?"

Die fünf Männer sahen unbeholfen auf den Vater. Das war eine unangenehme Frage. „Wir dachten", meinte der Alte dann etwas zögernd, „eine Bande von Gangstern hätte es auf mein Geld abgesehen."

Das war der Augenblick, wo Oustalou meinte, nun könnte er wieder in Erscheinung treten. Er kam hinter dem Lehnstuhl hervor. „Das habe ich auch gedacht, Messieurs", erklärte er, „und Sie werden mir zugeben: gegen Gangster müssen die ehrlichen Leute zusammenhalten. Mein Irrtum kostet mich immerhin tausend Francs, nehm' ich an ..."

Einer der Söhne hatte eine große Kruke mit Obstbranntwein auf den Tisch gestellt, ein anderer dicke Wassergläser geholt, ein dritter schenkte ein – aber der erste, dem der Alte ein gefülltes Glas brachte, war Neunauge. „Monsieur", sagte der Korse zu ihm, „wer nicht irrt, der ist kein Mensch. Wir haben Sie falsch verpackt. Ich bitte, das kleine Versehen zu entschuldigen."

Für Neunauge war das, was geschehen war, ausgelöscht, denn er sah vor seinem geistigen Auge nur noch das, was kommen würde – er lebte schon ganz und gar in dem Triumph, der ihm bevorstand, wenn er seinen Männern bekannt gab, wer Pataral als erster entdeckt hatte. Wieso sie jetzt auch darauf gekommen waren, würde er ja noch hören – aber dass sie darauf gekommen waren, konnte seinen Scharfsinn nur bestätigen. Voller Würde antwortete er dem Alten: „Die wenigsten wissen, wen sie im andern eigentlich zu sehen haben!", nahm das angebotene Glas und stieß mit dem Paradies-Mann an.

Draußen auf dem Hof gingen der Chef und Plumpudding auf und ab. Der Ire war unaussprechlich glücklich. Sein Chef war wieder beieinander. Er hatte sich als der gezeigt, der er war – Meister der Situation. Nein, das konnte Plumpudding nicht bei sich behalten. Das musste er von sich geben. „Chef", sagte er, „das war groß!"

„War nicht so viel, wie es aussieht", antwortete Slanton. „War schwierig, geb' ich zu. Aber dachte nur: Was würde GG jetzt tun? Und da hatt' ich's!"

Doch er setzte hinzu: „Braucht man ihm ja nicht gleich auf die Nase zu hängen. Teile es ihm schon gelegentlich mit."

Als sie sich jetzt zum Aufbruch anschickten, bedauerte der Alte, dass er, wie er sich ausdrückte, das Weibervolk von der Farm weggeschickt hätte; er hätte gern etwas auffahren lassen. Auch für Oustalou hatte er noch ein Wort: „Wenn du willst, kannst du hierbleiben. Hast dir einen Platz im Haus verdient."

„Danke, Patron. Immer nett, wenn man weiß, wo man ein Wochenende zubringen kann, wenn man keinen Sou in der Tasche hat. Aber für ständig gehör' ich nicht her. Ich bin mehr für die Großstadt geeignet."

Sie gingen über die Düne zur Landstraße, und während der Chef mit den andern die Richtung zum Auto einschlug, wartete GG mit Oustalou an der Haltestelle und hatte auch ein abschließendes Gespräch mit ihm. „Hier", sagte GG und gab ihm noch einen großen Schein, „wie vereinbart."

„Anständig", bemerkte Oustalou. „Wenn Sie richtige Gangster gewesen wären, hätten Sie mir statt dessen eins über den Schädel gegeben. Aber, Monsieur, ich bin noch nicht zufrieden. Sie müssen mir noch einen Gefallen tun."

„Inwiefern?", fragte GG vorsichtig.

„Wenn wir in Arles sind, müssen Sie mir ein Papierchen schreiben, dass ich den Zaster durch redliche Arbeit sauer verdient hab'. Wenn ich ohne den Schrieb mit zweitausend eintrudele, denkt die Oma, ich hätte in der Nacht irgendwas aufgeknackt."

„Einverstanden. Und ich werde Ihnen noch etwas aufschreiben. Eine Adresse in Marseille. Dahin sollten Sie sich wenden, wenn Sie jemand brauchen, der Ihnen weiterhilft."

„Wird gemacht. Das ist es ja: wenn man keine Hilfestellung kriegt, dann springt man los und bricht sich die Knochen. Übrigens – von mir aus können Sie zu mir ‚du' sagen. Sie sind in Ordnung, soweit."

Da kam das Auto, ohne Licht, denn es war schon hell geworden.

Ein Pechvogel

Neunauge war wie aus allen Himmeln gestürzt. Er saß zwar im Hotelzimmer des Grafen in einem bequemen Sessel, aber ihm war zumute, als läge er zerschmettert am Boden – und der Graf war sehr betroffen. Bis jetzt hatte Neunauge bei seinen Versuchen, sich hervorzutun, immer nur Verlegenheiten oder lächerliche Abenteuer erlebt, aber was hatte er nun über Pataral, über Marcel Gormot gebracht?

„Konnte ich das voraussehen, Herr Graf?“, stöhnte der Unglückliche. „Nachsehen sollte der Kerl – weiter nichts, und dabei hat er ihn beinahe erstochen!“

Aber da lag ja gerade Neunauges Schuld! Wie konnte er sich mit einem ‚Kerl‘ abgeben – wie konnte er sich damit einem Ablauf überlassen, dessen Ende nicht mehr in seiner Macht lag? Wenn er schon bei der unseligen Idee blieb, seine Vermutung für sich zu behalten, dann durfte er allein versuchen, die Richtigkeit seines Einfalls zu erweisen, oder er musste, wenn er ohne die Hilfe anderer nicht auskam, selbst dabeibleiben, um in jedem Augenblick verhindern zu können, dass die Sache übel ausschlug. Und hätte er nicht einfach warten können? Wenn der Chef aus Port-Vendres, der Graf aus Venay-La-Foire, GG von der Paradiesfarm unverrichteter Dinge zurückkamen – war dann nicht auch für Neunauge eine große Stunde da, wenn er ihnen nunmehr entwickelt hätte, wo seiner Meinung nach der Gesuchte sich verbarg? Aber diese Gedanken sprach der Graf nicht aus. Wozu noch Salz in die Wunden streuen? Das änderte nichts mehr, und Neunauge, so dachte er, war unglücklich genug.

Jedoch enthüllte sich ihm nun erst, wie unglücklich der Pechvogel war. „Herr Graf“, sagte Neunauge düster, „dies ist der schwerste Schlag für mich. Dies trifft mich an der Wurzel. Sie wissen ja nicht – keiner weiß es –, was diese Rückkehr nach Marseille für mich bedeutete …“

Der Graf sah ihn beinahe erschrocken an. Kamen nun noch

weitere Untaten zum Vorschein? Hatte Neunauge etwa Dinge mit sich herumgeschleppt, von denen in all den Jahren, die sie schon beisammen waren, niemand etwas geahnt hatte?

„Herr Graf", sprach Neunauge weiter, „ich habe Ihnen und den andern, wie wir im Libanon am Burgtor saßen, aus meiner Jugendzeit erzählt –"

„Gewiss, gewiss", sagte der Graf etwas betont munter, aber er wollte den bedrückten Neunauge aus der schwarzen Wolke seines Kummers hinaussteuern, „und das waren köstliche Geschichten – vom Schwindel-Philipp, der den Leuten die Fensterscheiben einwarf, der das Schwein, das geschlachtet werden sollte, in der Nacht heimlich mit Schmalz einschmierte, so dass es dem Metzger am andern Morgen aus den Händen witschte, von dem Chinesen, dessen Pistolenkugel durch eine geradezu erschreckende Kettenwirkung ein riesiges Öllager am Hafen in Brand setzte – du siehst, ich habe alles behalten, aber es waren auch wirklich ausgezeichnete Geschichten!"

„Herr Graf, es war kein Chinese. Ich habe als halbwüchsiger Bengel aus Pech das Öllager in Brand geschossen. Und der Schwindel-Philipp hieß gar nicht Philipp. Er hieß Cyprian. ‚Schwindel-Cyprian', sagten die Leute – und das war ich."

„Um Gottes willen", sagte der Graf bestürzt, „du warst doch nicht etwa auch der Messerwerfer, der den armen kleinen Marcel aus Versehen umbrachte?"

„Ich war der Messerwerfer, Herr Graf. Und jetzt kann ich Ihnen ja auch Marcels vollen Namen mitteilen. Er hieß Marcel Brodart –"

„Brodart? Und die Mutter Brodart –"

„Seine Schwester, Herr Graf."

Nein, nein, nein, nein … Der Graf fuhr sich immer wieder mit der Hand über das Haar. Er hatte Neunauges Erzählung noch genau im Ohr, denn für so etwas hatte er ein gutes Gedächtnis: ‚Einer von uns stellte sich an die Rückwand eines Schuppens, und dann warf er mit seinen Messern nach ihm. Für jeden war es

Ehrensache, dabei nicht zu zucken, und wir waren stolz auf uns und ihn, denn die Messer saßen immer genau richtig … Einmal aber verfing sich das Messer in seinem Ärmel. Dem kleinen Marcel fuhr es ins Herz. Er kam sofort ins Krankenhaus. Doch es war zu spät …“ Deshalb also Neunauges Schrecken, als das Telegramm aus London sie an die Mutter Brodart wies. Neunauge hatte das Leben ihres Bruders auf dem Gewissen.

„Das heißt“, sagte Neunauge, „jetzt muss ich noch etwas dazu bemerken.“

Der Graf seufzte unwillkürlich auf. Was kam denn nun heraus? So ein treuer Kamerad, dieser Neunauge, und so ein unseliger Mensch!

„Herr Graf, Sie müssen mir das nicht übelnehmen. Manchmal rutscht mir was über die Zunge, das nicht hundertprozentig stimmt. Aber wenn man was erzählt, nicht wahr, dann muss das auch Effekt machen. In Wirklichkeit ist der Marcel gar nicht daran gestorben. Das Messer fuhr ihm nicht ins Herz, sondern vorn links in die Schulter. Es war nur 'ne kleine Fleischwunde. Aber nicht wahr, wenn man's so erzählt: ‚mitten ins Herz' und ‚es war zu spät' – das macht sich besser.“

Der Graf war sehr erleichtert. „Du brauchst dich bei mir nicht zu entschuldigen, Neunauge, dass du kein Mörder bist. Du bist mir lieber so. Und dass eine Erzählung den besonderen Gesetzen ihrer Gattung unterliegt, ist bekannt – dass sie sich zum Schluss hin steigern muss bis zu dem kleinen Knall der Pointe. Außerdem wird eine Anekdote, die ich über irgend jemand höre, beim Wiedererzählen viel wirksamer, wenn ich sie so weitergebe, als sei die Sache mir selbst passiert.“

„Immerhin“, entgegnete Neunauge, „wenn das auch noch gut ablief– ich hatte damit Unannehmlichkeiten genug. Ich sollte in eine Erziehungsanstalt kommen … Da bin ich getürmt und habe mich dann so durchgeschlagen und bin Koch geworden.“

„Und ein ganz vorzüglicher Koch, Neunauge!“

„Jaja. Ich weiß, als Koch kann ich mich sehen lassen. Aber,

Herr Graf, hier hat kein Mensch was von mir gehalten. Und die Brodarts – da gab's nur eins: ‚Der Cyprian endet noch im Zuchthaus oder unterm Schafott!' Und sehen Sie, Herr Graf – deswegen habe ich doch alles nur gemacht! Deswegen wollte ich jetzt als Entdecker des Millionärs dastehen! Das war mein Traum, dass die Brodart mir die Hand drückte und sagte: ‚Cyprian, wir haben uns in dir geirrt!'

Und jetzt – jetzt – jetzt – diesmal habe ich das Messer nicht geworfen, aber ich habe den Messerstecher bestellt! Und wie unheimlich: auch diesmal ist ein Marcel das Opfer … Kommt denn alles wieder? Aber es wird immer schlimmer: Damals war ich ein dummer Junge – jetzt bin ich ein ausgewachsener Mann – und wie stehe ich nun da!

Aus der Farm haben Sie mich 'rausgeholt – aber weshalb musste ich denn dahin? Alles, was ich anfange, geht schief. Herr Graf, ich bin ein Versager, das ist mir jetzt klar. Und wenn einem ausgewachsenen Manne das klar wird, dann ist er am Ende. Herr Graf, damals im Krieg, als ich in dem verschütteten Unterstand lag, haben Sie mich ausgebuddelt. Sie hätten mich drin lassen sollen. Das wäre besser gewesen. Dann stünde mein Name jetzt in Goldbuchstaben auf einer Marmortafel und das ist doch was.

Gute Nacht, Herr Graf. Schlafen Sie wohl!"

Er stand auf und ging zur Tür, und der Graf ließ ihn aus dem Zimmer gehen. Nur kein billiges Wort eines falschen Trostes! So etwas muss man ausbrennen lassen. Aber der Graf dachte ihm lange nach. Woran lag es denn nur, dass Neunauge solch ein Pechvogel war?

Ein Pechvogel stolpert in seine Unglücksfälle doch nicht zufällig hinein. Er zieht sie selbst an, wie der Magnet die Eisenspäne …

Dieser Neunauge war ein ganz vorzüglicher Koch und ein treuherziger Mensch. Diese Jugendstreiche waren etwas stark, gewiss. Er war eben ein lebenskräftiger Bursche gewesen, wie er jetzt ein Mensch von starker Lebenskraft war. Und als junger Kerl hatte er nicht gewusst, wohin mit der Kraft, hatte auch noch nicht gewusst, wo eigentlich sein Platz in der Welt war, wohin er gehörte, wo er etwas leisten konnte. Aber jetzt war er über die Jugendeseleien, auf die ein jeder ein Recht hatte, doch längst hinaus! Wie kam er nur immer wieder ins Trudeln?

Lag es nicht am Ende daran, dass er sich nicht auf das beschränken konnte, was ihm zustand? Ein guter Koch ist etwas, wie jeder etwas ist, der sein Handwerk versteht. Aber ging seine Fantasie nicht immer wieder mit ihm durch? Wollte er nicht auch so tatkräftig sein wie der Chef, so gescheit wie GG – wollte er nicht sie alle übertreffen?

So konnte es sein. Aber ihn ganz verstehen hieß noch lange nicht ihm helfen – und das war dem Grafen deutlich genug: Neunauge brauchte jetzt Hilfe.

Er war wirklich bedroht.

Packen?

Als der Chef, GG und der Graf in ihrem Hotel mit Arthur Miller, dem Generaldirektor der Gesellschaft *Ubique Terrarum*, in den schweren Klubsesseln eines Konferenzzimmers einander gegenübersaßen und er sich von ihnen das Nähere über den Fall Marcel Gormot berichten ließ, machte sich ein jeder von ihnen über den Herrn aus London seine eigenen Gedanken.

‚Immer noch dasselbe verschlossene Gesicht', dachte der Chef. ‚Immer noch ein Monokel im Auge, das ihn zwingt, die Züge seines Gesichts nicht zu bewegen. Unverändert – ganz unverändert. Genau wir vor Jahren, als er auf dem Flugplatz von Tucson auftauchte und wir ihn nach Tombstone holten.

‚Wofür hält man diesen Mann wohl', fragte sich GG, ‚wenn man ihn sieht, ohne zu wissen, wer er ist? Wahrscheinlich für einen eiskalten Geschäftsmann, in dessen weltumspannendem Unternehmen kein Platz für Menschen ist, sondern allein für perfekt funktionierende Nummern. Dabei war es seine Idee, diese Gesellschaft für Hilfsbereitschaft zu gründen, weil er von Geburt an mit seiner Gesundheit nicht auf der Höhe ist, weil er sich ein tätiges Leben versagen musste, nach dem jeder Mann sich sehnt. Er hatte Geld genug, dass er sich um nichts hätte zu kümmern brauchen, dass er sich hätte pflegen können. Aber sich nur am Leben zu erhalten, das ist für ihn nicht lebenswert. Er muss sich schonen. Er muss auf der Stelle treten. Aber indem er die Londoner Gesellschaft gründete und für sie sorgt, lebt er für die Menschen, die in Not sind.'

'Ist das wirklich noch derselbe Mann', so überlegte der Graf, 'mit dem wir damals in Tombstone sprachen? Man möchte es meinen, auf den ersten Blick. Aber wenn man genauer zusieht ... Ist die Farbe seines Gesichts nicht noch blasser geworden, wie blutleer? Wirkt die Mühe, die er sich gibt, beherrscht zu erscheinen, nicht um einige Grad zu angestrengt? Sind das nicht Anzeichen dafür, dass er schon über den Berg ist, dass es mit ihm abwärts geht? Und was wird dann aus seinem Werk? Gewiss, so eine gute Organisation, wie er sie geschaffen hat, funktioniert auch aus sich heraus noch eine ganze Weile weiter. Aber dieser Mann mit dem schwachen Herzen war ihr starkes Herz – wenn es nicht mehr schlägt, wenn das, was bei ihm Lebensinhalt war, zur Routine wird – ist es dann nicht mit dem Eigentlichen vorbei?'

„Meine Herren", sagte Arthur Miller, „wie schon so oft habe ich Ihnen für das zu danken, was Sie der Gesellschaft geleistet haben. Es tut mir wohl, Ihnen das einmal sagen zu können, nachdem ich es so oft nur in dem Telegramm äußern konnte, mit dem ich Sie wieder weiterschickte. Und es freut mich doppelt, Sie noch einmal von Angesicht zu Angesicht zu sehen und zu sprechen, da ich – da wir –, nun ja, da uns vielleicht eine entscheidende Wendung bevorsteht."

'Er weiß es', dachte der Graf bestürzt ... 'Sein Arzt hat ihm sicher gesagt, wie es mit ihm steht. Er ist einer von den Männern, die wissen wollen, wann es mit ihnen soweit ist ...'

Aber Miller sprach, indem er jetzt weiterredete, nicht von sich selbst. Oder tat er es doch, obwohl er sich mit keinem Wort erwähnte?

„Sie entsinnen sich“, so fuhr er fort, „unseres Kabelwechsels damals, als Sie den Auftrag so glücklich zu Ende gebracht hatten, der Sie nach Malaya geführt hatte.“

Es geisterte vor den drei Männern. Malaya – das war der Kampf mit dem Herrn der Wölfe. Das war Neunauges furchtbare Nacht auf dem Hügel der wilden Hunde. Das war die Begegnung des Chefs mit dem gefährlichen Elefanten. Das war die Fahrt auf dem Fluss, auf der Plumpudding dem Chef das Leben rettete. Das war Tschandru-Singhs kühnes Unterfangen, sich in dem Palast bis zu dem gefangenen Radscha einzuschleichen. Das war GGs Gang durch die Nacht, auf dem er sich als der unbekannte Bote des Todes ausgab und sich ihm alle Türen öffneten …

„Damals hatte Ihnen die Mutter des jungen Radscha angeboten, in seinem Lande zu bleiben. Sie sollten ihm raten und helfen, das Land zu regieren. Ihre Telegramme nach London waren wie immer nur kurz. Aber ich täusche mich wohl nicht darüber, dass jener Vorschlag bei Ihnen zu langen Diskussionen geführt hat –“

Ja, das war richtig. Welche Möglichkeiten taten sich vor ihnen auf, wenn sie die Verwaltung des malaiischen Fürstentums lenken konnten! Da musste der Abbau der entdeckten Platinlager organisiert werden. Dann war neuer Boden für einen erweiterten Anbau von Reis zu schaffen, und die Wirtschaft der kleinen Bauern musste von Grund auf reformiert werden. Der Graf hätte ein Tropenkrankenhaus einrichten und unzähligen Kranken helfen können, die jetzt im Elend verkamen, weil sich keiner ihrer annahm; an ihm wäre es gewesen, einen Gesundheitsdienst einzurichten, der bis in das kleinste Dschungeldorf reichte. Der Chef hätte zum sicheren Aufbau des Landes eine zuverlässige, unbestechliche, tatkräftige Polizeitruppe schaffen können und der Schreckensherrschaft der Geheimbünde und Banden ein Ende machen, und GG hätte dank seinen Sprachkenntnissen überall als Dolmetscher und Vermittler wirken können …

„Sie haben das Angebot abgelehnt. Mit guten Gründen. Die Aufgabe, das Land zu reformieren, schien Ihnen zu groß. Das Britische Kolonialamt sollte sie übernehmen und unsere Company durch einen Vertrauensmann überwachen lassen, dass die große Aufgabe nicht in unrechte Hände geriet. Das hat dann unser Mister Cox für uns besorgt. Gut besorgt. Aber sein letzter Bericht meldet, dass er seine Koffer packen musste.“

Keiner der Drei unterbrach Herrn Miller. Jeder war erregt, ja aufgewühlt – kam hier etwa eine große Entscheidung auf sie zu? Bot sich ihnen eine Möglichkeit zum zweiten Male, nachdem sie sich ihr schon einmal entzogen hatten?

„Sie haben die Zeitungen gelesen“, sagte Miller. „Sie wissen, inzwischen ist Malaya selbständig geworden. In den Moscheen Kuala Lumpurs dröhnten die Trommeln, in den buddhistischen Tempeln die Gongs, und die Glocken der Kirche läuteten. Der Tag der Freiheit war da, die britische Flagge, die 170 Jahre lang über Malaya geweht hatte, wurde eingeholt, und an dem Mast, an dem sie geweht hatte, stieg die neue Fahne Malayas auf, der elfzackige Stern auf rot und weiß gestreiftem Grund, und Tausende riefen begeistert: ‚Merdeka! Merdeka!‘ Vier Stunden später verließ der britische Resident das Land.

Das ist vorbei. Der Rausch ist verflogen. Die Schwierigkeiten sind ungeheuerlich. Sechseinhalb Millionen Einwohner. Davon nur drei Millionen Malaien, aber zweieinhalb Millionen Chinesen, der Rest Inder und Pakistani. Malaien und Chinesen miteinander tödlich verfeindet. Im Dschungel an die fünftausend chinesische Partisanen, die gegen die Engländer gekämpft haben. Gegen wen werden sie nun kämpfen? Bis jetzt standen 150000 Mann gegen sie unter Waffen, britische, australische, neuseeländische und malaiische Soldaten – wer wird jetzt das Land gegen sie schützen? Besser: wem wird es gelingen, sie für die neue Ordnung zu gewinnen? Wir haben die Malaien eine neue Düngemethode der Reisfelder gelehrt, damit sie die Reisernte um ein Drittel erhöhen und die Devisen für die Einfuhr ersparen können. Sie waren davon begeistert – und bauten ein Drittel Reis weniger an, um weniger Arbeit zu haben, denn warum soll der Reis aus Thailand nicht eingeführt werden, wo das doch immer so war?

Unerhörtes ist dort zu leisten, in jeder Weise. Aber wer tut das? Auch der Resident, der sich um Gandor gekümmert hat, ist fort. Cox hat, wie gesagt, seine Koffer gepackt und sitzt jetzt in Singapur. Er schreibt, es gäbe in Gandor einen chinesischen Geheimbund, gegen den er sich nicht hätte halten können. Der Radscha, der jetzt mündig ist, hat ihm selbst geraten, das Land zu verlassen. Die Stimmung gegen die Fremden ist geladen. Jeden Augenblick kann es zur Explosion kommen. Aber Cox schreibt auch, es würden dort noch Lieder gesungen von den weißen Männern, die den Thronräuber, den Herrn der Wölfe, gestürzt hätten. Wenn sie zurückkämen, schreibt Cox, würden sie mit Blumenketten begrüßt werden.

Kurzum, meine Herren: der Radscha wiederholt die Bitte, die damals seine Mutter aussprach. Sie sollen ihm helfen. Es ist also dieselbe Bitte. Aber es ist nicht mehr dieselbe Zeit. Was damals richtig war, ist es vielleicht heute nicht mehr. Denn für das Land ist es zehn Minuten vor zwölf."

Noch immer schwiegen die drei. ‚Welch eine Verantwortung!', dachte GG. ‚Den Asiaten mit europäischen Mitteln helfen, aber sie nicht zu Europäern machen. Ihr Recht auf eine eigene Existenz achten. Und die Aufgabe ist an dem Tag erfüllt, von dem an uns dort niemand mehr braucht ... Wir selbst müssen uns überflüssig machen ...' Der Chef und der Graf aber, die so verschiedene Männer waren, hatten die gleichen Gedanken. Löste sich jetzt wie von selbst, was sie in der letzten Zeit so bedrückt und gequält hatte? Keine Flickarbeit mehr! Sich einer großen Sache hingeben, nach einem sorgfältigen Plan – und einer Sache, bei der jeder seine besonderen Fähigkeiten entwickeln konnte ...

„Natürlich ist das eine Aufgabe von Jahren", sagte Miller,

„wenn man nicht mit Jahrzehnten rechnen muss. Das heißt, meine Herren – wenn Sie dem Radscha zusagen, dann gehen Sie mir verloren. Ich müsste darauf verzichten, mein bestes Team für den schwierigsten Fall einzusetzen. Sie werden mir glauben, hoff' ich, wenn ich ausspreche, dass ich das bedauern würde. Sehr bedauern."

Sie glaubten ihm, was er sagte, wenn sich auch bei seinen Worten die Starrheit seiner Züge nicht löste.

„Es würde mir schwer, ohne Sie disponieren zu müssen, aber das ist wohl eine Schwierigkeit, mit der man fertig werden müsste. Denn indem ich Sie verliere, erfüllen Sie ja den Sinn, der mir bei der Gründung von *Ubique Terrarum* vor Augen stand, noch besser als sonst. Wieder helfen Sie – aber nicht mehr da und dort, sondern an einem Werk von Dauer, und so schiene es mir von Bedeutung, wenn Sie jetzt annehmen könnten, was Sie vordem glaubten ablehnen zu müssen. Wann, denken Sie, dass Sie mir einen endgültigen Bescheid geben können?"

Die drei sahen einander an. Sie standen vor einem neuen Abschnitt ihres Lebens, und es war, als sei alles, was sie bis jetzt unternommen hatten, nur die Vorbereitung auf das gewesen, was nun kam.

„Ich sofort, wenigstens für meine Person", sagte der Chef.

„Ich ebenso", erwiderte der Graf.

Auch GG stimmte zu: „Unter der Voraussetzung, dass der Chef und der Graf mitgehen, bin ich dafür."

„Das musste ich wünschen", äußerte Miller mit etwas gepresster Stimme.

„Nur", sagte GG, „ich kann hier nicht abreisen, ehe wir nicht ganz klar darüber sind, was mit Marcel Gormot geschieht. Das geht nicht von heute auf morgen. Wir müssen ihm Zeit lassen. Wir dürfen ihn nicht bedrängen. Ich meine, wir dürfen uns bei ihm noch gar nicht sehen lassen. Eine Woche ist jetzt herum. Es hat noch drei Wochen Zeit, bis der Termin da ist, an dem sein Anspruch auf die Erbschaft verfällt. Wir müssen abwarten, bis er so weit ist, dass man mit ihm sprechen kann. Das heißt – das kann ich natürlich auch allein tun. Ich kann hierbleiben. Sie können vorausfliegen –“

„Ausgeschlossen“, sagte der Chef. „Die ersten Tage sind die schwierigsten. Ohne Sie? Unmöglich!“

„Drei Wochen“, wiederholte Miller überlegend. „Da es anders nicht geht, muss es so sein.“ Er erhob sich. „Ich hoffe, meine Herren. Sie machen mir das Vergnügen, mit mir zu Abend zu essen. Ich möchte morgen sechs Uhr zwanzig zurückfliegen.“

Sie gingen in ihre Zimmer, und in dem des Chefs wartete Plumpudding auf ihn. Der sah beglückt die strahlende Entschlossenheit, die den Chef erfüllte, und fragte, zu allem bereit: „Packen?“

„Noch nicht. Hat Zeit. Aber andere Sache – dringend. Müssen uns auf die Hosen setzen. Lernen bei GG Malaiisch. Muss morgen Vormittag mit uns anfangen! Wird mir schwerfallen. Ein alter Affe lernt nicht mehr tanzen. Aber muss sein. Und wird geschafft.“

Die Aufgabe

Der Mann, der einmal Marcel Gormot gewesen, dann der Netzflicker Pataral geworden war und sich nun entscheiden musste, ob er das bleiben oder wieder der andere werden sollte, lebte wie in einem Traum. Mit seinem Blut hatte sich das eines ihm Unbekannten gemischt, der das seine hergegeben hatte, damit das Blut ersetzt werden konnte, das er als Pataral durch die Messerstiche verloren hatte. Als armseliger Netzflicker hatte er vor den Operationen das Bewusstsein verloren – als er wieder zu sich kam, als er in sich aufnehmen konnte, was um ihn war, sah er sich in einem Bett liegen, wie er es seit Jahren nicht mehr gekannt hatte. Ein Hemd hatte er an, so fein, wie er sie früher getragen hatte. Er lag in einem Zimmer, aus dessen Fenster er in die Bäume eines Parks sah. Lautlos öffnete sich die Tür, lautlos schloss sie sich wieder. Er hörte die Schritte der Schwester nicht, die sich um ihn bemühte, so leise ging sie. Und immer war der junge Braunhäutige da, dessen Gegenwart er jedoch nie als störend empfand, so unaufdringlich hielt sich der Inder, so bescheiden, als sei er gar nicht da. Zugleich jedoch war der Blick seiner dunklen Augen und sein fast kindliches Lächeln so werbend und gewinnend, dass das eine wie das andere wohltat.

Er war doch kein Fürst, kein Maharadscha, der sich seinen Diener mit nach Europa gebracht hatte! Wer war er denn hier? Die Ärzte in den weißen Kitteln behandelten ihn, als sei er ihresgleichen. Aber in seinem Dahindämmern streckte er immer wieder seine Hände aus, seine grob gewordenen Hände, als hielte er sie den Menschen entgegen, die ihn so bevorzugt behandelten: seht ihr denn nicht? Das sind doch die Hände eines Netzflickers …

Die Wunden heilten gut, und je weiter der Prozess der Genesung fortschritt, desto klarer wurden seine Gedanken. Zusammenhänge gingen ihm auf. Da war zuerst dieser Herr gekommen, der mit seinem Chauffeur in seiner Höhle gegessen hatte, dieser Agent oder was er war, jedenfalls eine Art Detektiv, der im Auftrag einer Gesellschaft den Marcel Gormot suchte und den er so gründlich in die Irre geschickt hatte. Dann, ein paar Tage später, waren der Marseiller und der Algerier erschienen. Waren sie ihm auch von den unbekannten Leuten geschickt worden? Aber weshalb fielen sie dann über ihn her?

Es durchzuckte ihn wieder – Marschall! Sein Hund war tot. Er hatte den Inder danach gefragt. Der Inder hatte ihn doch mit hierher gebracht. Marschall war tot. Sie hatten ihn in seiner Bucht begraben. Das war gut.

Aber mochte er dorthin zurück, wo sein Hund unter einem großen Stein verweste?

Er sah nach dem Inder, der am Fenster saß, zu den stillen Bäumen schaute und selbst etwas Pflanzenhaftes hatte. Er winkte ihm, und Tschandru setzte sich auf den Hocker, der neben dem Bett stand, und sah ihn an: „What do you want, Sahib?“ Auch das gab seiner jetzigen Existenz etwas so Unwirkliches, dass er hier im

Krankenhaus seiner französischen Heimat mit dem Diener, den er sich nicht bestellt hatte, englisch sprechen musste, was er in all den Jahren getan hatte, in denen er sich, um ganz mit seiner Vergangenheit zu brechen, auf englischen Schilfen herumgetrieben hatte.

„Wie kamst du in die Bucht, wo du mich fandest?"

„Mein Sahib wollte Sie sprechen."

„Ich kenne deinen Sahib nicht."

„Erst ist der Sahib Graf bei Ihnen gewesen. Er hat mit Ihnen gesprochen. Von der Gesellschaft." Ja – und dann war ein anderer mit einem Algerier gekommen. Auch von der Gesellschaft? Und jetzt hatten sie ihn aufgespürt …

In ihm bäumte es sich auf. „Hättet ihr mich doch liegen lassen!", stöhnte er. „Hättet ihr mich doch sterben lassen!"

„Oh Sahib", antwortete der Inder, „in dem Sahib war noch Leben. Leben ist heilig, sagt mein Sahib. Es kommt von Gott, sagt er. Ein Fünkchen war noch in Ihnen, und das Fünkchen war von Gott."

Nichts mehr hören. Nichts mehr sehen. Schlafen. Er schloss die Augen. Tschandru stand auf, ging leise zum Fenster und zog die Gardinen zu und wartete darauf, dass der Sahib, über den er zu wachen hatte, von ihm wieder etwas verlangte.

Er war nicht glücklich, der junge Tschandru-Singh. Er tat alles, was ihm sein Sahib aufgetragen hatte, und tat es so gut, wie er es nur vermochte – aber was war das denn schon? Er war nicht mehr bei den andern, vor allem, er war nicht mehr um seinen Sahib, er konnte für ihn und mit ihm nichts tun, und er sagte sich mit Schrecken, das komme daher, dass er hier in dem europäischen Land für seinen Sahib eben nicht mehr von Nutzen war. Nur um ihn das nicht merken zu lassen, hatte ihn sein Sahib zum Krankenwärter gemacht; aber was er hier tat, das hätte jeder andere auch besorgen können. Er sah doch, dass manche der Patienten von Privatschwestern gepflegt wurden, weil die Schwestern des Hauses so viel Zeit nicht hatten. Als dem Verwundeten am zweiten Tag jene Warnung vor der Paradiesfarm entschlüpft war, hatte Tschandru noch einen Anlass gehabt, Sahib GG und die andern Herren aufzusuchen. Nun aber, wo alles glatt ging, ein Tag still wie der andere verlief, hatte er keinen Grund mehr, zu ihnen zu gehen, und von ihnen kam auch niemand zu ihm. Sie brauchten ihn nicht. Und würde das anders werden, wenn sie nun etwa in Europa blieben? Nein, nein. Es sah nicht gut für ihn aus. Ach, früher war das anders gewesen …

Aber wie es gewesen war, das konnte er sich dann von der Seele reden. Denn mit dem Anbruch des Tages wich die Müdigkeit des Patienten, er dämmerte nicht mehr dahin, er war innerlich wach, er wollte wissen, was das denn für Männer waren, die ihn aufgespürt hatten – und Tschandru-Singh erzählte. Alles, was er mit Sahib GG und den andern erlebt hatte, erzählte er und dazu all das, was er von Plumpudding über die Expeditionen erfahren hatte, bei denen er nicht dabei gewesen war.

Pataral-Gormot hörte zu, hörte zu, hörte zu. Da war etwas, das in ihm bohrte. Auch er hätte so erzählen können. Auch er hatte die wilde Seite dieser Welt gesehen. Er hatte sich werfen lassen. Singapur, Hongkong, Macao – da kannte er sich aus. Er hatte ihn noch immer in der Nase, den eigentümlich süßlichen Geruch der chinesischen Städte, den niemand vergisst, der ihn einmal eingesogen hat. Mit Schafscherern, wüsten Kerlen, war er durch Australien gezogen, mit einem staatenlosen Koprahändler in der Südsee von Insel zu Insel gefahren, er war als Gehilfe eines ehemaligen russischen Großfürsten über die Weizenäcker Neuseelands geflogen, um sie aus der Luft mit chemischen Wuchsstoffen zu versorgen. Wie diese Männer, zu denen der Inder gehörte, hatte er mehr als einmal der höchsten Gefahr ins Auge gesehen, wie sie die Abenteuer durch Kaltblütigkeit und Zähigkeit bestanden – und doch war bei jenen alles anders als bei ihm. Sie suchten die Abenteuer nicht. Sie nahmen sie in Kauf. Sie mussten durch die Abenteuer hindurch, wie die Männer durch Flammen und tödlichen Rauch müssen, die aus einem brennenden Haus Menschen retten. Er aber hatte in den wilden Strudeln vergessen wollen. Er war in das abenteuerliche Leben geflüchtet. Das war es: er war immer auf der Flucht gewesen.

Aber wovor war er denn geflohen? Er hatte nichts begangen, wovor er hätte fliehen müssen. Solche Leute hatte er draußen oft getroffen, die in ihrer Vergangenheit einen dunklen Fleck hatten. Doch was hätte man ihm vorwerfen können? Um das Ansehen seines Vaters zu retten, hatte er, der Sohn, auf alles verzichtet, was er noch besaß – hatte er ahnen können, dass das seinem Vater den schwersten Schlag versetzen würde – dass der Vater noch ertragen konnte, sein Vermögen, seine Stellung verloren zu haben, dass es ihm aber unerträglich war, durch seine Schuld nun auch den Sohn mittellos und ohne Zukunft zu wissen? Er hatte für den Vater alles tun wollen, was nur in seiner Macht stand – aber gerade damit hatte er dem Vater die letzte Lebenskraft genommen. Da hatte ihm vor der erbarmungslosen Härte des Lebens so gegraut, dass er ausgebrochen war aus der Welt, in der er bis dahin gelebt hatte. Aber wohin ausgebrochen? In ein Leben, in dem er nicht mehr daran zu denken brauchte, was morgen sein würde, wo er heute schon vergaß, was gestern gewesen war. Scheinbar eine bunte Fülle – in Wahrheit graue Leere …

Aber er hatte doch damit Schluss gemacht! Er hatte auf alles verzichtet. Er hatte keinen Wunsch mehr gehabt. Er hatte als Netzflicker arm und zufrieden gelebt. Er hatte von keinem Menschen mehr etwas verlangt oder gewollt. Er hatte niemanden gestört. Er hatte alles in der Welt gelassen, wie es ist. Er hatte nur seinen Frieden haben wollen. Warum störten ihn da diese Männer auf? Warum ließen sie ihn nicht in Frieden? Warum rissen sie ihn wieder in ein Leben, von dem er nichts mehr wissen wollte? In seiner Bucht hatte er in der Welt gelebt und doch außerhalb ihrer – konnte er mit dieser Dollarmillion denn glücklicher leben? Sollte er sich an der Côte d'Azur eine pompöse Villa kaufen? In einer Luxusjacht von Hafen zu Hafen fahren? Oder in Monte Carlo zu seiner Million eine zweite gewinnen oder alles wieder verlieren? Sollte er zu denen gehören, deren Fotografie in die Zeitungen kommt, von denen berichtet wird, um welche Filmdiva sich der Millionär XYZ zur Zeit bemüht, die einen Rennstall halten oder einem Schnelligkeitsrekord nachjagen, um einen Lebensinhalt vorzutäuschen, um die ein Gewimmel ist wie von Fliegen um einen alten Käse?

Wie war es nur möglich, dass diese Männer ihn einem solchen heillosen Widersinn ausliefern wollten? Sie lebten doch selbst nicht in einer solchen Scheinwelt, in der nichts von Gehalt war …

„Ist dein Sahib reich?“, fragte er.

„Nein. Auch der Chef ist nicht reich. Auch der Graf nicht. Aber Plumpudding ist reich. Und Neunauge ist reich. Sie haben in Arizona eine Wasserquelle entdeckt. Sie bekommen von dort viel Geld.“

„Was machen sie damit?“

„Die Gesellschaft in London verwaltet es für sie. Neunauge hat armen Menschen in Afrika geholfen. Plumpudding unterhält irische Familien, deren Väter und Söhne im Kampf mit den Engländern gefallen sind. Mehr weiß ich davon nicht.“

„Und dein Sahib – wenn er eine Million bekäme, eine Million Dollar – was würde er damit machen?“

„Das weiß ich auch nicht. Vielleicht würde er sie den Herren in London für die Gesellschaft geben.“

So sah das also aus! Sie gaben ihr Geld weg, um das zu bleiben, was sie waren – und ihm wollten sie die Million aufhängen!

Aber konnte er nicht dasselbe tun wie sie? Nicht ausreißen, nicht wieder heimlich fort, woran er jetzt auch immer wieder gedacht hatte? Das Geld nehmen, damit die Sache ein Ende hatte, und dann es weggeben, damit er wieder leben konnte, unbekannt und ungestört, niemandem etwas schuldig und ohne einen Menschen, der ihm etwas schuldete.

Ohne einen Menschen – war das nicht das beste? Aber was trieb ihn denn nur immer dazu, dem Inder zu sagen ‚Erzähle noch mehr? Tat es nicht wohl, von diesen Männern zu erfahren? Ertappte er sich nicht, indem er zuhörte, bei dem Wunsch, zu ihnen zu gehören? Mit wie vielen Menschen war er in seinen wilden Jahren umgegangen – war er indessen nicht immer allein gewesen, ganz allein? Hatte er sich von einem Boden losgerissen, in dem doch seine Wurzeln lagen? Trieb er nun so dahin wie ein losgerissenes Blatt?

„Ich möchte mit deinem Sahib sprechen", sagte er – aber als GG dann bei ihm eintrat, brach sein Groll wieder auf. Das war eben auch einer von den Männern, die wie die Spürhunde hinter ihm hergewesen waren und ihn schließlich gestellt hatten ... Die Messerstiche, die ihm aus irgendeinem unverständlichen Zufall versetzt worden waren, konnte er hinnehmen, denn sie gehörten in die Welt, in die er sich geflüchtet hatte. Aber dass man ihn aus ihr vertreiben wollte – damit fertigzuwerden war schwer.

„Nun", sagte er böse, „ist die dürre Person in der Straße der Vorsehung zufrieden? Kann sie endlich ruhig schlafen, weil sie wieder einen aus seinem Versteck aufgescheucht hat, der froh war, sich vor den Menschen verkriechen zu können?"

„Ich nehme an", antwortete GG, „Sie sprechen von der Mutter Brodart. Ihre Vermutung trifft jedoch nicht zu."

„Aber sie hat Sie doch auf mich gehetzt!"

„Sie hat uns an Sie gewiesen, weil sie dachte, Sie könnten uns vielleicht eine nützliche Auskunft geben. Was daraus wurde, konnte sie wirklich nicht voraussehen."

Pataral-Gormot wurde unsicher. An der stillen Festigkeit dieses Mannes verlor Heftigkeit ihre Durchschlagskraft. „Meinetwegen", sagte er. „Deswegen bin ich jetzt doch in ihren Krallen."

„Wieso?", fragte GG. „Vielleicht hat sie gehört, dass der Netzflicker Pataral nach einer Messerstecherei ins Krankenhaus gekommen ist – aber dass dieser Pataral der Mann ist, dem sie helfen möchte, das weiß sie nicht."

„Sie haben ihr das nicht gesagt?"

„Nein."

„Warum nicht?“

„Ich war der Meinung“, antwortete GG gelassen, „dass wir dazu kein Recht hatten. Wir wissen jetzt, wer Sie sind – aber ob das auch andere wissen dürfen, das können allein Sie entscheiden.“

Pataral-Gormot war erregt – nicht mehr aufbegehrend, sondern von ganz anderen Gedanken getrieben. „Auch hier im Krankenhaus weiß es keiner?“, fragte er hastig.

„Niemand. Der Chefarzt hat sich noblerweise an das wenige gehalten, was ich ihm mitteilte.“

Was erfuhr er da … Sie hatten ihn entdeckt, die Männer, aber sie hatten ihn nicht verraten, nicht an die Öffentlichkeit verkauft, nicht über ihn verfügt wie über eine Beute … Noch immer war er nur Pataral – er konnte in seine Bucht zurück, er konnte dort leben wie bisher, was draußen geschah, das konnte ihm gleichgültig sein – er hatte ein paar Narben mehr: Das war alles.

Er sprach jetzt ruhig, und es klang fast wie beglückt. „Sie werden das vielleicht nicht verstehen, seitdem Sie wissen, wer ich bin“, sagte er. „Ich lebe da mit Menschen, zu denen ich eigentlich nicht gehöre, aber mir ist bei ihnen wohl. Die Fischer sind nicht besser, als die Menschen anderswo auch sind. Es gibt fleißige und Faule, Ehrliche und Überschlaue, die auf ihren Vorteil bedacht sind, sie leben von ihrer ehrlichen Arbeit, aber der eine oder andere ist auch bereit zu schmuggeln; sie gehen nicht vor Gericht, sondern machen ihre Händel mit dem Messer aus, wenn's nicht anders geht. Aber es sind Menschen, die nicht fragen. Sie lassen jeden, wie er ist. Sie sind zufrieden, dass ihnen einer ihre zerrissenen Netze gut und billig flickt. Wer der ist, der das macht, das ist ihnen gleich. ‚Der wird ja wissen, warum er's tut' – dabei belassen sie's. Sie sind einfach, aber ganz. Mancher kann gerade seinen Namen schreiben – aber sie haben noch Achtung vor dem, was ist, und nehmen es hin.“

Er schwieg. Er überlegte, ob er noch sagen sollte, was ihm auf der Zunge lag – aber dann sprach er es aus. „Ich will Ihnen eins zugeben, Sie haben mich hier wie einen Generaldirektor untergebracht, und seitdem ich wieder denken konnte, habe ich manchmal gedacht, ich hätte dort unten in meiner Höhle doch nicht richtig gelegen. Aber weg damit! Ich bin zufrieden, dass ich zu ihr zurück kann – und alles andere ist, als wär' es nie gewesen."

Er sah GG an und sagte dann langsam: „Ich habe Ihnen zu danken – Sahib!", setzte er hinzu und lächelte ein wenig.

„Ich dachte", fuhr er fort, „ich käme aus dem Rummel nicht heraus. Ich müsste ‚ja' sagen, ich müsste auch, damit der Kram ein Ende hätte, das Geld nehmen. Ich könnte es weggeben, und dann wär ich wieder da, wo ich vielleicht nicht hingehöre, aber wo man mich leben lässt. Nun sieht es wieder anders aus: das ist gar nicht nötig, ich muss gar nicht erst durch den Lärm, den so was macht. Ich bin wieder da. Erledigt."

„Sie könnten aber auch", sagte GG leichthin, als mache er keinen besonders wichtigen Vorschlag, „die Erbschaft annehmen und mit dem Geld für die Fischer etwas tun, mit denen Sie leben."

„Zehn Betten im Krankenhaus stiften für die Opfer von Messerstechereien, was?"

GG machte nur eine freundliche Handbewegung und redete in seiner so gar nicht drängenden Art weiter. „Sie könnten etwas für sie tun, wofür kein anderer so geeignet wäre wie Sie."

Pataral-Gormot sah ihn betroffen an, in Unruhe und unbestimmter Abwehr.

„Gründen Sie eine Genossenschaft der Fischer", sagte GG. „Stellen Sie dieser Genossenschaft das Kapital zur Verfügung, das den Mitgliedern die Nylonnetze liefert, die sich der einzelne nicht leisten kann. Leiten Sie diese Genossenschaft. Sie können das. Von den Fischern kann das keiner. Ein Fremder kommt nicht in Betracht. Zu Ihnen haben die Leute Vertrauen."

Und dann setzte er noch hinzu, ganz leicht: „Wenn ich das recht verstanden habe, was Sie unserm Freund, dem Grafen, gesagt haben, hängt die Existenz der Fischer daran, ob sie mit den neuen Netzen fischen können, die den stärkeren Ertrag liefern."

Damit erhob er sich. „Vielleicht überlegen Sie sich das einmal. Aber ich möchte Sie nicht länger stören."

„Bleiben Sie, bleiben Sie!", antwortete Pataral. „Das ist – das ist ja eine Idee!"

GG blieb, und dann sprachen sie noch lange miteinander, sehr lange. Als die Schwester zum dritten Male kam und mahnte, nun müsse Herr Pataral aber unbedingt zu Bett, verabschiedete sich GG.

„Mir ist das jetzt endlich klar", sagte Marcel Gormot. „Ich habe mich immer nur versteckt. Keiner sollte mich finden. Das heißt, ich habe immer nur an mich gedacht. Sie und Ihre Männer sind immer dahin gegangen, wo jemand Sie brauchte."

„Man muss sich wohl eine Aufgabe stellen", antwortete GG. „Sonst gibt man sich selbst auf."

Die ganze lange Zeit hatte Tschandru-Singh auf dem Korridor gewartet. „Er ist soweit", sagte GG. „Er hat sich gefunden. Er sieht seinen Weg."

„Wer hat ihm den Weg gezeigt? Du, Sahib!"

„Wer hat ihm beigestanden, als er noch zu schwach war, zu gehen? Du, Tschandru."

„Ach Sahib, du hättest dafür auch eine Schwester bestellen können!"

„Sie hätte ihm von uns nichts erzählen können."

„Sahib, ich nütze dir hier zu wenig!"

„Das glaube ich nicht. Aber wir bleiben ja nicht hier. Wir gehen nach Malaya, Tschandru!"

„Nach Malaya? Wieder nach Gandor?"

GG nickte.

Tschandru-Singh strahlte. Aber dann befiel ihn ein Schrecken. „Zu einem kurzen Besuch beim Radscha?"

„Nein. Für immer."

Sie bleiben zusammen

Der Chef blickte in ein kleines hellblaues Buch mit einem dunkelblauen Kalikorücken, ohne das er nicht mehr zu sehen war. In einem englischen Verlag, der sich in Hongkong und Singapur niedergelassen hatte, war es erschienen und hieß *Colloquial Malay*.

Der Chef schloss das Buch, ließ aber den Finger zwischen den Seiten. Seine Lippen bewegten sich. Die Zahlen von eins bis neun konnte er; Plumpudding hatte sie ihm abgefragt. Jetzt waren elf bis neunzehn an der Reihe, denn mit den Zehnern war es eine ganz besondere Sache, an die kam er später. *Sa-belas*, elf, schön, das hieß wörtlich *eins kommt wieder*, ganz einfach. *Dua-belas*, zwölf, *zwei kommt wieder. Tiga-belas*, dreizehn, *drei kommt wieder. Empat–belas*, vierzehn, *vier kommt wieder* – und so immer weiter. Praktische Leute, diese Malaien! Der Chef hatte Geschmack an ihrer Sprache gewonnen. Beim Zeitwort keine Bezeichnung von Zahl oder Person, *ich werfe* oder *wir werfen* lautete ganz gleich *sahaya bulang*, und Wörter, die im Satz nicht unbedingt nötig waren, wurden kurzerhand weggelassen. „Eine Sprache für mich", äußerte sich der Chef anerkennend.

„Jetzt wäre es wohl richtig", sagte GG, „dass wir die Mutter Brodart benachrichtigten."

„Bitte", erwiderte der Chef. „Habe keine Zeit." Er blickte wieder in das kleine hellblaue Buch, schloss es, und seine Lippen bewegten sich.

„Wären Sie damit einverstanden, GG", fragte der Graf, „wenn ich das mit Neunauge zusammen unternähme? Ich habe so die Idee, das würde ihm gut tun."

„Gewiss", war GGs Antwort, „und wenn es sich machen lässt, dann sagen Sie ihr auch noch, sie möchte für einen gewissen Oustalou etwas tun, falls sich der eines Tages bei ihr meldet und sich auf uns beruft."

„Gut" – doch ehe der Graf sich auf den Weg in die Straße der Vorsehung machte, sprach er mit Neunauge unter vier Augen.

„Mein Lieber“, sagte er, „du bist jetzt so niedergedrückt, weil alles unglücklich gelaufen wäre. Aber dabei vergisst du eins. Du hast tatsächlich die Sache richtig gesehen. Du hast erkannt, was in dem Netzflicker steckte. Keiner von uns wäre darauf gekommen.“

„Aber ich hätte es Ihnen gleich sagen sollen.“

„Das hätte sich wohl empfohlen“, gab der Graf zu. „Jedoch–“

„Und ich hätte den Kerl mit seinem Sidi nicht hinschicken dürfen !“

„Das war gewagt, zweifellos. Aber das eine wie das andere hebt die Tatsache nicht auf, dass du den Mann als erster durchschaut hast, und ich meine, es wäre durchaus angebracht, wenn wir das der Mutter Brodart klarmachten. Dann stehst du doch bei ihr großartig da!“

„Und wenn sie dann das andere erfährt –“

„Ich sehe nicht ein, warum sie das erfahren soll. Wir stehen bei ihr nicht vor Gericht. Wir sind nicht verpflichtet, nichts zu verschweigen und nichts hinzuzusetzen. Es bleibt uns überlassen, was wir ihr mitteilen und was nicht. Wir wollen ihr natürlich die Wahrheit sagen – aber dass du den richtigen Verdacht gehabt hast – ist das wahr oder nicht?“

„Herr Graf, es ist wahr“, sagte Neunauge. Dabei lebte er sichtlich auf, als habe der Graf ihm einen stärkenden Trunk gereicht. „Und ich muss sagen, wenn Sie das zustande bringen – wenn Sie mich bei ihr ‚rauspauken’ – es wäre für mich ein Anfang. Dass ich mit nach Malaya gehe, das hat ja keinen Sinn. Ich habe mich von Ihnen nie trennen können, aber ich weiß jetzt, ich muss es tun. Sie müssen sehen, wie Sie allein fertig werden. Mit einem Pechvogel ist Ihnen wirklich nicht gedient. Dann mache ich jetzt eben Ernst mit meinem alten Plan und eröffne hier in meiner Vaterstadt das große Etablissement *Ubique Terrarum*. Aber dazu brauche ich – ich meine, ich muss mich dabei wohlfühlen können. Ich brauche eine Atmosphäre des Wohlwollens. Wo man mich nicht für voll nimmt, kann ich nicht wirken. Wenn ich immer denken muss: ‚Da sitzt die Brodart, hält nichts von dir und stichelt gegen dich', das nimmt mir die Luft."

"Ich wette zehn gegen eins, Neunauge: sie wird von dir begeistert sein. Es ist immer besser, man macht seine Dummheiten, wenn man jung ist, und im Alter zeigt man dann, was man auf dem Kasten hat."

Damit waren sie schon bis dicht vor die Tür des Zimmers Nr. 72 gekommen, und als dann der Graf mit seinem Begleiter eintrat, wurde er nicht besser empfangen als bei dem ersten Besuch, den er mit dem Chef und GG hier gemacht hatte.

„So!", rief das hagere Persönchen erbittert aus, „lässt man sich endlich bei mir sehen! Aber diesmal marschieren die drei berühmten Herren nicht in ganzer Glorie zusammen auf! Heute genügt es, dass Sie kommen, Graf Montfort."

„Gestatten Sie mir wenigstens", sagte er, „dass ich Ihnen meinen Kameraden und Freund vorstelle, dem wir den Namen Neunauge gegeben haben?"

„Das wird an der Sache auch nichts mehr ändern", erwiderte sie und fuhr so scharf fort, wie sie begonnen hatte: „Haben Sie vielleicht einmal die Güte gehabt, auf den Kalender zu sehen? Oder ist es Ihnen entgangen, dass jetzt noch ganze fünf Tage Zeit sind, in denen der unglückliche Marcel Gormot seine Ansprüche geltend machen kann? Aber Sie haben ihn natürlich überhaupt nicht ausfindig gemacht. Es ist sogar schon viel dass Sie eine dumme Pute wie mich von dem negativen Ergebnis Ihrer geschätzten Bemühungen in Kenntnis setzen!"

„Sie irren –"

„Das wird immer behauptet, wenn ich recht habe!"

„Wir würden uns höchstwahrscheinlich leichter verständigen, wenn Sie so reizend wären, mich ausreden zu lassen!"

„Ich lege keinen Wert darauf, als reizend angesehen zu werden –"

„Jedenfalls muss ich behaupten, dass Sie ohne allen Grund gereizt sind –"

„Ohne allen Grund?", rief sie voller Empörung aus. „Was soll ich denn noch machen, um meinen armen verlaufenen Kindern zu helfen, wenn nicht einmal solche Männer wie Sie imstande sind, jemand zu finden, der gefunden werden müsste, wenn es noch gerecht zuginge in der Welt?!"

„Aber Marcel Gormot ist doch gefunden!"

„Was?"

„Jaja. Wir haben ihn!"

„Und das sagen Sie jetzt erst?"

„Verzeihung – aber das liegt nicht an mir."

Darauf ging sie nicht ein. „Wo ist er? Er muss sofort herkommen! Ich habe doch die Adresse, bei der er sich melden muss! Er muss telegrafieren – nein, er muss mir eine Vollmacht ausstellen, dass ich alles Nötige für ihn veranlassen kann – wo bleibt er denn nur?!"

„Sie kennen ihn übrigens", bemerkte der Graf wie ganz nebenbei.

„Ich kenne ihn? Das wird ja immer schöner! Wie können Sie so etwas behaupten?"

„Sie haben uns selbst gesagt, dass Sie ihn kennen. Nur hatte er mit ihnen nicht die besten Erfahrungen gemacht –"

„Zum Kuckuck, wer soll das denn sein!"

„Es ist – Pataral."

„Pataral?" Sie wusste nicht mehr, wo sie war. „Pataral?", wiederholte sie, völlig verwirrt. „Pataral ist Marcel Gormot –"

„Unzweifelhaft."

„Aber wie haben Sie das denn herausbekommen?"

„Hier – unser Kamerad und Freund Neunauge hat ihn sofort erkannt, als er ihn das erste Mal sah. Aber selbstverständlich konnten wir daraufhin nicht sofort zu Ihnen laufen. Eine solche Behauptung muss erhärtet werden, nicht wahr? So etwas braucht gewisse Zeit. Das werden Sie mir zugeben."

Sie stand auf. Sie ging auf Neunauge zu. Sie streckte ihm ihre

Hand entgegen. „Ich danke Ihnen. Sie wissen nicht, wie glücklich Sie mich gemacht haben.“

„Aber Sie kennen doch auch unsern Freund schon lange –“, sagte der Graf.

Jetzt war sie sprachlos. Neunauge schüttelte ihre Hand.

„Ja, Céline, wir kennen einander gut. Ich bin doch Cyprian!“

„Cyprian … “, stammelte sie, „der Schwindel-Cyprian …“

„Er hat sich herausgemacht, wie?“, fragte der Graf. „Er hat uns auf allen unsern Expeditionen begleitet. Er war immer dabei. Wir wussten, was wir an ihm hatten. Und jetzt, in Marseille, wo er sich so genau auskannte – wie gesagt, er hat als erster gewusst, wo der Hebel anzusetzen war. Und das ist es, worauf alles ankommt.“

„Der Cyprian“, wiederholte sie, „sieh mal einer an –“ Sie betrachtete ihn von oben bis unten. „Nein, erkannt hätte ich dich nicht, wahrhaftig nicht.“

„Man verändert sich in so langer Zeit“, meinte der Graf.

„Hoffentlich … hoffentlich … “, sagte sie und starrte ihn wieder an, als wolle sie bis in sein Innerstes schauen. Neunauge wurde unter ihrem forschenden Blick verlegen. Er atmete hastig. Dann rang er sich die Frage ab: „Und wie geht es deinem Bruder Marcel?“

„Danke. Er kann nicht klagen. Er hat in eine große Transportfirma eingeheiratet. Der ist jetzt ein gemachter Mann. Aber wenn man meint, er gäbe mir was für mein Büro hier – keinen einzigen Sou rückt er heraus. Aber ich hab’s ihm ins Gesicht gesagt: ‚Du verdienst es überhaupt gar nicht, dass wir uns damals, als du das Malheur mit dem Cyprian hattest, um dich solche Sorge gemacht haben!‘ Und jetzt steht der Cyprian hier –“

„Auch ein gemachter Mann“, sagte der Graf, „aber durch eigene Kraft! Wohlhabender Teilhaber an einem Wasserwerk in Arizona, das erhebliche Gewinne ausschüttet – ein Mann mit großen Plänen –“

Doch gerade das hätte der Graf nicht sagen dürfen. „Große Pläne hat er immer gehabt! Darauf gebe ich gar nichts! Und er hat wirklich den Marcel Gormot entdeckt?“

Sie wartete die Antwort auf ihre ungläubige Frage nicht ab. „Wo ist denn aber der Gormot? Ich habe Ihnen doch gesagt, jetzt geht es nur noch um wenige Tage!“

„Sie finden ihn im Krankenhaus von *St. Anne*. Privatklinik des Chefarztes. Aber Sie müssen nach Monsieur Pataral fragen.“

„Er liegt doch nicht etwa im Sterben?“

„Im Gegenteil. Er hat nur einen kleinen Betriebsunfall gehabt.“

„Ich fahre sofort hin“, antwortete sie.

Auch ohne diese Bemerkung hätte der Graf den Eindruck gehabt, dass ihr Interesse für Cyprian Bombardon nicht so groß war, wie er es sich gedacht hatte, und er verbarg sich nicht, dass der Zusammenkunft, von der er sich für Neunauge doch etwas versprochen hatte, der gewünschte Erfolg versagt geblieben war. Neunauge ging stumm neben ihm, her, als sie sich zum Hotel zurückbegaben, und es dauerte lange, bis er Worte fand.

„Herr Graf“, sagte er traurig, „sie hat es Ihnen nicht geglaubt. Einfach nicht geglaubt.“

„Ich möchte eher sagen“, meinte der Graf. „sie braucht Zeit, bis ihr das ganz aufgeht. Du musst bedenken, es kam für sie völlig unerwartet.“

„Nein, nein. Ich mache mir nichts mehr vor. Ich weiß es eben nicht allein, dass ich ein Versager bin. Andere Menschen wissen es auch.“

„Neunauge, nun sei vernünftig. Hast du jemals als Koch versagt? Hast du vergessen, wie du uns durch deine Kochkünste bei dem furchtbaren Mann, dem Gouverneur, gerettet hast? Ich muss mir den Vorwurf machen, dass ich dich immer wieder abgehalten habe, dich deinen eigentlichen Fähigkeiten zu widmen. Das geht nun nicht länger. Wie du schon sagtest: Ich muss mich von nun an ohne dich behelfen. Und du machst hier dein großes Unternehmen auf –“

„Nein, Herr Graf – das ist es ja! Man sieht es wieder: der Prophet gilt nichts in seinem Vaterlande. Nein, diese unbelehrbare Person hat mir den Rest gegeben. Hier in Marseille bleibe ich keinen Tag länger als Sie."

„Neunauge", sagte der Graf. „ich habe eine Idee. Du gehst mit nach Malaya –"

„Als fünftes Rad am Wagen? Als patentierter Pechvogel? Zum Gespött der Menschen?"

„Keineswegs. Du gehst mit nach Malaya, und dort machst du dein Unternehmen auf. Mit einer Wendung, Neunauge, mit einer genialen Wendung! Hier in Europa wolltest du ein Restaurant gründen, ein großartiges Unternehmen, in dem man das beste Gericht aus allen Ländern der Erde bekäme – und dort, in der Fremde, schaffst du ein Haus, wo jeder der Fremden das Gericht seiner Heimat bestellen kann – und dann fühlt er sich in der Fremde bei dir wie zu Haus."

„Großartig", stieß Neunauge heraus, „großartig! Das wird die Aufgabe meines Lebens!"

„Und wer die hat, Neunauge, der ist gut dran!"

Wort- und Sacherklärungen

Seit dem ersten Erscheinen dieses Buches, 1959, veränderte sich einiges. Aktuelle Anmerkungen wurden in kursiver Schrift hinzugefügt.

Adonis ist eine Jünglingsgestalt aus der griechischen Sage. Er war so schön, dass Aphrodite, die Göttin der Liebe, sich in ihn verliebte. Ein Eber zerriss ihn, so dass er zu den Toten in die Unterwelt hinab musste. Aphrodite bat Zeus, den obersten der Götter, er möchte dem Geliebten das Leben wiedergeben - aber nun hatte die Göttin der Unterwelt sich so sehr in den Schönen verliebt, dass sie ihn nicht wieder hergeben wollte. Da entschied Zeus, dass Adonis einen Teil des Jahres in der Unterwelt, den andern aber im Licht der Sonne bei Aphrodite zubringen sollte. Wahrscheinlich ist Adonis ein orientalischer Naturgott (semitisch: adon, ‚Herr').

Agde, ein kleiner Fischerhafen am Fluss Hérault, vier Kilometer vom Mittelmeer.

Akkon ist eine Hafenstadt im Norden Israels, die im Altertum ein wichtiger Verbindungspunkt zwischen Europa und Asien war. Die Stadt war im Besitz der Ägypter, der Assyrer, der Römer, der Araber. In der Zeit der Kreuzzüge war der Hafen von großer Bedeutung. Die Stadt wurde von den Kreuzfahrern erobert. Auch unter der späteren türkischen Herrschaft blieb Akkon der Landungsplatz für die Wallfahrer aus Europa. *Heute hat der Hafen nur noch geringe Bedeutung, denn ganz in der Nähe liegt Haifa, eine der wichtigsten Hafenstädte Israels.*

Al Djezaïr, arabisch, ‚die Inseln', eine Bezeichnung, aus welcher der Name ‚Algier' wurde. In den Ruinen der alten Stadt Icosium ließ sich ein Berberstamm nieder, die Beni Mezranna. Kleine Felseninseln riegelten hier nach dem Meere zu einen Hafen ab, und der Ort bekam daher den Namen ‚Al djezaïr Beni Mezranna', das heißt ‚die Inseln der Beni Mezranna'. Aus ‚Al djezaïr' machten die Spanier ,Argel', die Italiener ,Algeri', die Engländer ,Algiers', und so kam die Stadt zu ihrem heutigen Namen.

Altair oder Atair, von arabisch ,at-Ta'ir', ,der Fliegende', heißt ein Stern erster Größe im Sternbild des Adlers.

Altan, italienisch altana, von lateinisch altus, ,hoch', eine Plattform, die auf dem Unterbau eines Gebäudes ruht und auf die man aus einem oberen Stockwerk unmittelbar hinaustritt. Deutsche Bezeichnung: Söller.

Amphitheater nennt man die großen Theater der Römer, in deren Arenen (Sandflächen) Tierhetzen und Gladiatorenkämpfe stattfanden und deren Sitzreihen stufenweise zurücktreten und zu gewaltiger Höhe ansteigen.

Anarchie ist der Zustand einer Gesellschaft, in der es keine Gesetze mehr gibt noch gesetzliche Autoritäten. Das griechische Wort anarchia bedeutet ,Herrschaftslosigkeit'.

Aperitif ist ein alkoholhaltiges Getränk, das man in Frankreich vor dem Essen trinkt, damit der Appetit angeregt wird.

Arles, an dem westlichen Ufer der Rhône, ist eine der berühmtesten Kunststädte Frankreichs. Sie wurde von den Kelten (siehe dort) gegründet, von den Griechen erobert, und von Julius Cäsar zur römischen Stadt erhoben. Der Ort erhob sich bald zu hoher Bedeutung, wetteiferte mit Massilia (Marseille) im Handel und erreichte seine Blütezeit unter Kaiser Konstantin. Später wurde sie die Hauptstadt des burgundischen Königreichs Arelat. Hier lebte 1888 der bedeutende Maler Vincent van Gogh, dessen Hauptwerke in dieser Stadt entstanden.

Avenue Clemenceau, eine Allee, die nach dem französischen Ministerpräsidenten George Clemenceau (1841-1929) heißt. Im ersten Weltkrieg sicherte er seinem Lande durch rücksichtsloses Durchhalten den Sieg, war einer der ,Großen Vier' bei den Friedensverhandlungen 1919 und wurde hauptverantwortlich für den Versailler Vertrag. Er starb einsam und verbittert.

À votre santé, französisch ,Zum Wohle!'

Banyuls-sur-Mer, französischer Fischerhafen und Seebad an der Côte Vermeille (siehe dort), nicht weit von der spanischen Grenze, Herkunftsort eines schweren, etwas süßen Weines.

Bis, lateinisch ‚zweimal', wird in Frankreich bei Hausnummern verwandt wie bei uns 16 a, 16 b.

Botaurus stellaris, französisch butor, die Rohrdommel, ein Stelzvogel, der in die Familie der Reiher gehört und dessen brüllender Ruf in stillen Nächten bis zu drei Kilometer weit zu hören ist. Die Vögel sind sehr scheu und verstehen es, sich gut zu tarnen. In Deutschland ist die Rohrdommel sehr selten geworden.

Bureau for missing seamen, englisch, ‚Büro für vermisste Seeleute'.

Camarade, französisch, von lateinisch camera, die Stube, woraus bei uns ‚Kamerad' wurde, hat im Französischen auch den Sinn von ‚Genosse'; die Mitglieder der Kommunistischen Partei reden sich mit ‚Camarade' an.

Camargue heißt ein etwa 930 km^2 großes Gebiet zwischen den Hauptmündungsarmen der Rhône und der Mittelmeerküste. Es entstand durch Ablagerungen von Geröll und Schutt, welche die Rhône heranführte. Der Fluss schwemmte jedes Jahr Tausende von Kubikmetern an und drängte damit das Meer immer weiter zurück. So wurden Städte und Häfen verschüttet, die von Griechen und Römern erbaut worden waren. Im Mittelalter versuchten Mönche vergeblich, hier zu siedeln. Heute ist das Sumpfland durch Entwässerung und Eindeichung fruchtbares Marschland geworden. Keine Landschaft Frankreichs ist so exotisch wie die Camargue. Sie birgt auch einen Naturschutzpark.

Casals, Pablo, ein berühmter spanischer Cellospieler, geboren 1876, der überall in der Welt Konzerte gibt, aber nicht in seinem Heimatland Spanien, das er verließ, seitdem dort der Diktator Franco herrscht. *Casals setzte sich sein Leben lang in aller Welt für Menschenwürde, Brüderlichkeit und Frieden ein. 1971 ehrte ihn die Vollversammlung der Vereinten Nationen mit der*

Friedensmedallie. Er starb 1973, und erlebte das Ende der Diktatur in Spanien Mitte der 1970er Jahre nicht mehr.

Catalan, der Name für einen Schnellzug, der Port Bou (siehe dort) mit Genf verbindet (s. Katalanisch).

Chance, französisch, soviel wie ‚Glücksfall'. Wenn ich jemand eine Chance gebe, dann verschaffe ich ihm damit eine Möglichkeit, voranzukommen. Ob es ihm gelingt, hängt von seiner Tüchtigkeit und seinem Glück ab. Das Wort kommt von dem lateinischen cadere, ‚fallen'. Cadentia hieß das Fallen der Würfel, daraus wurde ‚chance'. Das mittelhochdeutsche Wort ‚schanze' bedeutete einen Glückswurf beim Würfelspiel. Daher die Redensart ‚Sein Leben in die Schanze schlagen', das heißt sein Leben wie einen Würfelwurf wagen.

Chirurg (griechisch cheirurgós, ‚Wundarzt', eigentlich ‚Handwerker') ist ein Arzt, der für besondere operative Eingriffe ausgebildet ist.

Citroën ist der Name eines führenden Unternehmens der französischen Automobilindustrie (siehe auch DS 19). *1975 wurde Citroën vom Konkurrenten Peugeot übernommen; seither firmieren die beiden Unternehmen als PSA und entwickeln neue Modelle gemeinsam.*

Colloquial Malay, englisch, ‚Malaiisch als Umgangssprache'.

Connetable, französisch, war in alten Zeiten der Titel des Oberbefehlshabers des französischen Heeres. Das Wort kommt aus dem spätlateinischen comes stabuli, was ‚Stallmeister' heißt, und auf diese Wurzel geht auch die englische Bezeichnung eines Polizeibeamten, des ‚Constable', zurück.

Conseiller, ‚Rat', als Titel.

Corsaire et demi, französisch, heißt wörtlich ‚Seeräuber und ein halber', entspricht unserer Redewendung ‚auf einen Schelm anderthalb!'

Côte d'Azur, französisch, Bezeichnung der Küste von Nizza bis Marseille, eines Teils der französischen Riviera, die durch ihr angenehmes Klima weltberühmt wurde. Himmel und Meer sind dort oft von leuchtendem Blau. Das spätlateinische Wort azura kommt aus dem persischen lazaward, womit der ‚Lasurstein', der himmelblaue Edelstein Lapislazuli bezeichnet wurde.

Côte Vermeille, französisch, ‚purpurrote Küste', Beiname der französischen Mittelmeerküste vor der spanischen Grenze. Dort gehen die Weinberge oft bis ans Meer, so dass die Küste im Herbst rot von Weinlaub ist.

Diamant nennt der Buchdrucker den kleinsten Grad der Druckschriften, für die es im ganzen elf Hauptgrade gibt.

Diffamieren, jemand ehrenrührige Handlungen vorwerfen, ihn verleumden, ihn in Missachtung bringen.

Dozieren kommt von dem lateinischen Wort docere, ‚lehren', hat aber im Deutschen einen Nebensinn. Wie so oft, gibt das Fremdwort bei uns dem Begriff etwas Herabsetzendes (vgl. Karriere, Routine, Visage), und so meint ‚dozieren': etwas übertrieben, aufdringlich, schulmeisterlich lehren.

Drall bezeichnet ursprünglich die Kraft, mit der ein Körper, der an einem Faden hängt und aus seiner Ruhelage herausgedreht wurde, sich wieder in die Ruhelage zurückdreht. Bei den Feuerwaffen nennt man die Windung der Züge im Lauf Drall; sie erhöht die Geschwindigkeit und die Durchschlagskraft des Geschosses.

DS 19 ist die Bezeichnung für einen Wagen der französischen Automobilfabrikation Citroën (siehe dort), der (*1959, bei Erscheinen des Buches*) etwa 11.700 DM kostet.

Éditions Paul Damas, Véritables photos de bromure, reproduction interdite, französisch, ‚Verlag Paul Damas, Echte Bromsilberfotos, Nachdruck verboten'.

Effekt, aus dem Lateinischen, soviel wie ‚Wirkung', aber das Fremdwort meint bei uns mehr eine äußere Wirkung, die nicht tief geht.

Enak, der Stammvater der Enakiter (hebräisch Anakim), eins der vielen Völker, welche die Israeliten bei ihrer Eroberung von Palästina antrafen; es sollen riesenhafte Menschen gewesen sein.

For you, old chap, englisch, ‚für dich, alter Junge'.

Fallreep ist eine Leiter oder eine an der Außenbordseite des Schiffes heruntergelassene Treppe. ‚Reep' ist ein Schiffstau - vermutlich ist das Fallreep ursprünglich eine Strickleiter gewesen.

Fille du Feu, französisch, ‚Tochter des Feuers'.

Flamingo ist der portugiesische Name für den rosenrot gefärbten Stelzvogel, der in Südeuropa, an den afrikanischen Küsten, am Kaspischen Meer und in Ostindien lebt. Für die alten Römer war das Fleisch junger Flamingos und deren sehr fette Zunge ein gesuchter Leckerbissen, für den hohe Summen gezahlt wurden. *In einigen Ländern wurden Flamingos noch bis in das 20. Jahrhundert wegen ihres Fleisches gejagt.*

Flic, französisch, Spitzname für einen Polizisten.

Gandor hieß das Fürstentum in Malaya, in dem das Team der sechs Männer eine schwierige Aufgabe zu lösen hatte.

Gehirngrippe *nennt man eine Krankheit bei der sich einem grippeähnlichem Vorstadium mit leichtem Fieber, Gliederschmerzen, Kopfschmerzen und Erbrechen, ein wochenlanger Schlafzustand anschließt (lateinische Bezeichnung ‚Encephalitis epdemica').*

Grotesk heißt soviel wie absichtlich übersteigert, übertrieben, wodurch etwas komisch wirkt.

Hokkaido ist der japanische Name für die nördlichste Insel im japanischen Inselbogen. Der Name bedeutet ‚Nordmeerbezirk'. Auf der Insel herrscht ein sehr raues Klima.

How do you do, boys?, englisch, heißt wörtlich: ‚Wie geht es euch, Jungens?', ist aber mehr eine Formel der Begrüßung.

Hugo, Victor war ein gefeierter französischer Dichter und lebte von 1802 bis 1885.

Illegal heißt ‚gesetzwidrig', lateinisch lex, ‚Gesetz'. Eine illegale Partei ist eine Partei, die nach dem Gesetz verboten ist und nur im Geheimen besteht.

Inkognito, italienisch, ‚unerkannt'. Könige, die auf Reisen nicht erkannt werden wollten, reisten inkognito, indem sie sich als Graf oder als Baron Soundso ausgaben.

Isard ist der französische Name für eine gämsenartige Bergziege, die in den Pyrenäen lebt. Damit sie nicht ausgerottet wird, darf sie nicht mit automatischen Waffen gejagt werden, das Gewehr darf kein Zielfernrohr besitzen und die Jagd nicht mit Hunden oder Treibern, überhaupt nicht als Treibjagd betrieben werden. *Heute ist die Pyrenäen-Gämse nicht vom Aussterben bedroht, denn die Jagd auf sie ist immernoch streng geregelt.*

J'écoute, französisch, ‚ich höre', sagt die Beamtin, die eine Telefonzentrale bedient, wenn sie sich auf einen Anruf meldet.

Job, englisch-amerikanisch, Bezeichnung für eine zufällige Art des Gelderwerbs. Ein ‚Job' ist das, was man annimmt, weil man sich im Augenblick anders nicht durchschlagen kann; ein Beruf dagegen ist eine Tätigkeit, die dem Menschen nicht nur das nötige Geld für den Lebensunterhalt verschafft, sondern ihn auch innerlich ausfüllt. Der Beruf wird, nach einem schönen Wort, ‚die geistige Heimat des Menschen'.

Johanniter bildeten den ältesten geistlichen Ritterorden. Er verdankt Kaufleuten aus Amalfi (Italien) seine Entstehung, die in Jerusalem ein Kloster und ein Hospital für Pilger gründeten. Der Orden gliederte sich in drei Klassen: Ritter, Priester und dienende Brüder. Später eroberten die Johanniter die Insel Rhodos, wurden dort aber von den Türken vertrieben und erhielten von Kaiser Karl V. die Insel Malta als Lehen, weshalb sie von da an auch Malteserritter genannt werden. Noch heute besteht der katholische Malteserritterorden, die evangelische Ballei Brandenburg des Johanniterordens und der britische ‚Order of Saint John'.

Kalakukko ist ein in Brotteig gebackener Fisch und gilt in Finnland als Nationalgericht. Die Finnen haben ein Kinderlied, das den Kindern, die sich vom Bad in der Sauna nicht trennen können, zuruft: ‚Der heiße Kalakukko der Mutter wartet nicht auf den armen kleinen Jungen am Samstag nach der Sauna!'

***Kaliko** ist ein Gewebe, das vor allem in der Buchbinderei Verwendung findet . Es kann leicht mit Kunstleder verwechselt werden. 1822 wurde in England das erste Kaliko hergestellt.*

Kantonisten hießen früher die Rekruten; den Regimentern waren bestimmte Landesteile (Kantone) zugewiesen, aus denen sie sich ihre Rekruten holen durften. Ein ‚unsicherer Kantonist' war einer, den man in Verdacht hatte, er würde sich vom Soldatendienst drücken. Später wurde es ein Ausdruck für einen unzuverlässigen Menschen.

Karriere, ein französisches Wort, das ‚Laufbahn' bedeutet und im Deutschen gern gebraucht wird, wenn die Laufbahn eines Menschen erstaunlich oder gar nicht unbedenklich erscheint. Ein ‚Karrieremacher' sucht durch Rücksichtslosigkeit und üble Schliche voranzukommen.

Kasba, arabisch, ‚Burg'.

Katalanisch ist eine Sprache, die zwischen dem Spanischen und den Mundarten steht, die in der Südostecke Frankreichs gesprochen werden (Provenzalisch). Gesprochen wird das Katalanische in den Pyrenäen, in Andorra und in Alghero auf Sardinien, mit einigen Abweichungen auch auf den Balearen und in der spanischen Stadt Valencia. Es gibt hervorragende katalanische Dichter und Erzähler, auch viele Zeitschriften und Zeitungen in katalanischer Sprache. Katalonien ist die Landschaft in der Nordostecke Spaniens, zu der auch Barcelona gehört.

Katalysator heißt aus dem Griechischen wörtlich übersetzt ‚Auflöser' und bezeichnet einen Stoff, der einen chemischen Prozess beschleunigt, ohne dass er sich selbst in diesem Vorgang verändert. Wenn man zum Beispiel Knallgas herstellen will, muss man Sauerstoff und Wasserstoff vereinigen. Das geht schneller, wenn man Platin hinzusetzt, das sich dabei aber nicht verändert; es wirkt eben als Katalysator.

Kelten sind ein kriegerisches Volk, das im 8. Jahrhundert vor Christi Geburt zwischen der oberen Marne und dem Oberrhein wohnte. Von da breiteten sie sich über ganz Gallien aus, das heutige Frankreich. Keltische Stämme eroberten Mitteldeutschland, Schlesien, England, Schottland, Oberitalien und drangen bis nach Spanien vor. Auch die Iren sind keltischer Abstammung.

Kopra *ist das getrocknete Kernfleisch von Kokosnüssen, aus dem Kokosöl gewonnen wird. Der Name stammt aus der Sprache Malayalam, die im Südwesten Indiens gesprochen wird.*

Kritisch betrachtet man eine Sache, wenn man genau prüft, ob sie etwas taugt oder nicht. ‚Krise' bezeichnet einen entscheidenden Wendepunkt, etwa bei einer Krankheit, wenn es sich entscheiden muss, ob der Kranke gesund wird oder nicht. Daher ist ein ‚kritischer Augenblick' ein Zeitpunkt, in dem sich etwas entscheiden muss. Das Wort kommt aus dem Griechischen.

Kuala Lumpur *ist die Hauptstadt Malaysias, das 1963 aus der Förderation Malaya (siehe dort) hervorgegangen ist.*

Kuguar ist der indianische Name für den Puma, den Silberlöwen, der in Amerika in den Wäldern von Kanada bis Patagonien anzutreffen ist.

Liner, englisches Wort für einen Passagierdampfer, der einer der großen Schifffahrtslinien (line) angehört.

Longwy ist ein wichtiger Bergbau- und Industrieort in Frankreich.

Madam, englisch, ‚gnädige Frau'.

Macao ist eine portugiesische Kolonie an der südchinesischen Küste mit der gleichnamigen Hauptstadt. Sie ist durch ihre Spielklubs berüchtigt und gilt als Hauptsitz der Passfälscher und bedenklichen Geschäftemacher. *1999 wurde Macao ebenso wie das benachbarte Hongkong als Sonderverwaltungszone in die Volksrepublik China integriert. Das Glücksspiel ist immer noch legal und stellt eine wichtige Erwerbsquelle dar.*

Malakow hieß ein Teil der Befestigung Sewastopols, der im Krimkrieg 1855 durch die Franzosen gestürmt wurde, wonach die Russen die Verteidigung der Festung aufgeben mussten.

Malaya *ist der alte Name einer schmalen Halbinsel zwischen dem Indischen Ozean, dem Golf von Siam und dem Südchinesischen Meer. Die Föderation Malaya wurde am 31. August 1957 ein unabhängiger Staat innerhalb des Commonwealth. 1963 wurde er unter dem neuen Namen Malaysia durch Sarawak und Britisch-Nordborneo* *erweitert. Seit Beginn der 90er Jahre des 20. Jahrhunderts erfolgte eine rasante industrielle Entwicklung, die das Land in die Reihe der aufstrebenden asiatischen Staaten aufrücken ließ. Malaysia gilt wirtschaftlich und politisch als eines der stabilsten Länder Südostasiens.*

Mallorca, Insel im Mittelmeer. Um 1300 gab es Könige von Mallorca, denen außer der Insel noch Gebiete in Südfrankreich gehörten.

Manhattan, ein Stadtteil von New York auf der Strominsel zwischen Hudson, Harlem und East River, der Kern der 13-Millionen-Stadt mit vielen Wolkenkratzern, in denen sich die Büros großer Firmen von Handel, Industrie und der Finanzwelt befinden. Hier ist auch der Sitz der Vereinten Nationen.

Marseille, die zweitgrößte Stadt Frankreichs, ist die älteste des Landes. Sie wurde um 600 vor Christus von griechischen Seefahrern gegründet, welche die Bucht anlockte, die einen natürlichen, günstigen Hafen bot. Als ein Einfall der Kelten (siehe dort) drohte, riefen die Bewohner die Römer zu Hilfe, die bei dieser Gelegenheit aber das ganze Land (die heutige Provence, siehe dort) besetzten. Heute ist der ‚Alte Hafen' (Vieux Port) nur noch ein Hafen für private Segler. Der neue Hafen umfasst zehn Becken, außerdem wird ein Industrie und Ölhafen gebaut. 1948 gingen hier 4300 Schiffe aus und ein. *Bis in die 1970er Jahre wuchs die Stadt unaufhörlich weiter. Dann kam es zu erheblichen Problemen mit zunehmender Kriminalität, Verschmutzung und wachsendem Verkehr. Marseille verlor innerhalb von zehn Jahren 10 % seiner Bevölkerung durch Abwanderung. Seit den 90er Jahren wandelt sich das Bild der Stadt langsam, die Wirtschaft wächst wieder, neue Industrien siedeln sich an und die Stadt unternimmt große Anstrengungen, um das Stadtbild zu verschönern.*

Merdeka, malaiisch, ‚Freiheit'.

Mille tonnerres, französisch, wörtlich: ‚tausend Donner', entspricht unserm ‚Donnerwetter!'.

Mistral ist ein kalter Wind in Südfrankreich, besonders im Delta der Rhône zwischen Marseille und Avignon. Er entsteht, wenn über der Biskaya ein Hochdruckgebiet liegt und über Italien ein Tiefdruckgebiet. Diese saugen kalte Luft über dem Rhônetal an, und das Cevennengebirge und die Alpen wirken auf diese Nordströmung dann wie eine Düse, eine Verengung, welche die Kraft des Windes verstärkt.

Moiré, französisch, ist ein Gewebe mit eigenartig schillernder Oberseite, die an Wasserglanz erinnert.

Montpellier, eine alte französische Stadt, von der ein Teil eine Zeitlang dem König von Mallorca gehörte. Berühmt ist die Universität, die 1289 gegründet wurde.

Nachtblindheit beruht darauf, dass die Augen sich an verminderte Helligkeit nicht anpassen können. Ein Nachtblinder kann am helllichten Tage sehr gut sehen, ist aber im Dunkel und auch schon in der Dämmerung hilflos. Der Zustand kann angeboren sein; dann ist ihm nicht abzuhelfen. Aber er kann auch auf einem Mangel an Vitaminen beruhen, und dann verschwindet er wieder, wenn der Kranke reichlich Butter und Lebertran zu sich nimmt.

Nagant (der Chef spricht das ‚nägänt' aus) heißt ein Revolver, der früher bei der russischen Armee eingeführt war. Er war siebenschüssig und hatte ein Kaliber von 7,62 mm.

New Orleans, Stadt und Seehafen im Mississippidelta, der größte Ausfuhrhafen von Baumwolle, Zucker, Holz, Erdöl. Schwefel. Hier ist die Geburtsstätte des Jazz.

Nîmes ist eine französische Stadt, die von dem römischen Kaiser Augustus gegründet wurde und als eine der schönsten Städte des ganzen römischen Reichs galt. Aus dieser Zeit enthält die Stadt noch heute großartige Bauten. Ein kleiner Tempel dort ist ein bezauberndes Denkmal griechisch-römischer Kunst.

Non omnis moriar, lateinisch, wörtlich: ‚nicht ganz werde ich sterben', d. h. der Vergessenheit anheimfallen, ist ein Vers des römischen Dichters Horaz. Sein stolzes Wort haben zwei Jahrtausende gerechtfertigt: noch heute werden seine Gedichte bewundert und geliebt. Er wusste, dass er früh sterben würde, und verschied, 58 Jahre alt, im Jahre 8 v. Chr. Geb.

Patriarch, aus dem Griechischen, ‚Erzvater', auch soviel wie ‚ehrwürdiger Greis. Das Wort bezeichnet in der orthoxoxen Kirche und teilweise in der katholischen den Ranghöchsten unter den Bischöfen.

Patron nennt der französische Angestellte seinen Arbeitgeber, der Geselle seinen Meister. Ursprünglich war im alten Rom der Patron Schutzherr von freigelassenen Sklaven oder von Schutzbefohlenen. Die katholische Kirche kennt den Schutzpatron und den Namenspatron.

***Peludo** heißt in Argentinien das Gürteltier. Sein Fleisch soll wohlschmeckend sein, was dort fast zur Ausrottung dieser gepanzerten Säugetiere geführt hat.*

Penicillin ist ein Heilmittel, das aus Pinselschimmel gewonnen wird, dessen lateinischer Name ‚penicillium' lautet; ‚penicillum' heißt Pinsel. Der Schimmel gehört zur Gattung der Schlauchpilze. Das Mittel zerstört Krankheit erregende Bakterien oder lässt sie gar nicht erst aufkommen. Diese Wirkung wurde 1928 entdeckt.

Pergola heißt ein Laubengang, der auf Säulen oder Pfeilern ruht und meist von Pflanzen umrankt ist.

Pernod, französisch, *ursprünglich* ein Absinth enthaltendes Getränk. *1920 wurde Absinth verboten und seitdem wird Pernod aus Anis und verschiedenen anderen Kräutern hergestellt.*

Philosophisch denkt, wer das Wesen der Dinge durch folgerichtige Überlegungen zu erkennen sucht.

Piadiers sind Marseiller Fischer, die Krebse fangen, um sie als Köder an Angler zu verkaufen. Diese Schalentiere heißen ‚piades'.

Please don't say anything, englisch, ‚bitte, sagen Sie nichts' oder auch ‚bitte, sage nichts!'

Pleite ist ein Wort, das aus dem Jiddischen stammt, einer Mischsprache aus dem Hebräischen und deutschen Mundarten, die im frühen Mittelalter entstand. ‚Pleite' bedeutet eigentlich ‚rettende Flucht', dann Bankrott, Zusammenbruch des Geschäftes. Das Wort wurde im 19. Jahrhundert in die Berliner Verbrechersprache aufgenommen und kam von da in die Umgangssprache.

Place des Jacobins, französisch, ‚Platz der Jakobiner'. So wurde in der großen Französischen Revolution von 1789 die wildeste Partei der Revolutionäre genannt, weil sich ihre Anhänger in einem ehemaligen Jakobinerkloster zu Paris versammelten. Sie hatten schauerliche Bluttaten auf dem Gewissen.

Polente ist ein Ausdruck der Gaunersprache für ‚Polizei'.

Pont du Change, französisch, ‚Brücke des Wechselns'. In früheren Zeiten hatten Geldwechsler ihre Stände zuweilen auf den Brücken.

Port Bou (*heute offiziell Portbou*) ist ein kleiner Fischerhafen hinter der französisch-spanischen Grenze.

Port-Vendres, französisch, eigentlich portus Veneris, ‚Hafen der Venus', die hier in heidnischen Zeiten einen Tempel hatte. Der kleine Handelshafen liegt im Innern einer schönen Reede, und von hier geht der Schnelldampferdienst nach Algier und nach Oran ab. *1962 wurde Algerien von Frankreich unabhängig und damit verlor der Hafen erheblich an Bedeutung.*

Provence, französisch, ist der Name für die Landschaft im Küstengebiet des Mittelmeers zwischen Rhône und Var; dazu gehören noch die südlichsten und südwestlichen Teile der französischen Alpen. Das Land hat ein mildes, subtropisches Klima und ist überreich an Früchten und Blumen.

Qui vive?, französisch, wörtlich ‚wer lebt?', bedeutet ‚wer da?'. Auf dem Quivive sein heißt soviel wie ‚auf dem Posten', ‚auf Draht sein'.

Rippensamt *ist ein festes Gewebe mit Rippen, das auch als Cordsamt bezeichnet wird.*

Rohrdommel s. Botaurus stellaris.

Routine, aus dem Französischen, bezeichnet eine durch Übung erlernte Fertigkeit. Das Fremdwort hat einen herabsetzenden

Sinn (vgl. dozieren, Karriere, Visage): eine Tätigkeit, die routiniert ausgeführt wird, erfolgt nur noch mechanisch, ohne innere Beteiligung. Die Diplomaten sprechen von einem ‚Routine-Besuch' – das heißt eine Zusammenkunft von Diplomaten, die regelmäßig erfolgt und aus der man nicht schließen darf, es gehe etwas besonderes Wichtiges vor.

Salto mortale, italienisch, ‚Todessprung', ist ein lebensgefährlicher Sprung, der zu den Glanzleistungen der Artisten gehört.

St. Charles heißt ein Stadtteil von Marseille.

Saintes-Maries-de-la-Mer, ‚Die heiligen Marien am Meer', ist ein kleiner Fischerhafen am Mittelmeer. Der Legende nach sind Maria Jakobäa, die Schwester der Mutter Gottes, sowie Lazarus und Maria Magdalena auf der Flucht vor Verfolgungen in Judäa hier gelandet. Der Ort ist bekannt durch die Wallfahrt der Sinti und Roma im Mai jeden Jahres.

Saint Trophime heißt die alte Kirche in Arles, deren Portal berühmt ist und deren romanische und gotische Kreuzgänge von einzigartiger Schönheit sind.

Salon-de-Provence, eine kleine Stadt zwischen Marseille und Arles. In einer der Kirchen befindet sich das Grab des Sterndeuters Nostradamus (gest. 1566), über dessen dunkeln Weissagungen manche Leute heute noch grübeln.

Sambre et Meuse, Namen zweier französischer Flüsse und eines französischen Militärmarsches.

Mit ***Sappe*** *bezeichnet man Lauf- und Annäherungsgräben vor feindlichen Stellungen.*

Schneider & Cie heißt die größte Firma der französischen Rüstungsindustrie; eine ihrer Waffenfabriken liegt in Le Creusot. *Nach vielen Zusammenschlüssen ist ‚Schneider Electric SA' heute ein Elektrotechnik-Konzern, der in 190 Ländern vertreten ist.*

S.D.I., Abkürzung für ‚Syndicat d'Initiative', ein Büro für Fremdenverkehr und Reisedienst.

Sète ist der bedeutendste Handelshafen der französischen Mittelmeerküste nach Marseille.

Sidi, arabisch, ‚Herr', ist ursprünglich ein Titel, der nur den Nachkommen des Propheten Mohammed zustand. Heute aber wird er da angewandt, wo man dem Angeredeten eine Aufmerksamkeit erweisen will.

Simca, Abkürzung für ‚Société Industrielle de Mécanique et Carosserie Automobile', ein großes Unternehmen der französischen Automobilindustrie, das mit dem Ford-Unternehmen in Frankreich verbunden ist. *Seit 1978 gehört Simca ebenso wie Citroën (siehe dort) zu PSA.*

Skalpell nennt man das chirurgische Messer (s. Chirurg), dessen Klinge unbeweglich in den Griff eingefügt ist.

Smith & Wesson ist der Name einer amerikanischen Waffenfabrik.

Smutje ist der Seemannsausdruck für den Schiffskoch.

Société nautique, französisch, ‚Segel- und Ruderklub'.

Sou, französisch, der Name für ein Geldstück von fünf Centimes. Das Wort hieß ursprünglich ‚Sol', von lateinisch ‚solidus', ‚Ganzstück' , einer Goldmünze.

Sovereign, englisch, ist der Name der englischen Goldmünze, die das Pfund Sterling darstellt. Das Wort bedeutet ursprünglich ‚Herrscher (Souverän)' und kommt aus dem spätlateinischen superanus, ‚über allen stehend'. Da die Goldmünze den Kopf des Herrschers trägt, gab ihr das den Namen.

Spasmus (von griechisch ‚spasmos') bezeichnet einen Krampf. Spasmus facialis: Krampf der Gesichtsmuskeln.

Stopping power ist ein waffentechnischer Ausdruck, der im Deutschen ‚Aufhaltekraft' heißt und die tötende Kraft des Geschosses bedeutet.

***Stramin** ist ein grobes Gewebe aus Baumwolle oder Leinen, das zum Besticken oder als Grundlage zum Knüpfen verwendet wird.*

Strohmann nennt man jemand, der für einen andern etwas kauft oder verkauft, ohne dass sein Auftraggeber in Erscheinung tritt.

Tamarisken sind Bäume und Sträucher, die noch in Trocken- und Wüstengebieten vorkommen.

Templer, Tempelritter bildeten einen geistlichen Ritterorden und nannten sich nach dem Sitz ihres Großmeisters auf dem Platz des ehemaligen Salomonischen Tempels in Jerusalem. Der Orden war im Mittelalter sehr reich und erlag der Versuchung der Macht. Die letzten Tempelritter wurden in Frankreich verbrannt. Die Güter des Ordens nahm der französische König in Besitz, in Deutschland fielen sie an den Johanniter-Orden (siehe dort).

The bittern booms, englisch, ‚die Rohrdommel brüllt'.

Tic convulsif, französisch, ‚krampfhaftes Zucken von Muskeln'.

Toast, englisch, heißt eine geröstete Weißbrotschnitte, aber auch ein Trinkspruch. Dieser Bedeutungswandel erklärt sich vermutlich aus einer englischen Trinksitte, wonach derjenige, der einen Trinkspruch anbringen wollte, zuvor eine Scheibe geröstetes Brot in sein Glas eintauchte

Tout confort, französisch, ‚jede Bequemlichkeit', das heißt in einem Hotel warmes und kaltes Wasser im Zimmer, Telefon und Radio.

Toutou, französische Kindersprache, ‚Wauwau'.

Trireme (lateinisch ‚mit drei Ruderbänken versehen') hieß bei den Römern ein Kriegsschiff, das mit drei Reihen von Ruderpfosten ausgestattet war, an denen übereinander 170 Ruderer saßen. Im Seekampf kam es darauf an, im Vorbeifahren die Ruder des feindlichen Schliffes zu zerbrechen und es dadurch bewegungslos zu machen, oder es mit einem Stoß in die Seite zu rammen.

Vichy ist einer der berühmtesten Badeorte Frankreichs, mit vielen, auch warmen Quellen. Deren Wasser wird viel in Flaschen versandt.

Vieux Port, französisch, ‚Alter Hafen', siehe Marseille.

Visage, französisch, ‚Gesicht'. Gebraucht man das Fremdwort im Deutschen, so bekommt es einen spöttischen, ja kränkenden Nebensinn (vgl. dozieren, Karriere, Routine).

Mit **Wellen-PS** (Abkürzung: ‚WPS') wird die Leistung an der Ausgangswelle eines Motors beschrieben. Diese Einheit findet vor allem in der Luft- und Seefahrt Anwendung.

What do jou want, sir?, englisch, ‚was wünschen Sie, mein Herr?'
Yes, sir, he is coming, englisch, ‚ja, mein Herr, er kommt gleich!'
Zaster ist ein Wort der Gaunersprache und bedeutet ‚Geld'. Es kommt wahrscheinlich aus der Sprache der Sinti und Roma.

Wer Rennfahrer werden oder lernen will, so gut Auto zu fahren wie der Chef, der muss das Buch von Hansgeorg Strepp studieren: ‚Sicher ist sicher', Gerhard-Stalling-Verlag, Oldenburg und Hamburg.

Für die Aktualisierung der Wort- und Sacherklärungen im Jahr 2010 hat die Internet-Enzyklopädie WIKIPEDIA (www.wikipedia.de) viele hilfreiche Informationen geliefert.

Würden Sie gern einmal ...

im Pinguinkostüm des Strandfotografen schwitzen oder zur Reisernte auf der Paradiesfarm schuften, nur um aus erster Hand etwas über die *Company Ubique Terrarum* zu erfahren? – Es geht auch einfacher!

Der Kulturwissenschaftler Dr. Uli Otto hat viel Interessantes über die Abenteuergeschichten von Herbert Kranz in einem Buch zusammengetragen:

Uli Otto
„Auf den Spuren von UBIQUE TERRARUM"
Regensburg 2003, Kern Verlag
ISBN 3-934983-04-9

Neben einer Untersuchung verschiedener Aspekte rund um die „U.T."-Bände liefert das Buch eine ausführliche Biografie sowie eine vollständige Bibliografie zu Herbert Kranz.

„Auf den Spuren von ..." ist eine Buchreihe, die sich mit dem Leben und Werk deutschsprachiger Kinder- und Jugendautoren beschäftigt und an sie erinnern soll. Mehr zu dieser Reihe und ihrem Initiator finden Sie unter www.druliotto.de. Erhältlich sind die Bücher im Buchhandel sowie im Online-Shop des Verlages www.kernverlag.de.

Die Abenteuer des „UBIQUE-TERRARUM"-Teams

Band 1: In den Klauen des Ungenannten
Abenteuer in den Schluchten des Hindukusch.
Neuausgabe, Juli 2003, ISBN 978-3-8330-1045-3

Band 2: Im Dschungel abgestürzt
Abenteuer in den Urwäldern Brasiliens.
Neuausgabe, Februar 2004, ISBN 978-3-8334-0779-6

Band 3: Tod in der Skelettschlucht
Abenteuer an der mexikanischen Grenze.
Neuausgabe, November 2004, ISBN 978-3-8334-1825-9

Band 4: Schuldlos unter Schuldigen
Abenteuer auf einer Sträflingsinsel im karibischen Meer.
Neuausgabe, Dezember 2007, ISBN 978-3-8370-1567-6

Band 5: Flucht zu den Eishai-Jägern
Abenteuer in Grönland.
Neuausgabe, April 2008, ISBN 978-3-8370-1769-4

Band 6: Befehl des Radscha
Abenteuer in Malaya.
Neuausgabe, Oktober 2008, ISBN 978-3-8370-6967-9

Band 7: Die Insel der Verfolgten
Abenteuer auf Sardinien.
Neuausgabe, Januar 2009, ISBN 978-3-8370-8340-8

Band 8: Die Nacht des Verrats
Abenteuer in Marokko.
Neuausgabe, April 2009, ISBN 978-3-8370-9270-7

Band 9: Das Haus der sieben Türme
Abenteuer im Libanon.
Neuausgabe, April 2010, ISBN 978-3-8391-6922-3

Band 10: Im Zeichen der Schlange
Abenteuer in Marseille und am Mittelmeer.
Neuausgabe, Dezember 2010, ISBN 978-3-8423-3656-8

Weitere Informationen finden Sie im Internet
unter **www.ubique-terrarum.de**.